LINA BENGTSDOTTER wuchs in der schwedischen Kleinstadt Gullspång auf, die sie zum Setting ihrer beliebten Thriller-Serie um die Ermittlerin Charlie Lager machte. Nach dem sensationellen Reihenauftakt »Löwenzahnkind« stürmte auch »Hagebuttenblut« sofort die SPIEGEL-Bestsellerliste. Mit »Mohnblumentod« schreibt sie die einmalige Erfolgsgeschichte fort. Lina Bengtsdotter lebt inzwischen in Stockholm.

Lina Bengtsdotter in der Presse:

»Unerwartete Wendungen steigern die Spannung bis zum Ende. Ein würdiger dritter Band!« *Sonntags-Express* über *Mohnblumentod*

»Lina Bengtsdotter vereint alle Zutaten eines perfekten Schwedenkrimis.« *Kölner Express* über *Löwenzahnkind*

»Spannender Thriller, nicht nur für Schwedenkrimi-Fans.« *hr2 »Büchertipp«* über *Löwenzahnkind*

Lina Bengtsdotter

Mohnblumentod

Thriller

Aus dem Schwedischen
von Sabine Thiele

PENGUIN VERLAG

Die Originalausgabe erschien 2020 unter dem Titel *Beatrice*
bei Bokförlaget Forum.

FSC® www.fsc.org MIX Papier aus verantwortungsvollen Quellen FSC® C014496

Klimaneutral* Druckprodukt ClimatePartner.com/14044-1912-1001

Penguin Random House Verlagsgruppe FSC® N001967

1. Auflage 2022

Umschlag: Favoritbüro
Umschlagmotiv: © Schon/© Martin Wahlborg/
GettyImages © STILLFX/© I Capture It/© Jens Ottoson/
© almgren/shutterstock
Redaktion: Maike Dörries
Satz: Uhl + Massopust, Aalen
Druck und Bindung: GGP Media GmbH, Pößneck
Printed in Germany
ISBN 978-3-328-10848-1

www.penguin-verlag.de

Für Enna und Elmira.
Haltet durch.

Sie saßen in einem Kreis auf dem Boden, alle in Nachthemd, Pantoffeln und mit merkwürdigen Hüten auf dem Kopf. Ich hielt sie zuerst für ein paar arme Verrückte, die auf der falschen Seite des Lebens ausharrten, unglückliche Seelen, die nach Behandlungen mit sich rasend schnell drehenden Stühlen, Falltüren und Lobotomien keine Ruhe fanden.

»Ist da jemand?«, fragte eine Stimme. »Tritt aus dem Dunkel, Fremder.«

»Ich bin's.«

»Komm rein, Sara«, sagte Lo. »Wir hören gleich ein Märchen.«

Ich trat in den Raum. In der Mitte des Kreises, den die Mädchen gebildet hatten, standen Flaschen mit brennenden Kerzen. Die Flammen warfen Schatten auf die bleichen Gesichter unter den Hutkrempen.

»Was ist, wenn uns jemand erwischt?«, meinte ich besorgt.

»Niemand erwischt uns«, erwiderte Lo und machte mir Platz. Nicki reichte ihr eine Flasche.

Seelenfrieden, so hatte Papa den hochprozentigen Schnaps immer genannt, *eine Flasche Seelenfrieden.* Und wie recht er damit gehabt hatte, dachte ich, als die brennende Flüssigkeit durch meine Kehle rann und der Druck auf der Brust nachließ.

»Mach weiter, Nicki«, befahl Lo.

Nicki senkte den Kopf.

»Es war einmal ein Mädchen …«

Sie sah in die Runde und forderte uns auf, die Augen zu schließen.

Ich gehorchte und wünschte, ich gehörte zu denen, die an Märchen und Erfolgsgeschichten glaubten. Ich wollte, dass es irgendwo für uns Hoffnung gab. Dass wir aus diesem Wahnsinn als starke, gesunde Menschen hervorgehen würden und irgendwo ein ganz normales Leben führen dürften. Nichts Besonderes, einfach ein normales Leben.

Kapitel eins

Es war laut geworden in der Bar, und Charlie dröhnte der Kopf. Sie hätte schon längst nach Hause gehen sollen, doch dann hatte sie Gesellschaft bekommen. Ein Mann in Anzug und ohne Ehering hatte sich neben sie gesetzt und in ihr die Hoffnung geweckt, dass der Abend doch noch wie erhofft enden würde.

Nachdem sie sich eine Weile unterhalten hatten, fragte Jack, woher sie kam.

»Stockholm«, antwortete Charlie.

»Ich meine, ursprünglich. Sprichst du nicht ein wenig Dialekt?«

»Es ist lange her, dass jemand etwas zu meinem Dialekt gesagt hat«, erwiderte Charlie. »Ich dachte, der hätte sich mittlerweile abgeschliffen.«

»Nein, hat er nicht. Lass mich raten – du bist aus Östergötland?«

»Nein, ich bin genau an der Grenze zwischen Västergötland und Värmland aufgewachsen.«

»In welcher Stadt?«

»Ein ganz kleiner Ort. Den wirst du nicht kennen.«

»Doch, bestimmt.«

»Gullspång.«

Jack runzelte die Stirn. »Du hast recht. Den kenne ich tatsächlich nicht. Entschuldige.«

»Du musst dich nicht entschuldigen.«

»Dann erzähl mir von Gullspång.«

Charlie wollte schon sagen, dass es da nichts zu erzählen gab, doch die vier Bier hatten ihre Zunge gelockert.

»Ich bin auf einem kleinen Hof auf dem Land aufgewachsen, ein gutes Stück außerhalb des Ortes.« Sie trank einen Schluck aus ihrem Glas. »Wir hatten einen Kirschbaumhain und einen Bastelschuppen und einen glitzernden See.«

Jack lächelte und sagte, das klänge wie aus einem Buch von Astrid Lindgren.

»Lyckebo«, fügte Charlie hinzu.

»Wie bitte?«

»So hieß das Haus. Lyckebo.«

»Und warst du dort glücklich?«

»Ja«, antwortete Charlie. »Das war ich wirklich.«

Irgendwo hatte sie gelesen, dass es nie zu spät für eine glückliche Kindheit war. Vielleicht musste man es genau so machen. Die schönen Seiten übermäßig betonen und die schlechten ignorieren, lügen und alles schönreden, bis man es selbst glaubte.

Jack fragte, ob sie Geschwister hatte, und Charlie dachte an das Kinderzimmer, das nie fertig geworden war, an die Autos, die Betty an die Wände gemalt hatte, das Bett, das eingebaut werden sollte.

»Ja«, sagte sie, »einen Bruder. Wir stehen uns sehr nahe.«

Standen, dachte sie. Jetzt sind wir nichts mehr. Sie sah Johans Gesicht vor sich, seine Unruhe, solange sie im Unklaren über ihre mögliche Blutsverwandtschaft waren.

Johan. In der ersten Zeit nach seinem Tod hatte sie ihn ständig vor sich gesehen. Sein Blick, als sie nackt aus dem See gekommen war, das Bett im Motel, der Kirschwein in Lyckebo. Und dann: alles, was jetzt nicht mehr möglich war.

»Ich habe eine Schwester«, erzählte Jack, »aber wir haben wenig Kontakt. Als Kinder haben wir nicht einmal zusammen gespielt, obwohl wir nur zwei Jahre auseinander sind. Vielleicht, weil wir immer unterschiedliche Sachen machen wollten.«

»Bei mir und meinem Bruder war es umgekehrt. Wir haben viel zusammen unternommen. Wir haben uns Höhlen im Wald hinter unserem Haus gebaut und unten am See gespielt.«

»Ihr hattet ein Seegrundstück?«

Charlie nickte. So konnte man es auch ausdrücken.

»Wir hatten ein kleines Ruderboot, mit dem sind wir immer aufs Wasser hinausgefahren«, fuhr sie fort. »Und wir hatten einen Fuchs, der war so zahm wie ein Hund.«

»Geht das?«, fragte Jack. »Einen Fuchs zähmen?«

Charlie dachte an das Blutbad im Hühnerstall, an Bettys Worte, dass man einem solchen Tier das Wilde letztendlich nie austreiben konnte, auch wenn sie noch so zahm wirken. Früher oder später siegten die tierischen Instinkte. Und als die Katastrophe dann eingetreten war: *Was habe ich gesagt? Habe ich nicht gesagt, dass alles zum Teufel gehen würde? Jetzt siehst du ja, was passiert ist.*

»Ja«, antwortete Charlie. »Unser Fuchs war lammfromm.«

Jack beugte sich näher zu ihr. »Das klingt richtig idyllisch.«

»War es auch. Traumhaft schön. Willst du noch eins?« Sie nickte in Richtung seines leeren Bierglases.

»Ich kümmere mich darum.« Er stand auf und drängte sich an die Bar.

Charlie sah ihm nach. Er war groß und gut gebaut, aber nicht das weckte ihr Interesse, sondern seine selbstsichere Art, sich zu bewegen, die Neugier, mit der er sie ansah, das Gleichgewicht zwischen Möglichkeit und Verzicht.

»Erzähl mal von dir«, sagte sie, als er mit den Bieren zurückkam. »Was genau machst du in deiner Arbeit?« Sie hatte seinen Beruf bereits wieder vergessen.

»So viel gibt es da nicht zu erzählen«, antwortete Jack. »Wirtschaft ist nicht besonders spannend. Eigentlich wollte ich Schauspieler werden, aber meine Eltern meinten, dass das kein richtiger Beruf sei. Wahrscheinlich hätte ich mich auch nicht durchsetzen können, aber …«

»Aber was?«

»Manchmal wünsche ich mir, ich hätte es wenigstens versucht. Was wäre schon dabei gewesen? Jetzt werde ich nie erfahren, ob es vielleicht etwas für mich gewesen wäre.«

»Aber für so etwas ist es doch nie zu spät?«

Charlie wusste allerdings nur zu gut, dass das nur eine dumme Floskel und es sehr wohl zu spät war.

»Prost.« Jack hob sein Glas. »Stoßen wir darauf an, dass es nie zu spät ist.«

»Trotzdem schade«, sagte Charlie, »wenn die eigenen Eltern ihre Kinder einschränken.«

»Waren deine auch so?«

»Nein, ganz bestimmt nicht. Meine Mutter hat immer gesagt, ich könne alles werden, was ich wolle, nur nicht Tänzerin.«

»Und was bist du geworden?«

»Tänzerin. Ich bin Tänzerin geworden.«

Es war Viertel vor eins, die Bar würde gleich schließen.

»Was machen wir jetzt?«, fragte Charlie.

»Ich bin … verheiratet. Tut mir leid, wenn ich …«

»Kein Problem.«

Charlie versuchte, ihre Enttäuschung zu verbergen. Sie fühlte sich betrogen. Warum trug er keinen Ring? Wenn man nicht von Frauen aufgerissen werden wollte, neben die man sich freiwillig gesetzt hatte, sollte man dringend einen Ehering tragen.

»Warte«, sagte Jack, als sie aufstand. »Ich meine, wir können ja …«

»Nein«, erwiderte Charlie. »Ich muss morgen arbeiten.«

»Tanzen?«

»Was?«

»Musst du morgen tanzen?«

»Ja.«

»Darf ich dich noch ein Stück begleiten?«

»Ich komme schon klar.«

»Ich gehe gern noch ein Stück mit, wenn es dir recht ist.«

Sie zuckte mit den Schultern. Es waren höchstens fünfhundert Meter bis zu ihrer Wohnung, die konnte er sie gern begleiten, wenn ihm das so wichtig war.

Es war Mitte April, und als sie den Geruch von Schotter und trockenem Asphalt einatmete, fühlte Charlie sich frei und glücklich, gleichzeitig aber auch traurig. Ihretwegen dürfte der Frühling ewig dauern, damit sie den detaillierten Urlaubsplänen der Kollegen und dem Gefühl der Leere entgehen konnte, das sie immer überfiel, wenn sie freihatte.

»Hier ist es«, sagte sie, als sie vor ihrer Haustür angekommen waren. »Hier wohne ich. Danke für den angenehmen Abend.«

»Ich danke. Es war interessant, sich mit dir zu unterhalten. Du bist … anders.«

Du hoffentlich nicht, dachte Charlie, als sie bemerkte, wie er mit sich rang.

»Ich komme gerne noch einen Moment mit hoch …«, fuhr er fort. »Eigentlich mache ich so etwas nicht, aber …«

Ich weiß, dachte Charlie, als sie die Treppen hinaufgingen. Es gibt verdammt viele von euch, die so etwas eigentlich nicht machen.

Sie rutschte mit dem Schlüssel vom Schloss ab und hinterließ einen kleinen Kratzer in der Tür. Bald würde sie wie ihre alte Wohnungstür aussehen, wie nach einem Einbruchsversuch.

»Sehr schön«, sagte Jack, als sie in die Diele traten. Er blickte an die Decke, als wolle er die Höhe schätzen.

Charlie hatte die Wohnung auf Östermalm mit einem Teil des Geldes bezahlt, das sie von ihrem Vater geerbt hatte. Zuerst hatte sie nichts von Rikard Mild annehmen wollen, doch ein beharrlicher Anwalt hatte ihr geraten, ihren Stolz hinunterzuschlucken, da das Erbe sonst an seine anderen Kinder und seine Witwe gehen würde. Charlie hatte an das riesige Haus ihrer Halbschwester auf Djursholm gedacht und beschlossen, den ihr zustehenden Teil anzunehmen.

Anders hatte sie überredet, in eine neue Wohnung zu investieren. Zuerst hatte sie sich mit dem Argument geweigert, ihre alte Wohnung sei doch völlig in Ordnung. Anders hatte ihr nicht widersprochen, doch sie solle ein wenig in die Zukunft denken – wenn schon nicht für sich, dann vielleicht im Hinblick auf eine mögliche Familiengründung.

Das habe ich nicht vor, hatte Charlie geantwortet.

Dann war sie trotzdem mit Anders zu Besichtigungen gegangen, als er nach seiner Scheidung nach einer neuen Bleibe gesucht hatte. Irgendetwas an dieser Dachwohnung hatte sie angesprochen. Vielleicht die offene Küche und die Deckenbalken, oder der große Balkon, auf dem ihr Magen kribbelte, wenn sie nach unten blickte. Dort draußen hatte sie gehört, wie einer der anderen Interessenten zu seiner Begleitung sagte, dass sich der vorherige Besitzer in der Wohnung erhängt habe. Anders war überzeugt, dass das nur ein Trick war, um die anderen Interessenten abzuschrecken. Die Leute ließen sich die verrücktesten Sachen einfallen, um den Preis zu drücken.

Auf Charlie hatte es die entgegengesetzte Wirkung gehabt. Sie glaubte nicht an Zeichen, doch das Gerücht, jemand habe sich in der Wohnung erhängt, reizte sie. Sie dachte an Bettys Geschichte über Lyckebo, wie sie es nach dem Selbstmord des früheren Besitzers billig hatte erwerben können. *Des einen Leid, des andern Freud …*

Eine Woche später hatte sie den Zuschlag erhalten, und die Wohnung in der Grev Turegatan gehörte ihr.

»Was für ein großartiges Bild!«, sagte Jack und deutete auf das große Gemälde im zur Küche führenden Flur. »Vom wem ist das?«

»Susanne«, antwortete Charlie, »Susanne Sander. Eine Freundin von mir. Sie ist nicht bekannt.«

»Das sollte sie aber sein.« Jack trat näher an das Bild heran. »Ich liebe die Details.«

Charlie nickte und dachte daran zurück, wie sehr sie sich über das Geschenk gefreut hatte. Sie liebte einfach alles an dem Bild, das wirbelnde schwarze Wasser, die blühenden Kirschbäume, das alte rote Holzhaus, die Frau in dem Kleid und in Holzschuhen auf der Treppe, das Mädchen auf ihrem Arm. Eine Mutter mit ihrer Tochter. Betty und sie.

»Sie hat wirklich Talent«, fuhr Jack fort. »Mir gefallen die Kontraste. Das Dunkle und das Helle, Tiefe und Fläche. Die zwei Jahreszeiten.« Er deutete auf die rechte Ecke, die in gedämpfteren Farben gehalten war. »Die hier haben mehr an«, sagte er und meinte damit einen Mann und einen Jungen, die mit dem Rücken zum Betrachter standen. Mattias und Johan.

Das traurigste Detail übersah Jack, die kleinen Kinder links vom Haus, ein Baby – ein Mädchen – und ein etwas größerer Junge, beide mit geschlossenen Augen. Charlie hatte sie zuerst auch übersehen, weil ihre Kleider die Farben der Blumen und des Grases hatten, und man musste sehr genau hinschauen, um Körper und Gesichter zu erkennen.

»Willst du ein Bier?«, fragte Charlie.

Jack nickte.

»Ich wusste nicht, dass man als Tänzerin ... so gut verdient«, bemerkte er, als er die geräumige, frisch renovierte Küche betrat.

Charlie drehte sich schweigend um, zog geschmeidig den Pullover über den Kopf und küsste Jack.

»Wie willst du mich?«, flüsterte er, als sie ihn ins Wohnzimmer drängte. Sie stolperten und fielen auf den dicken Teppich.

»Gefällt dir das?«, fragte er, nachdem sie ihre Kleider abgestreift hatten und er die Innenseite ihres Schenkels küsste.

Es kitzelte, doch Charlie flüsterte trotzdem, dass es ihr gefiel. Auch wenn sie wünschte, er würde schnell zur Sache kommen. Sie vergrub die Finger in seinem Haar und rutschte nach unten, um das Ganze zu beschleunigen.

»Du gehst aber ganz schön ran«, murmelte er.

Kapitel zwei

Nachdem sie fertig waren, wand sich Charlie aus Jacks Armen. Sosehr sie ihm vor einer halben Stunde hatte nahe sein wollen, so sehr wünschte sie sich jetzt, er möge einfach nur verschwinden. Doch Jack war nicht der einfühlsame Typ und legte wieder den Arm um sie.

»Du wohnst noch nicht lange hier, oder?«, fragte er.

»Nein, wieso?«

»Weil du keine Gardinen aufgehängt und generell wenig Sachen hast.«

»Ich mag keine Gardinen, und Sachen auch nicht.«

Sie dachte an Bettys Worte.

Ich reise nicht mit schwerem Gepäck, sondern nur mit dem Nötigsten.

Am Ende hatte dann aber doch alles zu schwer auf Betty gelastet und sie in den Abgrund gezogen.

»Wäre es okay, wenn du jetzt heimgehst?«, fragte Charlie und nahm seinen Arm von ihrer Brust.

»Machst du Witze?« Jack setzte sich auf.

»Nein. Ich muss morgen arbeiten, und du bist doch … verheiratet?«

»Meine Frau ist verreist, ich habe es nicht eilig. Aber wenn du das möchtest, gehe ich natürlich.«

»Schon okay. Du kannst auf dem Sofa schlafen«, sagte Charlie.

»Ist das dein Ernst?«

Genau das war das Problem, wenn man Männer mit nach Hause nahm, dachte Charlie. Man hatte nicht in der Hand, wann sie wieder gingen.

»Ich schlafe lieber allein«, antwortete sie. »Das ist nichts Persönliches.«

»So fühlt es sich aber an.«

Jack stand auf und suchte mit schnellen, aggressiven Bewegungen seine Kleidung zusammen.

»Willst du wissen, was ich glaube?«, sagte er, nachdem er sich angezogen hatte.

Charlie dachte, das würde sie ja gleich zu hören bekommen, egal ob sie es wollte oder nicht.

»Dein Leben war gar nicht so toll. Du wirkst irgendwie ganz schön verkorkst.«

»Ist die Analyse nicht ein bisschen übertrieben, nur weil ich gern allein schlafe?« Sie setzte sich auf.

»Es ist ja nicht nur das. Irgendetwas stimmt nicht mit dir, auch wenn ich es nicht benennen kann.«

Charlie legte sich wieder hin und schloss die Augen. Typisch, dass sie einen schnell eingeschnappten Amateurpsychologen abgeschleppt hatte. Sie hatte sich nie besonders viele Gedanken darüber gemacht, warum sie neben anderen Menschen nicht schlafen konnte. Während ihrer kurzen Beziehungen hatte sie es immer vermieden, beieinander zu übernachten, weil sie nicht die ganze Nacht wach liegen wollte.

Charlie dachte an die Feiern in Lyckebo, bei denen Betty irgendwo eingeschlafen war und keiner sie wecken konnte. Das Gefühl, im Kinderbett aufzuwachen und den Alkoholatem ihrer Mutter zu riechen. *Schläfst du? Schläfst du, Liebling?*

»Das stimmt nicht!«, rief sie Jack nach, als er Richtung Diele ging. »Ich bin auch nicht verkorkster als alle anderen.«

»Das glaube ich dir nicht«, sagte er. »Und ich glaube dir auch nicht, dass du Tänzerin bist.«

Dann schlug die Tür ins Schloss.

Sara

»Ich kapiere nicht, was ich da soll«, sagte ich und drehte mich zu Rita. Sie saß viel zu nah am Lenkrad und jagte beim Schalten den Motor zu sehr hoch.

»Es macht mir Angst«, antwortete sie, »dass du das nicht verstehst. Ist dir nicht klar, wie du dich das ganze letzte Jahr über aufgeführt hast?«

Ich schwieg.

»Wie eine Wilde«, fuhr Rita fort. »Wie eine Irre. Da gibt es nichts zu grinsen. Ich konnte ja kaum arbeiten wegen der ganzen Gespräche und Termine wegen dir. Ich habe auch ein Leben, eine Familie, um die ich mich kümmern muss. Verstehst du?«

Ich nickte, auch wenn ich nicht verstand, was sie meinte. Ritas Familie war ein seltsamer Freund, mit dem sie nicht zusammenwohnte und den sie kaum zu sehen schien. Ich war ihre nächste Verwandte, und es tat weh, dass sie nach allem, was passiert war, solche schrecklichen Sachen zu mir sagte. Ihrer eigenen Nichte. Wer von uns beiden war hier eigentlich irre?

»Es liegt ja wohl nicht ausschließlich an mir«, wehrte ich mich.

»Hör auf, alles abzustreiten«, schimpfte Rita. »Du bist selbst schuld an deiner Situation. O doch«, fuhr sie fort, als ich die Augen verdrehte.

Das war nicht ganz richtig, fand ich. Ich konnte nichts dafür, dass Papa tot und Mama nicht mehr nach Hause gekommen war und dass Rita mir nicht angeboten hatte, bei ihr zu wohnen.

»Mach mal das Handschuhfach auf«, forderte sie mich auf.

Ich gehorchte.

»Hol die Zigaretten raus.«

Ich suchte vergeblich zwischen Verbandsmaterial und Bedienungsanleitungen danach.

»Mist!«, fluchte Rita. »Jetzt hat der Arsch schon wieder meine Zigaretten genommen. Deshalb kann ich nicht mit ihm zusammenwohnen. Er kapiert nicht, dass er sich nicht an den Sachen von anderen Menschen vergreifen soll.«

»Ich habe Zigaretten dabei«, sagte ich.

Wir hielten an einem Rastplatz.

»Ist dir nicht kalt?«

Rita deutete auf meinen bauchfreien Pullover. Sie hatte mich zu überreden versucht, etwas anderes anzuziehen, egal was, solange ich nicht wie eine Nutte aussah. Aber die mussten mich in diesem Heim eben so nehmen, wie ich war.

»Du fährst schließlich nicht in die Sommerferien«, fügte Rita hinzu.

Ich sagte, das wüsste ich. Dann musste ich an Papas Pläne für die Ferien denken. Er hatte immer davon gesprochen, mit mir an weiße Strände mit Palmen zu fahren, mit Kokosnüssen und kristallklarem Wasser. Ich glaubte schon lange nicht mehr daran, dass wir jemals verreisen würden, aber ich hatte ihm so gern zugehört. Er hatte es so anschaulich geschildert, dass ich fast das Gefühl hatte, dort gewesen zu sein. *Du und ich unter einer Palme. Ich trinke ein kaltes Bier und du … irgendwas anderes. Weißer Sand, türkises Wasser und kein Mensch, so weit das Auge reicht.*

»Ich werde das Haus verkaufen«, verkündete Rita und trat ihre Zigarette aus. »Warum sollten wir es behalten? Irgendein Deutscher oder Norweger wird schon viel zu viel Geld dafür hinblättern. Aber ich muss es erst entrümpeln und putzen, und das wird dauern bei dem ganzen Mist, der sich angesammelt hat.«

Ich sah vor mir, wie Rita und ihre Freunde das Haus ausräumten. Wie sie über die alten Weihnachtsgardinen lachten, die seit Jahren am Küchenfenster hingen, sich vor dem Geruch nach Pisse in der Toilette ekelten und die Augen verdrehten bei dem ganzen Müll, den Papa nie wegwerfen wollte. *Wie zum Teufel kann man so wohnen?* Bei dem Gedanken wurde ich wütend.

»Er war am Ende ja fast schon so ein Messie«, sagte Rita.

»Es fiel ihm einfach nur schwer, etwas wegzuwerfen«, entgegnete ich und dachte an die Büchsen, die gefüllt waren mit Kronkorken, kaputten Feuerzeugen und alten Münzen.

»Ja, genau, und jetzt darf ich mich darum kümmern.«

»Tut mir leid, dass er dir so viel Ärger macht, weil er gestorben ist.«

»So habe ich das nicht gemeint.«

Ich sagte, ich wolle einfach nur wieder nach Hause fahren, allein leben, ich käme schon klar. Doch Rita entgegnete, dass ich das nicht dürfe. Ich konnte nicht wie Pippi Langstrumpf leben. Jemand musste sich um mich kümmern.

Warum?

Aus zwei Gründen. Erstens: Ich war destruktiv. Zweitens: Ich besaß keine Truhe voller Goldmünzen.

Kapitel drei

Charlie wachte vor dem Wecker auf. Sie lag unter einer dünnen Decke nackt auf dem Sofa, ihr Hals war trocken und verkrampft. Sie stand auf, zog sich das T-Shirt über, das auf dem Boden lag, und ging in die Küche.

Auf dem Dunstabzug lag der Alkoholtester. Sie blies hinein und sah erleichtert, dass ihr Blutalkoholwert bei 0,0 Promille lag. Vor ein paar Monaten war sie am Tag nach einem durchzechten Abend in eine Kontrolle geraten, und es war pures Glück gewesen, dass sie bestanden hatte. Das Risiko wollte sie nicht mehr eingehen.

Sie holte die Dose mit dem Sertralin hervor und nahm vier Tabletten mit einem großen Schluck Wasser. Vor anderthalb Jahren hatte sie von hundert auf zweihundert Milligramm erhöht, und die Welt da draußen war in weitere Ferne gerückt. Sie nahm jetzt die höchste Dosis, hatte der Arzt beim Ausstellen des Rezeptes gesagt. Wenn das nicht half, dann…

Sie hatte nicht nachgefragt, was er damit meinte. Sie wusste, zu welchen Methoden man griff, wenn nichts anderes half.

Die Nebenwirkungen nach der Dosiserhöhung waren stärker geworden. Sie schwitzte, schlief unruhig und hatte das Gefühl, dass ihr Gedächtnis schlechter geworden war. Doch das nahm sie alles gern in Kauf, wenn ihr dadurch die schlimmsten Angstattacken erspart blieben.

Sie nahm einen Trinkjoghurt aus dem Kühlschrank und zwang sich, die Flasche zu leeren, damit sich die Übelkeit legte. Wegen des seltsamen Nachgeschmacks sah sie auf das Mindesthaltbarkeitsdatum. Seit fast einer Woche abgelaufen.

Eine Viertelstunde später fuhr sie mit dem Aufzug in die Tiefgarage. Wie viel einfacher das Leben mit genügend Geld doch war, dachte sie. Sie musste nicht mühsam nach einem Parkplatz suchen oder im Winter die Scheiben freikratzen. Diese kleinen Dinge waren es, für die es sich lohnte, mehr als unbedingt nötig davon zu haben.

»Charline?«

Verdammt, dachte Charlie, als sie die nörgelnde Stimme ihrer Nachbarin hörte, und drehte sich um. Trotz der frühlingshaften Temperaturen trug Dorothea einen Pelz, der ihr bis zu den Füßen reichte.

»Wenn es um den Papiermüll geht, den ich vor meiner Tür abgestellt habe – den habe ich mittlerweile entsorgt«, sagte Charlie.

»Nein, darum geht es nicht.«

»Können wir uns später unterhalten?«, bat Charlie. »Ich bin gerade auf dem Weg zur Arbeit.«

»Sie nehmen ja nachts gern mal… fremde Männer mit in die Wohnung«, fuhr Dorothea ungerührt fort. »Viele aus der Eigentümergemeinschaft finden das problematisch.«

Charlie wurde erst eiskalt, dann glühend warm. Sie war Betty. Es spielte keine Rolle, dass die Kulisse eine andere war. Sie war Betty, und Dorothea war die Blicke im Ort, die Besuche der Schule zu Hause, das Geschrei der betrogenen Ehefrauen.

Um die kümmern wir uns nicht, Liebling. Wir sehen sie nicht, wir hören sie nicht. Kopf hoch und nach vorn schauen.

»Warum?«, erwiderte Charlie und sah Dorothea direkt an. »Warum genau ist das ein Problem?«

»Ja, das dürfte Ihnen doch klar sein. Man fühlt sich einfach nicht sicher, wenn ständig Leute im Haus ein und aus gehen. Wer weiß, was für zwielichtige Gestalten den Zugangscode für die Haustür haben.«

»Woher wollen Sie wissen, dass das zwielichtige Gestalten sind? Es könnten ja auch meine Freunde sein?«

»Ich weiß ja nicht, wie Sie das sehen, Charline, aber ich für meinen Teil finde das nicht angemessen. Vielleicht sollten Sie Ihre Freunde lieber tagsüber treffen. Ich spreche hier wohl im Namen aller Eigentümer.«

»Dann richten Sie allen Eigentümern doch bitte etwas von mir aus«, sagte Charlie.

Dorothea nickte.

»Ich nehme in meine Wohnung mit, wen ich will und wann ich will. Und es ist mir egal, was Leute, die ich nicht kenne, von mir denken. Es ist mir egal. Können Sie das bitte weitergeben?«

»Sie können bei der nächsten Versammlung ja gern selbst mit allen sprechen.«

»Da habe ich keine Zeit«, entgegnete Charlie. »Mir ist etwas dazwischengekommen.«

»Wie können Sie das jetzt schon wissen? Wir haben noch nicht mal einen Termin festgelegt.«

Charlie erinnerte sich an die letzte Eigentümerversammlung, die stundenlangen Diskussionen wegen Fahrrädern in den Kellerabteilen, Zugangscodes und die schlampige Arbeit der Reinigungsfirma im Treppenhaus. Kinder schrien zu laut im Innenhof, Fremde seien angeblich um das Haus herumgeschlichen, und eine Hecke sei nicht ordentlich gegossen worden.

»Es müssen aber alle teilnehmen, Charline, wir sind nur so wenige …«

»Ist das gesetzlich vorgeschrieben?«, unterbrach Charlie sie. »Dass Anwesenheitspflicht besteht?«

Dorothea warf ihr einen Blick voller Abneigung zu und sagte, dass man in diesem Haus als Eigentümer an den Versammlungen teilnahm, so sei es schon immer gewesen. Dann drehte sie sich um und marschierte wütend zu ihrem Wagen.

Charlie dachte wieder an Betty.

Die sind uns egal. Wir hören sie nicht, wir sehen sie nicht. Kopf hoch.

Charlie hatte die Blicke gesehen, das Flüstern gehört. Manchmal hatte sie sogar das Gefühl gehabt, Gedanken lesen zu können. Dass die Tochter mal genauso verrückt wie die Mutter werden würde.

Charlie hatte versucht, Betty dazu zu bringen, mehr wie die anderen Mütter zu sein. Nicht alle möglichen Leute nach Hause einzuladen und ausufernde Feiern zu veranstalten, was richtig gefährlich werden konnte. Betty hatte jedoch nur gelacht und nicht verstanden, wie um alles in der Welt sie so ein kritisches und misstrauisches kleines Kind bekommen konnte.

Und wenn alles Bargeld ausgegeben, alle Schnapsflaschen geleert waren und Bettys überdreht gute Laune in Depression umgeschlagen war und sie ins Leere starrend auf dem Sofa lag, hatte sie Charlie zu sich gerufen und ihr gesagt, sie hätte auf sie hören sollen. Sie hätte auf ihre Tochter hören sollen, denn Charlie sei der Welt klügster

Mensch und Betty eine Idiotin. *Deine Mutter ist leider eine ganz schöne Idiotin, Charline.*

Dorothea rollte an ihr vorbei, gab Gas und warf ihr einen letzten Blick zu.

Charlie lächelte. Ich bin immun, dachte sie. Es ist mir egal. Und da war es wieder, dieses leise Gefühl der Dankbarkeit, Betty Lagers Tochter zu sein.

Kapitel vier

In ihrem Wagen sah es aus, als ob sie darin wohnte. Pappbecher, T-Shirts und Briefe lagen wild verstreut herum. Warum räumte sie nicht einfach auf? Warum fiel ihr vieles, was andere ganz automatisch erledigten, so schwer?

Als sie aus der Garage fuhr, fiel ihr ein, dass sie Anders abholen sollte. Er wohnte nur zwei Straßen von ihr entfernt, und sein Auto war gerade in der Werkstatt.

Während sie vor seinem Haus wartete, trat eine Familie auf die Straße, Mutter, Vater und ein etwa dreijähriges Mädchen. Die Mutter trug außerdem ein Baby in einem Tragegurt vor dem Bauch. Charlie sah ihnen nach, als sie davongingen. Wie so ein Leben wohl war? Kleine Versionen seiner selbst zu erschaffen? Sie zu Ballettstunden zu begleiten, zu Elternabenden und Familienfeiern zu gehen? Wäre es bei ihr und Johan auch so gewesen, wenn er nicht …?

Red dir nichts schön, flüsterte Betty in ihrem Kopf. *Das mit der Zweisamkeit ist nichts für uns, das endet immer nur böse. Egal was passiert, es geht nie gut aus.*

Doch da waren sie auf einmal wieder, Mama, Papa und die Kinder, und Charlie verspürte eine plötzliche Trauer darüber, dass das Leben – oder was auch immer – sie so geschädigt hatte, dass sie dieses Glück oder diese Sicherheit niemals mit einem anderen Menschen empfinden könnte. Es war egal, ob diese Gefühle eingebildet oder falsch waren oder irgendwann erkalten würden. Sie hatte daran glauben wollen, wenigstens für eine Weile.

»Gemütlich hast du's hier«, sagte Anders und hob eine braune Bananenschale vom Boden auf. »Wie hältst du das nur aus?«

»Ich halte es nicht aus.«

»Warum machst du dann nicht sauber?«

»Ich räume die ganze Zeit auf«, erwiderte Charlie. »Oder zumindest manchmal, aber direkt danach ist es wieder unordentlich. Zu Hause ist es dasselbe. Ich begreife nicht, wie es bei anderen Leuten immer so ordentlich sein kann.«

»Man muss einfach nur alles gleich wieder an seinen Platz zurücklegen«, antwortete Anders, als sei es das Einfachste auf der Welt. »Du solltest das Auto mal zu einer Innenraumreinigung bringen. Ich kenne da jemanden ...«

»Später«, unterbrach ihn Charlie. »Im Moment ist so viel anderes los.«

»Ich finde es gerade ziemlich ruhig.«

»Es geht nicht immer um die Arbeit.«

»Nicht? Habe ich etwas verpasst? Hast du jemanden kennengelernt?«

»Fang nicht schon wieder damit an.«

»Mache ich nicht. Ich bin nur neidisch.«

»Worauf?«

»Dass du so leicht neue Leute kennenlernst.«

»Das würdest du auch, wenn du dich ein bisschen anstrengen würdest.«

»Ja, aber wie lernt man überhaupt jemanden kennen?«, fragte Anders. »Ich arbeite die ganze Zeit, oder Sam ist bei mir. Und das Angebot, wenn man da draußen nach jemandem sucht… Wie soll man jemanden finden, der Single ist und sich von einem genauso angezogen fühlt wie umgekehrt. Was denn?« Er drehte sich zu Charlie, die leise lachte. »Was ist daran lustig?«

»Du klingst wie ein alter Mann, wenn du *sich voneinander angezogen fühlen* sagst.«

»Was schlägst du dann vor? Ich meine, um jemanden zu finden, mit dem es klappt?«

»Machst du dich jetzt über mich lustig?«, wollte Charlie wissen. »Bei mir hat es doch noch nie mit irgendwem geklappt, zumindest nicht so, wie du es verstehst. Aber für mich funktioniert es.«

Mit Wohlbehagen dachte sie an die vergangene Nacht. Nachdem Jack aufgehört hatte zu reden und das tat, was er tun sollte, war es schön gewesen. Wenn er danach nicht so gekränkt und verletzend geworden wäre, hätte sie ihn gern wiedergesehen.

Ein Auto bog vor ihr auf die Straße ein.

»Ganz ruhig«, sagte Anders, als sie hupte. »Er hatte Vorfahrt.«

»Muss er sich so reindrängen, nur weil er Vorfahrt hat?«

»Nein, aber du musst nicht so aggressiv sein. Fußgängerübergang«, verkündete er und deutete auf eine Frau mit einem Hund, die auf die Straße getreten war.

»Das sehe ich«, fauchte Charlie.

»Warum bist du so gestresst?«

»Bin ich nicht.«

»Lass es mal ein wenig ruhiger angehen, wenn wir ausnahmsweise gerade keinen dringenden Fall haben.«

»Ich lasse es ruhig angehen«, wehrte sich Charlie und

dachte, wie unwohl sie sich fühlte, dass sie gerade nicht mit Ermittlungen beschäftigt waren.

Den gestrigen Tag hatten sie in der Rechtsmedizin verbracht, um sich über neue Techniken zu informieren. Und wenn heute nichts Eiliges anstand, würden sie die Zeit mit persönlicher Weiterbildung verbringen, wie Challe es nannte. Charlie wollte sich in die aktuellste internationale Forschung zum Thema Profiling vertiefen. Sie hoffte, damit die nagende Rastlosigkeit in Schach zu halten.

Am Eingang zur Nationalen Operativen Abteilung zogen Anders und Charlie ihre Magnetkarten durch das Lesegerät und gingen durch die Absperrung. Charlie arbeitete seit vier Jahren bei der NOA und war die jüngste Ermittlerin im Team, das aus den besten Kräften des Landes in ihren jeweiligen Fachgebieten bestand. Dennoch war ihr das sogenannte Hochstapler-Syndrom unbekannt, von dem so viele Menschen sprachen, nämlich die Angst, eigentlich unfähig im eigenen Job zu sein und irgendwann enttarnt zu werden. Im Gegenteil. Sie wunderte sich oft über die Defizite und Wissenslücken bei ihren Kollegen. Vor Challe hatte sie höchsten Respekt – aber nicht, weil er ihr Chef war, sondern weil er schnell denken konnte und auf eine Art hart war, die ihr gefiel, weil sie seine Laune und seine Reaktionen so leicht einschätzen konnte. Sie war ihm auch dankbar, dass er ihr immer größere Verantwortung übertragen und sein Vertrauen in sie demonstriert hatte, obgleich sie ihm einige Male Anlass zum Zweifeln geliefert hatte.

Noch eine Viertelstunde bis zur Morgenbesprechung. Charlie scrollte im Internet durch die großen Tageszeitungen und rief dann die Lokalzeitung aus Västergötland auf, die sie abonniert hatte. Früher hatte sie alles gemieden, was mit Gullspång zu tun hatte, doch jetzt verfolgte sie das Geschehen dort recht aufmerksam. Dass der Fußballverein aus der fünften in die vierte Liga aufgestiegen war, dass ein Milchbauer auf Silberschmied umgesattelt hatte und welche Fahrräder und Bootsmotoren gestohlen worden waren.

Kristina stellte im Besprechungsraum Kaffee und Kekse bereit.

»So ein tolles Wetter heute«, sagte sie und zog eine Gardine am Fenster zurück. »Jetzt ist es wirklich Frühling.«

»Ja, echt schön«, erwiderte Charlie.

Sie nahm eine Kaffeetasse und füllte sie mit Wasser aus einer Karaffe auf dem Tisch. Es war kein Geheimnis, dass sie und Kristina nicht warm miteinander wurden, doch Charlie hatte gelernt, sich mit ihr einfach nur über das Wetter zu unterhalten und keine Energie mehr in andere Gesprächsthemen zu investieren. So funktionierte es meistens gut.

Hugo kam herein, gefolgt von Anders, Challe und dem Rest des Teams.

Mit Greger Vincent hatten sie einen neuen Kollegen bekommen. Er war vorher bei der Abteilung für Kapitalverbrechen gewesen und seit ein paar Wochen bei der NOA. Sie hatten noch keinen Fall gemeinsam bearbeitet, doch Charlie freute sich darauf, da Greger einen guten Ruf und sie schon ein paarmal zum Lachen gebracht hatte. Er setzte sich an den Konferenztisch, und auf seinem weißen Hemd prangte ein Kaffeefleck, was Kristina auf dem Weg zur Tür natürlich sofort kommentierte.

»Jetzt ist es eben so«, antwortete Greger ungerührt.

Charlie lächelte ihn an. Sie fand es sympathisch, wenn Menschen ihr eigenes Äußeres nicht so wichtig war. Greger erwiderte das Lächeln und hob grüßend seine Kaffeetasse.

Die Sonne schien in den Raum, und die Besprechung verlief fröhlich und entspannt, doch Charlie wünschte sich wie üblich, sie wäre schon zu Ende. Sie würde sich nie an Gespräche ohne konkretes Thema oder Ziel gewöhnen. Als man zu den Urlaubsplänen der Teammitglieder überging, nahm sie sich ihren zweiten Keks und schaltete innerlich ab.

»Und was ist mir dir, Charlie?«, sagte Challe plötzlich.

»Keine Ahnung«, erwiderte sie. »Ich fahre vielleicht in mein Haus in Västergötland. Was denn?«, fragte sie, als die anderen zu lachen anfingen.

»Wir haben gerade darüber gesprochen, womit ihr euch heute beschäftigen werdet«, half ihr Challe auf die Sprünge. »Die eigenständige Weiterbildung, du weißt schon.«

»Ach so. Also, ich … Aus Deutschland gibt es neue Forschungsergebnisse zum Thema Profiling, das wollte ich mir mal durchlesen.«

»Gut«, antwortete Challe. »Du kannst dem Team ja später berichten, wenn du auf etwas Interessantes gestoßen bist.«

Charlie nickte.

Greger ging vor ihr aus dem Besprechungsraum. Sein Gang war leicht schlendernd, jungenhaft, dabei war Greger Vincent gerade vierzig geworden. Manche Menschen wirkten einfach immer etwas kindlich, egal wie alt sie waren, wohingegen andere – sie selbst eingeschlossen –

immer schon alt gewesen waren. So hatte Betty es zumindest immer ausgedrückt. *Ich habe der Welt älteste Tochter.*

Kapitel fünf

Als Erstes machte Charlie ein Feuer im Kamin, als sie nach der Arbeit nach Hause kam. Es war zwar warm genug, doch sie saß gerne davor und starrte in die Flammen und hörte dem knackenden Birkenholz zu. Sie hoffte, es würde gegen die Rastlosigkeit helfen, die im Lauf des Tages immer stärker geworden war. Vielleicht sollte sie eine Weile lesen. Sie holte das Buch, das auf ihrem Nachttisch lag. *Bergljots Familie,* von Vigdis Hjorth, das sie schon nach wenigen Seiten geliebt hatte. Doch jetzt konnte nicht einmal dieser fesselnde Roman sie in seine Welt ziehen. Vielleicht sollte sie noch mal los und eine kleine Runde durch die Stadt drehen. Schließlich war es Freitagabend.

Sie scrollte durch die Kontaktliste in ihrem Handy. Lauter Männervornamen, zu denen sie sich Eselsbrücken notiert hatte. Tim, Gitarrenmann, Barkeeper-Adam, Ludde J., alle würden nur zu viel Stress bedeuten und lagen zu weit in der Vergangenheit.

Sie gab auf und schrieb Anders eine Nachricht: *Lust auf ein Bier?*

Nach ein paar Sekunden erhielt sie ein Foto von einem gedeckten Tisch. *Vielleicht später.*

Sie seufzte. Da würde sie wohl allein losziehen müssen. Anders würde noch einige Stunden beim Abendessen verbringen, und dann war er vielleicht zu müde, um noch mal rauszugehen.

Charlie fasste regelmäßig Vorsätze, und am schwersten fiel es ihr, nicht allein zu trinken. Irgendwo hatte sie gelesen, dass man genau das vermeiden sollte, wenn man nicht betrunken werden wollte. Doch das war nicht so einfach. Allein die Angst, richtig alkoholkrank zu werden und dann ganz mit dem Trinken aufhören zu müssen, hielt sie manchmal davon ab, denn ein Leben ohne Alkohol... Sie wusste nicht, ob sie das aushalten würde.

Zehn Minuten später verließ sie die Wohnung und eilte an Dorotheas Tür vorbei.

Sie spazierte auf gut Glück durch die Gegend, bis sie plötzlich laute Musik aus einer Nebenstraße hörte, die aus einem Keller drang. Charlie blieb bei einigen Frauen in den Dreißigern stehen, die auf der Straße rauchten, und fragte, ob hier eine Bar wäre.

Eine der Frauen bestätigte das, und nicht nur irgendeine Bar, sondern ausgerechnet im reichen Stadtteil Östermalm gab es hier das billigste Bier in ganz Stockholm.

Charlie ging die Treppe nach unten, feuchtwarme Luft schlug ihr entgegen. Die Räume waren niedrig. Sie setzte sich auf einen Barhocker und bestellte ein Bier.

Sara

»Schau nur, wie toll das aussieht«, sagte Rita, als sie auf den Parkplatz vor einem imposanten roten Backsteingebäude einbog. »Wie ein Schloss. Kaum zu glauben, dass das früher mal eine Irrenanstalt war.«

Wir gingen den Kiesweg auf den Eingang zu. Die Grünanlagen um das Gebäude waren so weitläufig, dass ich nicht sehen konnte, wo sie endeten. Geharkte Wege durchzogen den Rasen, überall standen in Form geschnittene Büsche und Bänke.

»Warum bleibst du stehen?«, fragte Rita.

»Was ist denn das?« Ich zeigte auf eine Figur.

»Eine Statue.« Rita seufzte. »Ein Engel.«

»Das sehe ich auch, aber warum hat sie keinen Kopf?«

»Der ist wahrscheinlich abgefallen«, meinte Rita. »Warum hältst du dich mit solchen Kleinigkeiten auf?«

»Das ist Nike von Samothrake«, verkündete eine Stimme, und ein Mädchen trat hinter einem Busch hervor. Sie war genauso dünn angezogen wie ich. »Und ihr fehlt nicht nur der Kopf.« Sie deutete auf die Statue. »Sie hat auch keine Arme und Füße. Aber Flügel hat sie, was ziemlich sinnlos ist, wenn man nicht sehen kann, wohin man fliegt.«

Am Eingang wurden wir von einer Frau empfangen, die uns zur Begrüßung die Hand gab, erst mir, dann Rita.

Sie hieß Marianne und war die Heimleiterin. Sie sagte, ich würde mich sicherlich bei ihnen wohlfühlen, und bat uns, ihr durch einen langen Korridor mit in den Boden eingelassenen Fossilien zu folgen.

Wir saßen schon einige Minuten in Mariannes Büro, als ich den kleinen Hund in der Ecke hinter dem Schreibtisch entdeckte. Er stand plötzlich auf und kam zu mir. So einen Hund hatte ich noch nie gesehen. Die einzelnen Körperteile schienen nicht richtig zusammenzupassen; die Zähne im Unterkiefer mit dem Unterbiss waren zu groß, und die Ohren ragten in verschiedene Richtungen.

Mariannes eintöniger Vortrag über Vorschriften, Besuchstage, Verbote und Zeiten, an die man sich zu halten hatte, ermüdete mich schnell.

Rita schien genauso unkonzentriert wie ich. Sie wollte wahrscheinlich einfach nur von hier weg, eine Zigarette rauchen und zu dem Mann zurückkehren, der sich ständig an ihren Sachen vergriff.

Marianne verließ kurz den Raum und kam mit einem Nachthemd, einem Morgenmantel und einem Paar flacher weißer Pantoffeln für mich zurück. Die Böden seien kalt im Heim Rödminnet, sagte sie, und den Morgenmantel solle man beim Frühstück tragen, wenn man keine anderen Kleider besaß. In Nachthemd oder Unterwäsche dürfe man nicht frühstücken.

»Und das hier ist auch für dich«, fuhr sie fort und reichte mir ein Notizbuch mit festem Einband.

Die Vorderseite zeigte das Foto einer strahlenden Sonne über einer Sommerwiese. Ich fragte, wozu das Buch gut sein solle, und Marianne antwortete, um hineinzuschreiben. Alle Mädchen im Heim Rödminnet hätten so eins. Dann fragte sie, ob ich noch etwas wissen wolle.

»Ja«, sagte ich und deutete auf den Hund in der Ecke. »Was ist das für eine Rasse?«

»Das ist ein Mischling. Ich glaube, da ist ein bisschen Zwergpinscher und Chihuahua dabei, aber ich weiß es nicht genau. Ich habe sie in Spanien gefunden«, fuhr Marianne fort. »Ihr hättet sie sehen sollen, ganz abgemagert und voller Flöhe. Trotzdem habe ich zu meinem Mann gesagt, dass ich nicht ohne diesen Hund nach Hause fahre. Und jetzt ist sie hier, unsere Piccola, und hat sich ganz toll entwickelt.«

Nachdem Rita gefahren war, brachte Marianne mich zu meinem Zimmer. Wir gingen durch lange Flure mit Steinboden. An den Wänden hingen große Schwarz-Weiß-Fotos von Menschen mit merkwürdigen Hüten und traurigen Augen. Ich blieb stehen und las die Zeilen unter einem Foto, auf dem vier weiß gekleidete Frauen mit Handarbeiten auf dem Schoß auf einer Bank saßen. *Patientinnen aus dem Pavillon zwei sticken in der Frühlingssonne.*

»Komisch, nicht wahr?«, sagte Marianne.

»Was sind das für seltsame Hüte?«

»Hibernalhüte.«

»Was?«

»Hibernal – heute kennt man es noch unter Chlorpromazin – hat man früher gegen Psychosen verschrieben, wodurch die Patienten allerdings sonnenempfindlich wurden. Die Hüte waren zum Schutz der Haut.«

Eine Frau und ein Mann kamen auf sie zu.

»Das ist Emelie, meine Assistentin, und Frans, unser Psychologe«, stellte Marianne die beiden vor. »Kommt und sagt Sara Guten Tag.«

Die beiden schüttelten mir zur Begrüßung die Hand.

Die vielen neuen Menschen hatten mich erschöpft, und ich wollte mich am liebsten irgendwo hinlegen.

»Da wären wir«, sagte Marianne und klopfte an eine Tür, die sie gleichzeitig öffnete. »Lo, komm und begrüß deine neue Zimmergenossin. Aber warum hast du dich nicht angezogen?«

Eine heisere Stimme antwortete, sie sei sehr wohl angezogen.

Marianne bat mich seufzend herein. Der Raum war ziemlich klein, mit einem Stockbett aus Holz an einer und einem langen Schreibtisch mit zwei Stühlen an der gegenüberliegenden Wand. Lo verfolgte vom oberen Bett aus jede unserer Bewegungen.

»Das ist Sara Larsson«, stellte Marianne mich vor. »Unser Neuzugang, von dem ich dir erzählt habe.«

»Sie haben mir gar nichts erzählt«, erwiderte Lo, setzte sich auf und legte das eine dünne Bein über das andere.

»Doch, das habe ich. Und jetzt sollt ihr zwei euch ein bisschen besser kennenlernen. Du kannst Sara durch das Heim führen. Zeig ihr den Garten, die neuen Pflanzkisten im Gewächshaus und …«

»Schon gut«, unterbrach Lo sie. »Ich zeige ihr alles.«

»Wie heißt du noch mal?«, fragte Lo, nachdem Marianne gegangen war.

»Sara.«

»Sara, Sara, Sara«, wiederholte sie seufzend. »So heißt doch jeder.« Sie gähnte und streckte die Arme zur Zimmerdecke. »Ich heiße Lo Luna Moon«, fuhr sie fort. »Das ist mein vollständiger Name. Ich kam zu früh, mitten in der Nacht, bei Vollmond, und ich war so klein und haarig, dass Mama fand, ich sähe wie ein kleiner Luchs aus. Lo Luna, verstehst du?«

Ich sah mich noch einmal in dem Raum um. Das hohe Fenster, der Herbsthimmel draußen. Auf dem Schreibtisch und dem Fensterbrett stapelten sich Bücher.

»Sind das deine?«, fragte ich und nickte in Richtung der Stapel.

»Ja. Liest du gern? Oder bist du so ein armes Schwein, das noch nie im Leben ein Buch gelesen hat?«

»Ich lese total gern«, log ich, weil ich nicht gleich am ersten Tag unterlegen sein wollte. Ich zog ein Buch aus einem Stapel, auf der Vorderseite war ein alter Mann zu sehen.

»Die göttliche Komödie«, erklärte Lo.

»Ist das lustig?«

Lo lachte. »Also, hast du einen Freund?«

»Wieso?«

»Ich will nur wissen, ob du nachts abhauen willst oder so was.«

Ich dachte an Jonas Landell. In den letzten Monaten hatte ich quasi bei ihm in dem alten Haus seiner Großmutter bei der Feuerwehr gewohnt. Es war irgendwie schön, nicht allein zu sein, und außerdem kochte er gut.

»Nein«, erwiderte ich. »Kein Freund. Und du?«

Lo schüttelte den Kopf und fragte nach meinen Beschränkungen.

»Das, was du nicht machen darfst«, erklärte sie, als ich nicht verstand, worauf sie hinauswollte.

»Gilt nicht für alle dasselbe?«, fragte ich.

Lo sagte, das käme auf die eigene Verfassung an. Manche durften nicht allein vor die Tür.

»Das könnte dir auch blühen.«

Sie deutete auf meine Arme, die von roten Narben überzogen waren.

»Das ist nicht, wonach es aussieht«, verteidigte ich mich.

»Na klar. Ich sage dir eins, Sara, hier drinnen musst du dich nicht schämen. Hier drinnen ist das, was alle da draußen für Irrsinn halten, ganz normal. Du bist hier nicht die Einzige mit solchen Armen.«

»Die Schnitte kommen vom Holz«, erklärte ich, »von der Fabrik, in der ich gejobbt habe.«

»Ach so«, meinte Lo. »Nun, dann ist das wohl so.«

Sie fragte, wen vom Personal ich denn schon kennengelernt hätte, und als ich Frans und Emelie nannte, sagte sie, bei Emelie solle ich aufpassen, die sei ein bösartiges Miststück, das Mädchen schon in Heime verfrachtet hat, die viel schlimmer als Vansinnet waren. Ja, sie hatten Rödminnet in Vansinnet umgetauft, das war doch lustig, oder? Vansinnet – der Wahnsinn?

»Soll ich dich jetzt rumführen?«, fuhr Lo fort. »Willst du den Garten sehen und die Pflanzkisten im Gewächshaus?« Sie ahmte Mariannes Tonfall nach.

»Nicht jetzt, ich bin müde.«

Ich legte mich angezogen auf mein Bett und starrte an die Holzplatte über mir, die sich unter Los Gewicht leicht wölbte.

Lo sagte, es sei meine Schuld, wenn ich einschliefe und das Abendessen verpasste. Dann bombardierte sie mich mit Fragen. Sie wollte wissen, warum ich hier war, ob es mein erstes Heim und in wie vielen Pflegefamilien ich schon gewesen war. Dann fragte sie, warum ich nicht antwortete, das sei ja schon ganz schön unhöflich. Einfach rumzuliegen und nichts zu sagen, wenn einem jemand ein paar einfache Fragen stellte.

»Ich bin müde«, wiederholte ich. »Ich mag nicht reden.«

»Dann mag ich dich auch nicht herumführen, und du weißt dann eben nicht, wo alles ist.«

»Ich finde mich schon zurecht.«

»Viel Glück«, sagte Lo. »Aber gib nicht mir die Schuld, wenn du dich verläufst.«

Kapitel sechs

Ich bin so blöd, dachte Charlie, als sie am nächsten Tag auf dem Boden vor der Toilette aufwachte. Was war geschehen? Sie versuchte, die Erinnerungen an die letzte Nacht zusammenzusetzen, die Frauen auf der Straße, die Kellerbar, das billigste Bier der Stadt und dann … nichts.

Sie stand auf und musste sich vor lauter Schwindel am Waschbecken festhalten. Durch die offene Tür sah sie ihre Kleidung auf dem Boden in der Diele liegen. Sie hob sie auf und suchte dabei nach ihrem Handy. Es lag in der Küche neben dem Spülbecken.

Eine ungelesene Nachricht von Anders.

Wo bist du?

Sie scrollte nach oben und sah zu ihrem Entsetzen, dass sie ihm vier Stunden zuvor völlig wirr geschrieben hatte, er solle kommen.

Das Handy piepste. Noch eine Nachricht von Anders.

Alles in Ordnung?

Ja, alles gut, antwortete sie mit zitternden Fingern.

Aber woher wollte sie das wissen? Es war erschreckend, dass ihr so viele Stunden fehlten. Sie hatte öfter mal Erinnerungslücken, wenn sie viel getrunken hatte, aber niemals einen Filmriss von einem ganzen Abend, einer ganzen Nacht. Plötzlich wurde ihr schlecht, sie rannte zurück ins Badezimmer, wo sie sich in die Toilette übergab. Danach wusch sie sich am Waschbecken. Ihr Puls raste. Sie öffnete den Badezimmerschrank und holte die Packung Sobril heraus. Sie nahm eine Tablette von dem Beruhigungsmittel und legte sich ins Bett, wo sie sofort wieder einschlief.

Als sie das nächste Mal aufwachte, war es fast elf. Kurz fühlte sie sich noch schläfrig und entspannt, doch dann fiel ihr alles wieder ein, und die Panik flammte wieder auf. Sie scrollte durch die Nachrichten, um die rasenden Gedanken zu beruhigen. Bei einer Eilmeldung der *Dagens Nyheter* setzte sie sich auf: *Säugling bei Karlstad verschwunden. Groß angelegte Suche eingeleitet.* Der Begleittext war kurz und enthielt alle wichtigen Informationen. Eine Mutter hatte ihre neun Monate alte Tochter im Kinderwagen vors Haus gestellt, und als sie eine Stunde später wieder nach dem Baby sah, war es mitsamt dem Wagen verschwunden.

Charlie rief andere Nachrichtenseiten auf. Das vermisste Kind beherrschte die Schlagzeilen, doch Genaueres wusste niemand.

Sie rief ihren Chef Challe an, der sich sofort meldete.

»Ich wollte dich gerade anrufen«, sagte er. »Wegen des verschwundenen Babys in Karlstad. Die Lage ist ernst, und sie brauchen unsere Unterstützung. Ich würde dich und Anders gern hinschicken. Kannst du reinkommen?«

Dorothea öffnete ihre Wohnungstür, zwei Sekunden nachdem Charlie ins Treppenhaus getreten war. Sie musste hinter dem Türspion gelauert und nur darauf gewartet haben, sich auf sie zu stürzen.

Charlie nickte knapp und ging rasch die ersten Treppenstufen nach unten.

»Einen Moment, bitte, Charline«, rief Dorothea ihr nach.

Charlie blieb seufzend stehen. »Ich habe es eilig«, erwiderte sie.

»Ich wollte Ihnen nur sagen, dass ich bei der nächsten Eigentümerversammlung das Problem ansprechen werde, dass sich ständig Personen im Haus herumtreiben, die nicht hier wohnen. Sie wollen ja nicht auf uns hören.«

»Warum regen Sie sich denn so auf?«, fragte Charlie. »Wir haben doch erst gestern darüber gesprochen.«

»Genau. Gestern haben wir darüber gesprochen, und prompt haben Sie es am Abend wieder getan. Mein Mann und ich sind von dem Gepolter im Treppenhaus aufgewacht, und als wir nachgesehen haben, was da los war, haben Sie schon wieder einen neuen Freund mitgebracht.«

Charlies Herzschlag setzte einen Moment aus. Sie musste sich am Treppengeländer festhalten, um nicht zu stürzen.

»Charline?« Dorothea sah vom Treppenabsatz auf sie herab. »Ist alles in Ordnung?«

Charlie antwortete nicht, atmete nur tief durch und lief weiter die Stufen nach unten.

Kapitel sieben

Challe, Charlie und Anders saßen im Besprechungsraum. Charlie bemühte sich nach Kräften, Anders' forschendem Blick auszuweichen und sich auf den aktuellen Fall zu konzentrieren. Doch nicht einmal ein vermisstes Baby konnte sie von den Gedanken an den gestrigen Abend ablenken. Sie hatte einen Fremden mit nach Hause genommen … Aber wen? Und was war dann passiert?

»Heute Morgen um halb neun hat Frida Palmgren ihre neun Monate alte Tochter Beatrice in ihrem Kinderwagen auf die Terrasse gestellt«, berichtete Challe. »Das Mädchen schläft normalerweise mindestens eine Stunde, doch als Frida um halb zehn nach dem Kind sah, war es samt dem Wagen verschwunden.«

»Wissen wir noch mehr als das, was in den Zeitungen steht?«, fragte Charlie.

»Dazu komme ich gleich«, antwortete Challe.

»Ich dachte nur, dass die Zeit drängt.«

»Wenn du weiter dazwischenredest, brauchen wir noch länger«, sagte Challe und warf ihr einen verärgerten Blick zu. »Die Familie ist reich. Der Ehemann hat erst kürzlich ein Internetportal für fast drei Milliarden Kronen verkauft, weshalb man von einer baldigen Lösegeldforderung ausgeht.«

Er warf Charlie einen strengen Blick zu, die aufgestanden war, doch sie setzte sich nicht wieder, sondern rannte auf die Toilette, wo sie sich noch einmal übergab.

Nachdem sie die Spuren beseitigt und zweimal gespült hatte, sah sie in den Spiegel. Was hatte sie sich da nur eingefangen? Was zum Teufel war passiert? Wen hatte sie mit nach Hause genommen? Hatten sie Sex miteinander gehabt? Sie fühlte in sich hinein, spürte, dass sie etwas wund zwischen den Beinen war. War das gestern auch schon so gewesen, nach der Nacht mit Jack? Sie wusste es nicht.

»Bist du krank, Charlie?«, fragte Challe, als sie zurückkam.

»Nein.«

Er sah sie an, als warte er auf eine Erklärung. Als diese ausblieb, fasste er kurz für sie zusammen, was sie verpasst hatte. Die Familie hatte ihres Wissens keine Feinde, die Befragung der Nachbarn hatte bisher auch nichts ergeben. Die Hunde hatten eine Spur gefunden, sie aber in Regen und Sturm schnell wieder verloren. Außerdem konnte sie jeder hinterlassen haben, der die Familie in der letzten Zeit besucht hatte.

»Wer war denn alles dort?«, fragte Charlie.

»Sie haben einige Angestellte«, sagte Challe, »und Freunde könnten auch vorbeigeschaut haben.«

»Ist ein Team vor Ort, das die Eltern einweist, wie sie sich zu verhalten haben, wenn die Kidnapper sich melden?«

»Da waren sie gerade dran, als ich die Ermittlungsleiterin angerufen habe«, antwortete Challe.

»Gut, dann sollten wir wohl am besten gleich losfahren«, sagte Anders und stand auf.

Challe hielt Charlie zurück, als sie den Raum verlassen wollte. »Kann ich noch kurz mit dir reden?«

»Klar.« Charlies Unbehagen wuchs.

»Kann ich mich darauf verlassen, dass du dich im Griff hast?«, fragte Challe, als sie allein waren.

»Natürlich.«

»Sei nicht gleich so aggressiv. Ich würde nicht mit dir darüber sprechen, wenn du nicht …«

»Ich bin nicht aggressiv. Ein Baby ist verschwunden. Wenn du mir nicht zutraust, dass ich meine Arbeit machen kann, dann solltest du besser jemand anderen losschicken.«

»Ich vertraue dir.«

»Gut.«

Charlie dachte, dass er ihr in letzter Zeit nicht gerade dieses Gefühl gegeben hatte.

»Also enttäusch mich jetzt nicht, Lager.«

»Ich tue mein Bestes.«

Und das stimmte, dachte sie, als sie das Büro verließ. Sie gab immer ihr Bestes, ausgehend von dem, was das Leben ihr mitgegeben hatte.

Endlich schläft sie. Die kleine Brust hebt und senkt sich unter den kurzen Atemzügen. Die Haare locken sich in der Wärme. Ab und zu zittert ihr Mund, als ob sie an einem unsichtbaren Schnuller saugt. Dann lächelt sie im Schlaf, und das Grübchen in der linken Wange vertieft sich. Ich streiche ihr über die Stirn. Die Haut ist so weich. Sie verzieht das Gesicht und entspannt sich wieder. Ich beuge mich vorsichtig über sie und atme ihren Babybreiatem ein.

Sie ist perfekt.

Kapitel acht

»Was war denn los heute Nacht?«, fragte Anders auf der Fahrt nach Karlstad. Sie hatten nicht darüber diskutieren müssen, wer am Steuer saß.

»Nur ein bisschen zu viel Bier.«

Charlie schaltete das Radio ein und drehte die Lautstärke höher als Zeichen für Anders, dass sie sich nicht unterhalten wollte. Er verstand den Wink allerdings nicht.

»Stürzt du gerade wieder ab?«, fragte er.

»Mir geht es gut.«

»Dann solltest du mich nicht mitten in der Nacht anrufen und … Erinnerst du dich etwa nicht?«, sagte er, als ihre Blicke sich trafen. »Weißt du nicht mehr, dass du mich angerufen hast?«

»Natürlich weiß ich das noch.«

Charlie spürte, wie die Panik zurückkehrte. Sie hatte nur ihre Nachrichten an Anders gesehen; jetzt hatte sie ihn offensichtlich also auch noch angerufen. Was zum Teufel hatte sie zu ihm gesagt? Sie nahm ihre Handtasche, holte die Packung Sobril heraus und schluckte eine Tablette ohne Wasser.

»Kopfschmerzen?«, kommentierte Anders.

Sie nickte und unterdrückte den Impuls, ihn zu fragen, in welchem Zustand sie bei dem Anruf gewesen war.

Ob er im Hintergrund etwas gehört, was sie gesagt hatte. Vielleicht hätte sie in Stockholm bleiben und den Ereignissen nachforschen sollen. Vielleicht hatte ihr jemand K.-o.-Tropfen in ihr Bier gemischt. Doch dann fiel ihr die Statistik ein, nach der die meisten, die glaubten, betäubt worden zu sein, einfach nur sehr betrunken gewesen waren. Und selbst wenn es so gewesen wäre… Was nützte ihr das Wissen? Sie hatte keine Ahnung, wer mit ihr nach Hause gegangen war. Sie könnte zurück in die Kneipe gehen und die Angestellten fragen, aber was dann? Eine offizielle Ermittlung könnte das Ende ihrer Karriere bedeuten. Challe würde sie diesmal vielleicht endgültig rauswerfen.

Es ist nicht passiert, dachte sie. Diese Nacht hat niemals stattgefunden. Und zum zweiten Mal innerhalb kurzer Zeit war sie dankbar über die Erfahrungen aus ihrer Jugend, für die Fähigkeit, Dinge zu verdrängen, zumindest übergangsweise, wenn sie sich auf etwas anderes konzentrieren musste. Und ab jetzt gab es nichts anderes mehr als ein verschwundenes kleines Mädchen, das sie unbedingt finden mussten.

Sie hatten die Stadt hinter sich gelassen. Äcker, Pferdeweiden und Wälder erstreckten sich zu beiden Seiten der Straße. Wenn sie in keinen Stau gerieten, sollten sie um etwa vier Uhr nachmittags in Karlstad sein.

»Ich hoffe die ganze Zeit auf den erlösenden Anruf, dass die Kleine wieder da ist«, meinte Anders. »Für die Eltern muss das die reinste Hölle sein. Meine größte Angst ist, dass Sam etwas zustößt. Manchmal vermisse ich mein Leben vor seiner Geburt, als ich noch sorglos sein konnte.«

»Ich habe auch Angst«, sagte Charlie. »Obwohl ich keine Kinder habe.«

»Wovor? Außer vor den total offensichtlichen Dingen.«

»Und die wären?«

»Nähe, Liebe, Beziehungen.«

»Davor habe ich keine Angst«, erwiderte Charlie.

»Wovor dann?«

Es hat keinen Sinn, darüber zu sprechen, dachte Charlie. Er versteht es nicht. Menschen mit normaler Kindheit und Jugend, mit normaler Psyche verstehen die Last nicht, die andere, denen es nicht so gut ergangen ist, mit sich herumtragen.

»Also vor nichts?«, hakte er nach.

»Wahnsinn«, sagte sie. »Ich habe Angst davor, wahnsinnig zu werden.«

»Warum?«

»Geht das nicht allen so? Ist das nicht das Schlimmste, was einem Menschen zustoßen kann? Dass er sich selbst verliert?«

»Wenn man es so sieht.«

»Nach der Sache mit Johan war ich kurz davor durchzudrehen«, gestand sie. »Für jemandes Tod verantwortlich zu sein, ist …«

»Verdammt noch mal, sein Tod ist nicht deine Schuld, Charlie.«

»Aber wenn ich nicht angefangen hätte, in dem alten Fall herumzuwühlen, dann …«

»Johan ist von sich aus darauf aufmerksam geworden, und er wollte nach Gullspång kommen, um bei der Suche zu helfen. Du kannst nichts dafür, dass ein Verrückter ausgeflippt ist und ihn umgebracht hat. Dafür darfst du dir nicht die Schuld geben.«

»Das weiß ich alles«, entgegnete Charlie. »Aber ich habe trotzdem das Gefühl, als sei ich dafür verantwortlich.«

»Das ist nur ein Gefühl, keine Tatsache.«

Das stimmte nicht, dachte sie. Gefühle konnten einen Menschen völlig vernichten, ihn in den Abgrund ziehen und nie wieder an die Oberfläche entlassen.

Ich habe das Gefühl zu fallen, Liebling, und ich kann mich nirgendwo festhalten.

Kapitel neun

Charlie las laut vor, was man ihnen an Informationen über das Ehepaar Palmgren geschickt hatte. Normalerweise wurde ihr beim Lesen im Auto nicht schlecht, doch jetzt schaffte sie nur ein paar Sätze am Stück, bevor sie wieder nach vorn auf die Straße schauen musste. Zu Fridas Beruf stand da nichts, ihr Mann Gustav Palmgren war Unternehmer und Ökonom, der sowohl in Schweden als auch in Russland Firmen betrieben hatte. Die Familie war erst vor einem halben Jahr aus Moskau zurückgekehrt und in das frisch renovierte Haus auf Hammarö gezogen.

»Frida ist Jahrgang 1986«, bemerkte Charlie, »und damit zwölf Jahre jünger als ihr Mann.«

»Aha. Ist das schlecht?«

»Ich sage nur, wie alt die beiden sind.«

Anders' Handy klingelte. Er nahm das Gespräch an und schaltete auf Lautsprecher.

»Gibt es was Neues?«, fragte er, nachdem der Polizist am anderen Ende sich in breitestem värmländischen Dialekt als Roy Elmer vorgestellt hatte.

Sag, dass man sie gefunden hat, bat Charlie im Stillen, damit wir wieder umkehren können.

Doch so war es nicht. Roy wollte nur wissen, wann sie in Karlstad sein würden. Anders informierte ihn, dass sie gerade an Västerås vorbeigefahren waren.

Charlie hatte das wenige, was man ihnen geschickt hatte, gelesen und recherchierte nun im Internet nach den Palmgrens. Zu Frida fand sie kaum etwas. Sie wurde zusammen mit einigen anderen Personen erwähnt, die Geld für eine Stiftung zum Gedenken an ein krebskrankes Kind gespendet hatten, ansonsten tauchte sie in einigen Artikeln über Gustav als seine Frau auf. Die restlichen Treffer waren die üblichen Adressportale mit den Angaben zu ihrem Wohnort und ihrem Namenstag.

Charlie rief Instagram auf, suchte dort nach Frida und fand ihr öffentliches Profil mit 1690 Followern. Der letzte Post war ein wenige Tage altes Selfie. Frida blickte aus blauen Augen direkt in die Kamera, im Hintergrund waren Wasser und Sonne zu sehen. Sie sah jünger aus als vierunddreißig. Ihre Haut war perfekt, die Wangen waren leicht gerötet, das Haar glänzte. Charlie scrollte weiter. Auf den Bildern war fast ausnahmslos Beatrice zu sehen, und die Begleittexte waren tiefgründiger als auf dieser Plattform üblich. Nirgendwo war ein »Ich liebe dich bis zum Mond und zurück« zu lesen oder »Spaziergang mit meiner großen« gefolgt von einem Herz. Stattdessen hatte Frida Zeilen aus bekannten Gedichten gepostet. Charlie betrachtete ein Bild von einer breit in der Frühlingssonne lächelnden Beatrice. »Denn das Licht bist du!«

Sie scrollte weiter zurück, bis zu einem Eintrag vom 11. Juli 2017. Ein kleines Bündel in einem Kinderwagen. »Gewartet habe ich, Millionen Jahre …«

Frida Palmgren schien völlig von ihrer Tochter erfüllt zu sein, zumindest den Bildern nach zu schließen. Doch man wusste ja, dass Instagram oft nur eine Fassade war.

Charlie gab Gustav Palmgrens Namen bei Google ein und erzielte deutlich mehr Treffer. Als Erstes fand sie Angaben zu seinen Posten in diversen Firmen sowie zu seinem Grundstück (größer als das der Nachbarn), wie die Bewohner in seiner Gegend wählten (konservativ), gefolgt von Artikeln zu den nach Värmland zurückgekehrten Söhnen der Region. Auf einem Bild war Gustav zu sehen, den Arm um einen Geschäftspartner gelegt, beide in ihren schicken Anzügen und fröhlich lachend.

Die Köpfe hinter dem erfolgreichen russischen Internetportal, lautete die Überschrift, und darunter wurde von dem Milliardengeschäft berichtet, das sie in Moskau gemacht hatten.

Charlie las Anders das Interview vor, das ausschließlich aus Lobeshymnen auf das Unternehmertum, geschäftlichen Wagemut und Milliardengewinne bestand.

»Ich verstehe das nicht«, sagte sie. »Erklär mir bitte, wie man reich werden kann, indem man etwas kopiert, das es bereits gibt? Ich meine, so eine Seite, auf der man gebrauchte Dinge kaufen und verkaufen kann, muss es doch längst geben?«

»Keine Ahnung«, antwortete Anders. »Aber in Hinblick auf den Verkaufspreis, den das Portal erzielt hat, war es wohl besser als andere. Sie haben das Konzept offensichtlich an den russischen Markt angepasst und damit einfach Erfolg gehabt.«

Der nächste Link führte zu einem sehr viel seriöseren Interview mit Gustav allein, in dem er über den Aufstieg an die Spitze reflektierte. Nachdem sie alles gelesen hatte, rief sie wieder die Seite mit den Suchergebnissen auf und klickte auf ein Foto, das ihre Aufmerksamkeit erregt hatte.

»Was meint er mit dem Aufstieg an die Spitze?«, fragte sie.

»Was meinst du?«

»Ich habe gerade ein Interview mit ihm gelesen, in dem er von dem langen Weg an die Spitze erzählt, und … Na ja, ich habe das Gefühl, dass er von Anfang an schon ziemlich weit oben war.«

Charlie betrachtete wieder das Bild. Drei Jungen in Badeshorts an einem See. Im Hintergrund sah sie ein vertrautes weißes Gebäude: das Internat Adamsberg. Sie dachte an ihre Halbschwestern, die fast ihre gesamte Jugend dort zugebracht hatten, in Kreisen, die niemanden von außen einließen.

»Was willst du damit sagen?«, fragte Anders.

»Gustav war im Internat, in Adamsberg. In dem Interview klang es so, als hätte er sich von ganz unten hochgearbeitet.«

»Ist das denn wichtig?«, wollte Anders wissen.

»Das weiß ich nicht, ich sage nur, was mir aufgefallen ist. Am Anfang einer Ermittlung weiß man doch häufig noch nicht, was mal wichtig sein wird, oder?«

»Ich dachte nur, du glaubst vielleicht, dass es etwas über seine Person aussagt.«

»Ja, aber das tut es doch? Man wird von seiner Herkunft beeinflusst, wie man aufwächst und …«

»Ja«, unterbrach Anders sie. »Aber nur, weil man privilegiert ist, ist man nicht automatisch ein schlechter Mensch.«

»Das habe ich doch auch nicht gesagt.«

Charlie erinnerte sich an die Diskussion, die sie vor ein paar Wochen in einem Pub geführt hatten, als Anders ihr Klassenhass vorgeworfen hatte. Sie hatte gesagt, das träfe nicht zu, nicht, wenn sich der Hass gegen die Oberschicht richtete. Das sei genauso idiotisch wie »Rassismus gegen Weiße«, doch Anders war betrunken gewesen und hatte sie nicht verstehen wollen. Sie empfand Hass auf eine soziale Schicht, die Oberklasse, also war es Klassenhass.

Sie hatte darüber gelacht und gedacht, dass er das nicht ernst meinte, doch jetzt war sie sich nicht mehr so sicher.

»Du denkst doch wohl nicht, dass ich alle Angehörigen der Oberschicht für schlechte Menschen halte?«

»Manchmal vermittelst du den Eindruck, Lager, nur dass du es weißt.«

Sara

Mein erstes Abendessen im Heim Rödminnet war wie ein Verhör. Wie alt war ich? Wo war ich vorher gewesen? Was waren meine Hobbys?

Nicki, der ich bei der Ankunft begegnet war, wollte wissen, woher ich kam, und ich erzählte von Gullspång. Keiner kannte den Ort.

»Nein, du kleiner Scheißer«, sagte Lo unvermittelt. »Ich habe nichts mehr.« Sie hob das Tischtuch. »Ja, schau du nur, aber ich habe wirklich nichts mehr. Hat noch jemand Wurst?«

»Ich.« Auf meinem Teller lagen noch Wurstzipfel.

Ich beugte mich unter den Tisch und gab dem Hund die Reste, die Picco gierig verschlang. Dann leckte sie meine Finger ab.

»Kaum zu glauben, dass sie so klein ist«, bemerkte Nicki. »So, wie sie frisst.«

»So ist das bei Streunern«, sagte Lo. »Wenn man auf der Straße gelebt hat, weiß man nie, wann man das nächste Mal etwas zu essen bekommt. Man muss zugreifen, wenn sich die Gelegenheit bietet.«

»Das ist doch schon ewig her«, erwiderte Nicki.

»Das ist egal. So etwas vergisst man nie. Den Hunger vergisst man nie. Nicht wahr, du Winzling?«, sagte Lo zu Picco, die auf ihren Schoß gesprungen war.

»Es ist ja noch nicht einmal sicher, ob das überhaupt ein Hund ist«, meinte Nicki.

Es sei ja wohl offensichtlich, dass Picco wenig von einem Hund hatte. Wir müssten uns doch nur mal den Schwanz und die langen, schmalen Pfoten ansehen. Logisch, dass manche ihr unterstellten, sie wäre ein Nagetier, vielleicht eine Kanalratte.

Lo verdrehte die Augen und packte Piccos Schnauze, um das Gebiss zu entblößen.

»Das sollte als Beweis reichen«, sagte sie zu Nicki und ignorierte das genervte Stöhnen. »Das hier sind keine Nagerzähne. Hör jetzt also auf, so einen Mist zu labern.«

»Setz sie auf den Boden«, drängte Nicki. »Emelie kommt.«

Lo schob Picco von ihrem Schoß.

»Füttert ihr sie schon wieder?«, fragte Emelie, die wie aus dem Nichts aufgetaucht zu sein schien.

»Nein«, erwiderte Lo. »Ich habe sie nur kurz auf dem Schoß gehabt.«

»Sie verträgt kein Menschenessen, das wisst ihr doch.«

»Natürlich«, versicherte Lo. »Wir würden ihr nie was vom Tisch geben.«

Emelie warf ihr einen missmutigen Blick zu, bevor sie weiterging und sich an einen anderen Tisch setzte.

»Blöde Fotze«, flüsterte Nicki.

Lo sagte, sie solle die Klappe halten, das sei es nicht wert, wegen so etwas Banalem in der Iso zu landen.

»Was ist das?«, fragte ich.

»Sei froh, dass du das nicht weißt«, meinte Lo. »Das steht für Isolierung. Man wird von den anderen getrennt und eingesperrt, und wenn sie richtig fies sind, wird man fixiert. Ich empfehle dir, es nicht darauf ankommen zu lassen.«

»Und wie schafft man es, nicht dort zu landen?«

»Indem man die Regeln befolgt«, sagte ein rothaariges Mädchen mit Wunden an den Händen.

»Oder man verstößt so dagegen, dass es keiner merkt«, bemerkte Lo.

»Erzähl mir deine Geschichte.«

Wir waren wieder in unserem Zimmer. Lo lag auf ihrem Bett und hatte die Füße gegen die Wand gestemmt.

»Ich habe keine.«

Ich schloss die Augen und hoffte, Lo würde verstehen, dass ich mich nicht unterhalten wollte. Doch sie gab nicht auf.

»Missbrauch?«, fragte sie. »Häusliche Gewalt? Selbstverletzendes Verhalten? Alles zusammen?«

»Nichts davon.«

»Was machst du dann hier?«

»Mein Papa.«

»Inzest?«, sagte Lo, als wäre das ihre erste Assoziation mit einem Vater.

»Nein. Er ist tot.«

»Tut mir leid. Und deine Mutter?«

»Weg.«

»Auch tot?«

»Nein, nur abgehauen.«

»Ich verstehe nicht, wie Eltern ihre Kinder einfach im Stich lassen können.«

»Er kann ja nichts dafür, dass er gestorben ist.«

»Ich meine deine Mutter.«

»Und was ist mit dir?«, gab ich die Frage zurück, weil ich nicht über mich reden wollte. »Wie bist du hier gelandet?«

»Ein Missverständnis. Eines Tages haben sie mich einfach abgeholt. Das Jugendamt. Haben mich völlig ohne Grund von meiner Mama weggeholt, und seither habe ich bei ein paar Familien und in Heimen wie diesem hier gewohnt.«

Das wäre ja wirklich furchtbar, sagte ich, und Lo erwiderte, ja, es sei tatsächlich die reinste Hölle gewesen. Doch bald wäre sie frei. Nur noch zweihundertsiebenundvierzig Tage bis zu ihrem achtzehnten Geburtstag, dann wäre die Zeit in diesem Gefängnis vorbei, und sie könnte endlich wieder mit ihrer Mutter zusammen sein.

»Komm hoch«, sagte sie.

Ich kletterte ins obere Bett.

»Schau mal.«

Lo zeigte mir ein Foto, auf dem eine junge, hübsche Frau im Bikini zu sehen war. Später erfuhr ich, dass das Donna war, ihre Mutter. Auf die Tapete unter dem Foto hatte Lo Kreuze und Striche gemalt.

»So viele Tage sind es noch, bis ich achtzehn werde«, sagte sie. »Bald kann ich tun, was ich will. Das ist mein erster Rat für dich: Hab einen Plan, was du machen willst, wenn du hier rauskommst. Hast du den?«

Ich erinnerte sie daran, dass ich gerade erst angekommen wäre und jetzt noch nicht daran denken könne.

»Willst du was sehen?«, fragte Lo, kletterte nach unten, öffnete den Schrank und holte eine verfärbte Schminkpuppe mit großen Augen hervor.

»Das ist Mia«, sagte sie. »Mama hat sie mir zu meinem achten Geburtstag geschenkt. Zuerst habe ich sie nur geschminkt, jetzt mache ich ihr meistens Frisuren.«

Sie drehte die Puppe und zeigte mir etwas, das sie Fischgrätenzopf nannte.

»Hübsch«, meinte ich.

»Willst du auch so einen?«

Lo ging zum Schreibtisch und zog einen Stuhl heraus.

»Mama wird ausflippen, wenn sie deine Haare sieht«, sagte sie, als sie meine Haare ausgekämmt hatte. »Mama wird sie lieben. Aber du musst sie besser pflegen. Du solltest sie nachts flechten, damit sie nicht verfilzen.«

Als ich sagte, ich könne nicht flechten, lachte Lo. Sie hatte noch nie ein Mädchen gekannt, das nicht einmal den einfachsten Zopf zustande brachte.

»Zupfen kann ich gut«, sagte ich. Das stimmte. Entweder mir selbst oder anderen die Haare auszureißen, war eine meiner Lieblingsbeschäftigungen. Dabei wurde ich ruhig.

»Du könntest im Salon mitarbeiten«, meinte Lo und flocht weiter meine Haare. »Wie findest du das? Wie fändest du es, Schnurrbartzupferin im Salon von meiner Mutter und mir zu werden?«

»Ist das überhaupt ein Beruf?«

»Das können wir ja einfach so bestimmen.«

»Okay.«

»Ist das ein Ja?«

»Ja.«

Es kratzte an der Tür. Lo bat mich, den Zopf festzuhalten, und öffnete.

»Na, komm schon rein, du kleiner Scheißer«, sagte sie.

Picco lief zu mir und wedelte so hektisch mit dem Schwanz, dass ihr ganzer Körper wackelte.

»Eine richtige Erfolgsgeschichte«, sagte Lo und rettete ihre Schminkpuppe vor Piccos Schnauze.

Eines Tages würde man das hoffentlich auch über sie sagen. Niemand würde verstehen können, warum sie während ihrer gesamten Jugend in speziellen Heimen untergebracht gewesen war. Man würde frisch frisiert ihren Salon verlassen und sagen, dass dieses Mädchen es doch wirklich zu etwas gebracht habe. Eine echte Erfolgsgeschichte.

Kapitel zehn

Sie hatten gerade alle Baustellen um Örebro herum hinter sich gelassen, als Maria anrief. Das war das Komplizierte an Kindern, dachte Charlie. Selbst nach einer Trennung konnte man den Kontakt zum anderen Elternteil nie völlig abbrechen. Anders und Maria waren seit über einem Jahr geschieden, doch seine Ex-Frau meldete sich genauso oft wie früher. Weil der Junge Schnupfen hatte, wegen seiner Handschuhe und wegen Betriebsversammlungen in der Kita. Charlie hatte sie längst durchschaut und zu Anders gesagt, dass sie ihn mit diesen ganzen Anrufen nur weiterhin kontrollieren wollte und er sich weitgehend auf Mail und SMS beschränken sollte. Er schien sich ihren Rat nicht zu Herzen genommen zu haben, da er sich sofort meldete.

»Was wollte sie?«, fragte Charlie, nachdem Anders fünf Minuten telefoniert und dabei gesagt hatte, er verstehe, er würde sich darum kümmern, ob ihre Mutter vielleicht einen Nachmittag übernehmen könne.

»Sie will mehr Unterhalt«, erzählte er.

»Habt ihr nicht geteiltes Sorgerecht?«

»Ja, aber sie muss zwischendurch einspringen, wenn ich arbeite, und weil sie jetzt auch arbeitet… Und Kinderbetreuung und Putzhilfe kosten ja schließlich auch was und… Was denn?«, sagte er, als Charlie etwas zu laut seufzte. »Findest du es falsch, sich Hilfe zu organisieren? Ich dachte, du bist für die Befreiung der Frau und Emanzipation und so.«

»Aber nicht, wenn andere Frauen mit schlechteren Voraussetzungen den Preis bezahlen müssen.«

»Was willst du damit sagen?«

»Genau das.«

»Ist es denn nicht gut, für Arbeitsplätze zu sorgen?«

»Ach, vergiss es«, sagte Charlie.

»Wieso? Warum wechselst du das Thema, sobald du keine Argumente mehr hast? Was ist los?«

Anders drehte sich zu ihr.

»Ich weiß es nicht«, antwortete Charlie.

Sie fasste sich an die Brust und versuchte, tief einzuatmen, doch sie hatte das Gefühl, keine Luft zu bekommen.

Anders bog in eine Ausfahrt ein und blieb am Straßenrand stehen.

»Keine Angst«, sagte sie, nachdem Anders auf ihre Seite gerannt war und die Beifahrertür aufgerissen hatte. »Es wird schon besser. Ich glaube, das war nur eine Panikattacke.«

»*Nur?* Das sieht aber ziemlich ernst aus.« Anders ging zurück zur Fahrerseite. »Willst du mir erzählen, was dahintersteckt?«

»Ich habe doch gesagt, das war eine Panikattacke.«

»Und warum bekommt man so was?«

»Dafür haben wir jetzt keine Zeit. Wir können beim Fahren weiterreden.«

Anders bog wieder auf die Landstraße ein. Sie schwiegen so lange, dass Charlie schon dachte, er würde das Thema ruhen lassen, doch dann fing er wieder an.

»Ich kann nicht mit dir arbeiten, wenn du mir nicht sagst, was los ist. Es ist nicht professionell …«

»Und was willst du jetzt machen?«, unterbrach Charlie ihn. »Umdrehen und einen Kollegen anfordern, der psychisch stabiler ist?«

»Ich will doch nur wissen, wie es dir geht.«

»Als ich das letzte Mal mit dir darüber gesprochen habe, hast du beim Chef gepetzt.«

»Du hast nicht mit mir gesprochen«, wehrte sich Anders. »Und können wir das bitte endlich hinter uns lassen. Ich habe getan, was ich tun musste, um die Ermittlungen und dich zu retten.«

»Du hättest mit mir reden können.«

»In einer solchen Phase lässt du ja niemanden an dich heran. Ich wollte dir helfen.«

»Danke für die Fürsorge.«

»Charlie«, sagte Anders. »Wir haben jetzt keine Zeit zum Streiten. Ich will nur sagen, dass ich nicht die Augen verschließen werde, wenn du abstürzt, egal wie nahe wir uns als Freunde und Kollegen stehen. Und ich werde auch nicht lügen, um dich zu decken. Ich weiß, dass du mich dafür hasst, aber ich wollte es nur noch einmal deutlich machen, damit du weißt, wo ich stehe.«

»Das wäre nicht nötig gewesen«, erwiderte Charlie. »Aber trotzdem danke für deine … Deutlichkeit.«

Kapitel elf

Karlstad hatte sich seit Charlies letztem Besuch verändert. Sie war dreizehn gewesen, als sie mit einer Klassenkameradin und deren wohlmeinender Mutter dort ins Kino gegangen war. Damals war ihr die Stadt riesig erschienen, doch jetzt hatte sie Stockholm als Vergleich, und Karlstad wirkte geschrumpft.

»Warst du früher oft hier?«, fragte Anders, als sie es erwähnte. »So weit ist Gullspång ja nicht entfernt, oder?«

»Kommt auf die Perspektive an. Wir hatten ja nicht so viel Geld, um in der Gegend herumzufahren.«

»Verstehe. Oder besser gesagt, nein, ganz verstehe ich es nicht. Ich vergesse manchmal, wie du aufgewachsen bist.«

Ich wünschte, ich könnte das auch, dachte Charlie.

Auf der Hauptstraße herrschte dichtes Gedränge. Charlie glaubte, Sorge in den Blicken der Menschen zu erkennen. Die Nachricht von dem verschwundenen Baby war sicher niemandem entgangen.

»Ich muss mich umziehen, bevor wir aufs Revier fahren«, sagte Anders, nachdem sie im Hotel eingecheckt hatten. »Treffen wir uns hier in zehn Minuten?«

»Ich muss etwas erledigen.«

»Etwas erledigen?«

»Ja.«

»Willst du nicht erst deine Tasche nach oben bringen?«

»Ich lasse sie solange an der Rezeption. Wir treffen uns später hier.«

Sobald Anders zu den Aufzügen verschwunden war, fragte Charlie die Frau an der Rezeption nach der nächsten Apotheke. Diese befand sich in einem Einkaufszentrum, das gleich um die Ecke lag.

Rechts vom Eingang zu der kleinen Ladenpassage hingen Jacken in einer langen Reihe. *Wand der Nächstenliebe,* stand über den Haken an der Wand, und darunter: *Nimm dir gern eine Jacke, wenn du eine brauchst. Wenn du eine übrig hast, häng sie gern hierhin.*

Ein Paar im mittleren Alter stand vor Charlie und unterhielt sich über das verschwundene Baby.

»Aber wer tut so etwas nur?«, fragte der Mann. »Wer entführt ein kleines Kind?«

»Ein Verrückter«, antwortete die Frau. »Ein Psychopath. Ein normaler Mensch jedenfalls nicht.«

Da hat sie recht, dachte Charlie. Kein normaler Mensch entführte ein Kind. Außer… es lag ein ganz besonderer Grund dafür vor. Doch was könnte das sein?

Sie war so in Gedanken versunken, dass sie nicht merkte, als sie an der Reihe war. Der Apotheker hinter dem Schalter räusperte sich und fragte, womit er ihr helfen könne. Sie bat um die Pille danach. Er holte die Packung und fragte mit wichtiger Miene, ob sie das Medikament schon einmal genommen habe.

»Warum fragen Sie das?«, wollte Charlie wissen.

»Nur um sicherzugehen, dass Sie über die Einnahme Bescheid wissen.«

»Steht das nicht auf dem Beipackzettel?«

Der Mann nickte, und sie bezahlte.

»Die Pille danach darf nicht als normales Verhütungsmittel benutzt werden«, sagte er noch, als er ihr die Quittung gab.

»Danke, das weiß ich.«

Charlie ging auf die Straße hinaus und drückte die Tablette aus dem Blister. Mit einigen Schlucken aus ihrer Wasserflasche spülte sie die Pille hinunter.

Jetzt musste sie sich wenigstens um eine Sache keine Gedanken mehr machen.

Sie ging zum Hotel zurück, und Anders und sie fuhren mit dem Wagen zur Dienststelle, die ein wenig außerhalb des Zentrums lag, auf der anderen Seite der E18, in einem roten Backsteingebäude, das von barackenähnlichen Häusern umgeben war. Die Presse war natürlich schon vor Ort, und etwa zehn Journalisten blockierten den Eingang.

»Kein Kommentar«, sagte Anders, ehe einer von ihnen auch nur eine Frage gestellt hatte. »Im Moment wissen wir nicht mehr als Sie, und jetzt lassen Sie uns bitte unsere Arbeit machen.«

Die Menge trat zur Seite, und Charlie und Anders gingen zum Empfang, wo sie von einer großen Frau in den Fünfzigern und einem älteren, schwer atmenden Mann erwartet wurden.

»Stina Ryd, Ermittlungsleiterin«, stellte sich die Frau vor. »Und das hier neben mir ist Carl Antonsson. Er ist für die Suchmannschaft und für die Kollegen zuständig, die in der Nachbarschaft nach Hinweisen suchen.«

Ist er stumm?, dachte Charlie, bevor der Mann sie knapp begrüßte und dann verkündete, bereits wieder gehen zu müssen.

»Kommt mit, dann besprechen wir das Wichtigste«, sagte Stina.

Sie folgten ihr am Empfang vorbei, der mit einer Glasscheibe gesichert war und vor dem Passfotoautomaten standen. Charlie gefiel, dass sie sich nicht mit Small Talk aufhielt, einen zügigen Schritt hatte und nicht lächelte.

»Wir sind im Moment nur zu dritt«, sagte Stina. »Die anderen sind draußen unterwegs und befragen die Nachbarn. Wir konzentrieren uns auf die Suche nach Spuren in der direkten Umgebung des Hauses. Wir haben natürlich eine Beschreibung von Beatrice an die Öffentlichkeit gegeben, von dem Fleece-Overall, ihrem Stofftier und dem Kinderwagen, ein schwarzer Bugaboo«, fuhr sie fort. »Ein teurer, aber sehr verbreiteter Wagen. Wir brauchen eure Hilfe vor allem bei der Ermittlungsarbeit, bei den Befragungen und der Beschaffung von Informationen, die uns bei der Rekonstruktion der Ereignisse helfen und auf die Spur des Täters führen können.«

Sie brachte Charlie und Anders in ein Zimmer, in dem zwei Kollegen an einem ovalen Tisch saßen.

»Das hier sind Sebastian Sandström und Roy Elmer.«

Stina nickte den Polizisten zu, die beide etwa Mitte vierzig waren. Sie schauten kurz auf, um die Neuankömmlinge zu begrüßen.

»Kaffee?«, fragte Stina.

Charlie und Anders nahmen das Angebot dankend an und hielten kurz darauf je eine angestoßene Tasse mit schwarzem Kaffee in der Hand. Charlie wartete darauf, dass Anders nach Sojamilch oder etwas anderem ohne Laktose fragte, doch er blieb stumm.

Stina wandte sich zu dem großen Whiteboard an der Wand, an dem die Fotos und Namen des Ehepaars Palmgren angebracht waren unter dem Bild der Person, die im Mittelpunkt des Dramas stand: Beatrice. Der Säugling trug eine rosafarbene, turbanartige Mütze auf dem Kopf und streckte die Hand nach der Kamera aus. Beatrice lächelte breit und zeigte die beiden Zähne im Unterkiefer.

»Also«, sagte Stina, »ich nehme an, ihr wisst im Großen und Ganzen, was geschehen ist, und leider sind wir auch noch nicht sehr viel weitergekommen.«

Sie setzte sich und schilderte die Ereignisse etwas detaillierter in freundlichem, värmländischem Tonfall, der den Ernst ihrer Worte aber auch nicht milderte.

Frida Palmgren war allein zu Hause gewesen. Vor acht Stunden hatte sie den Wagen mit Beatrice auf die Terrasse gestellt. Dann hatte sie die Küche aufgeräumt, die auf der anderen Seite des Hauses lag. Beatrice schlief normalerweise mindestens eine Stunde, und Frida hatte um halb zehn wieder nach ihr gesehen. Da waren Kind und Wagen verschwunden.

Charlie schielte zu Anders, der gequält wirkte. Stina berichtete weiter, dass sie bisher das Gebiet rund um das Haus abgesucht und mit den nächsten Nachbarn gesprochen hatten. Eine eingehende Befragung der unter Schock stehenden Eltern hatte noch warten müssen.

Sobald Frida das Verschwinden von Beatrice samt Wagen bemerkt hatte, hatte sie ihren Mann angerufen, Gustav Palmgren, der sofort die Polizei informiert hatte. Stina trank einen Schluck Kaffee und erzählte, dass die schwache Spur, die die Hunde verfolgt hatten, nicht unbedingt zu dem Täter oder der Täterin gehören musste.

»Was sind die für euch denkbaren Szenarien?«, fragte Charlie. »Ein mögliches Motiv? Was ist zum Beispiel mit den Eltern, was haltet ihr von ihnen?«

»Bisher hat uns noch nichts misstrauisch gemacht«, antwortete Stina. »Außer ... dem Offensichtlichen.«

»Sie schwimmen in Geld«, sagte Roy. »Gustav Palmgren ist sehr erfolgreich.«

»Das wissen wir«, erwiderte Charlie.

»Lass mich ausreden.«

»Entschuldige. Bitte sprich weiter.«

Charlie war verärgert. War es nicht unhöflicher, jemanden anzuschnauzen, als unterbrochen zu werden?

»Gustav Palmgren ist ziemlich bekannt in der Stadt«, fuhr Stina fort, als Roy schwieg. »Es wird viel über ihn geschrieben in der Lokalpresse und den landesweiten Zeitungen. Er ist ein vertrautes Gesicht, und es wird eine Menge über die Familie geredet.«

»Auf welche Art?«, fragte Charlie.

»Meistens Klatsch. Gustav und sein Geschäftspartner haben ihr Internetportal ja für eine wahre Fantasiesumme verkauft ... Darüber wird natürlich gern geredet. Du weißt vielleicht mehr?« Stina sah zu Roy. »Er kennt die Familie persönlich«, erklärte sie.

»Nein, das stimmt nicht, ich war nur eine Weile in denselben Kreisen wie Frida unterwegs. Aber das ist viele Jahre her.«

»Und wie ist sie so?«, fragte Anders.

»Damals war sie sehr beliebt. Sie war hübsch und klug«, fügte Roy zögernd hinzu, als passten diese beiden Eigenschaften eigentlich nicht zusammen. »Sie hatte es nicht leicht, als sie jung war, aber ich fand nicht, dass man das gemerkt hat. Allerdings haben wir uns meistens in Pubs gesehen, und da sind ja alle fröhlicher als sonst.«

»Inwiefern hatte sie es nicht leicht?«, hakte Charlie nach.

»Die Eltern waren Säufer. Beide schwer abhängig. Ihr jetziges Leben ist wirklich völlig anders.«

»Wenn es um Geld geht und das Baby deshalb entführt wurde«, sagte Anders, »dann müsste doch bald eine Lösegeldforderung eintreffen, oder?«

»Ja«, bestätigte Stina. »Für diesen Fall sind Kollegen bei der Familie, um sie zu unterstützen.«

»Und was ist mit der erweiterten Familie?«, fragte Charlie. »Eltern? Geschwister?«

»Gustav ist Einzelkind«, antwortete Stina. »Sein Vater ist tot, die Mutter lebt in einem Heim und ist dement. Fridas Eltern sind beide tot, aber sie hat einen Bruder, der …«

»Was ist mit ihm?«

»Er ist ein Junkie und gerade auf Entzug. Außerdem ist er polizeibekannt.«

»Weshalb?«

»Das Übliche … Einbruch, Drogenbesitz, Alkohol am Steuer.«

»Und wie ist sein Verhältnis zu Frida?«

»Nicht so gut, nehme ich an. Wie gesagt, er ist drogenabhängig, und das belastet oder zerstört die meisten Beziehungen zu anderen Menschen. Im Moment befindet er sich, wie gesagt, in einer Entzugsklinik.«

»Da kann er doch aber trotzdem Ausgang haben, oder?«, fragte Charlie.

»Soweit uns bekannt ist, darf er die Einrichtung nicht verlassen«, erwiderte Stina. »Wir haben ihn noch nicht vollständig überprüft. Für uns ist er im Moment nicht die heißeste Spur.«

»Schwer zu entscheiden«, bemerkte Charlie, »welche Spuren heiß sind, solange man kaum welche hat.«

»Soll ich nachfragen, ob er vielleicht abgehauen ist?«, fragte Roy.

»Ja, bitte.« Charlie dachte, dass das längst hätte geschehen müssen. »Gibt es eine DNA-Probe von Beatrice?«

Stina sagte, sie hätten zwei Schnuller und die Milchflasche, aus der sie am Morgen getrunken hat, nach Linköping ins Kriminallabor geschickt.

»Und was ist mit den Eltern? Hat man ihnen eine Speichelprobe entnommen?«

Stina nickte.

»Wir möchten uns so bald wie möglich mit ihnen unterhalten«, stellte Charlie klar. »Anders und ich fahren zu ihnen. Währenddessen sollen weiter die Leute in der Umgebung befragt werden. Außerdem müssen wir mehr über die Vergangenheit der Eltern erfahren. Und eine Hotline für Hinweise einrichten.«

»Das haben wir schon erledigt«, sagte Roy.

»Wir müssen auch bald eine Pressekonferenz abhalten«, ergänzte Stina. »Die Journalisten sitzen uns im Nacken.«

»Das sollen sie ruhig«, meinte Charlie. »Wir können jetzt keine Zeit damit verschwenden, ihre Fragen zu beantworten, außerdem wissen wir ja sowieso fast nichts.«

Sara

Marianne setzte sich auf den Stuhl neben Emelie und begrüßte alle zur heutigen Gruppentherapie. Wir saßen in einem Kreis, und Picco schwänzelte um unsere Beine. Marianne sagte, wir hätten übrigens einen Neuzugang, falls es jemand noch nicht bemerkt haben sollte. Und ob ich mich vielleicht vorstellen wolle?

Ich sah auf das Notizbuch und den Stift in meinem Schoß und sagte, mein Name sei Sara und ich sei fünfzehn Jahre alt.

»Warum bist du hier?«, fragte ein mageres Mädchen, das mir gegenübersaß.

»Ich stelle die Fragen«, schaltete Marianne sich ein.

Ob ich etwas von mir erzählen wolle? Vielleicht etwas, das ich gut konnte? Das wollte sie von allen neu hinzugekommenen Mädchen wissen, weil sie es wichtig fand, dass wir uns auf unsere Stärken konzentrierten und nicht nur auf unsere Schwächen.

Ich schwieg lange, weil ich nie richtig darüber nachgedacht hatte. Ich sah die Kreuzsticharbeit von Jonas' Großmutter vor mir, die sie vor ihrem Tod nicht mehr hatte fertigstellen können und die ich fast vollendet hatte, bevor man mich hierher ins Heim verfrachtet hat. *In allem treu und wahr, dran halte immerdar.* Meine Stiche waren allerdings ungleichmäßig und hässlich, weshalb ich nicht behaupten konnte, dass ich darin gut war.

»Vielleicht fällt dir etwas ein, das dich auszeichnet?«, schlug Marianne vor, als ich nicht antwortete.

Mein Kopf blieb leer. Mir kam nur in den Sinn, dass ich offenbar keinen Würgereiz besaß. Doch das würde sicher nicht gut ankommen, weshalb ich sagte, ich könne gut reiten.

»Wie schön«, meinte Marianne. »Wir haben einige Reiterinnen unter uns.« Sie nickte in Richtung eines Mädchens, das ich bisher noch nicht gesehen hatte.

»Ich reite nicht«, entgegnete die Angesprochene. »Das habe ich nur so gesagt.«

Marianne wechselte das Thema und trug uns auf, jetzt in unsere Notizbücher zu schreiben – alles, was uns gerade durch den Kopf ging.

Als um mich herum die Stifte über das Papier kratzten, hatte ich einen Flashback zurück in die Schule. Dieses beklemmende Gefühl, keine Antwort zu wissen, nur die Zeit abzusitzen, und wie einsam man sich dabei fühlte. Ich nahm meinen Stift und schrieb langsam: *Diese Seite war bisher leer. Jetzt ist sie das nicht mehr.* Und während alle anderen eifrig weiterkritzelten, schrieb ich die beiden Sätze noch einmal. Noch langsamer. *Diese Seite war bisher leer. Jetzt ist sie das nicht mehr.*

Ich schielte zu Lo neben mir. Ihr Stift huschte über das Papier, als führte er ein Eigenleben. Was schrieb sie da nur? Ich versuchte, einen Blick auf ihr Buch zu erhaschen, doch sie hielt es so, dass ich nichts lesen konnte.

Nach der Schreibstunde sprach Marianne von Hoffnung und wie wichtig es für uns sei, sie nicht zu verlieren. Wir sollten positiv denken und uns nicht selbst von Anfang an Knüppel zwischen die Beine werfen.

»Na ja, das haben wir ja auch nicht direkt gemacht«, wandte Lo ein.

»Ich möchte euch von einem Mädchen erzählen«, fuhr Marianne fort und ignorierte den Einwurf.

Also erzählte sie uns umständlich von einem Mädchen, das einmal im Heim Rödminnet gewohnt hatte und bei dem viel schiefgelaufen war, sich letztendlich aber alles zum Guten gewendet hatte. Jetzt hatte sie einen Job und war mit einem Buchprüfer verheiratet. Ich hörte nur mit halbem Ohr zu.

»Was für ein Albtraum.«

»Hast du etwas gesagt?« Marianne sah zu Lo.

»Ein Traum«, antwortete diese rasch. »Das klingt traumhaft.«

»Eine richtige Erfolgsgeschichte«, beendete Marianne ihren Bericht und sah uns danach der Reihe nach an und sagte, dass uns das auch passieren konnte. Dass wir alles Mögliche werden konnten, solange wir es nur genug wollten.

»Wie hieß sie?«, fragte Lo. »Das Mädchen, aus dem was geworden ist?«

»Ihr Name spielt keine Rolle.«

»O doch«, beharrte Lo. »Ein Name spielt eine große Rolle.«

In dieser Nacht lag ich wach und starrte auf das Bett über mir und dachte an die Kette aus Ereignissen, die mich nach Rödminnet gebracht hatte: Mama, die uns verlassen hatte; Papa, der sich totgesoffen hatte; Rita, die mich nicht wollte. Ich dachte an die Partys in Valls' altem Dorfladen, an die Spiele, von denen ich einige Narben zurückbehalten hatte. Wenn ich die Augen schloss, sah ich das Dachzimmer vor mir, die alte, fleckige Matratze und die mottenzerfressenen Decken, die im Wind flatternden Gardinen. Ich dachte an all die Hände auf meinem Körper, dass ich fünfzehn Jahre alt war und alles schon so satthatte.

Kapitel zwölf

Das große weiße Haus der Palmgrens stand auf einer Anhöhe. Hinter den Bäumen in dem weitläufigen Garten ahnte man den See Vänern. Zwei Säulen rahmten die Haustür ein, und vor Charlie und Anders lag die Terrasse, von der der Kinderwagen verschwunden war. Im Näherkommen sah Charlie eine hin und her schwankende Babyschaukel an einer Eiche. Vor einer Doppelgarage standen ein Stadtjeep und ein Tesla.

Charlie drückte auf die Klingel. Eine Frau Mitte dreißig öffnete. Sie stellte sich als Charlotte Jolander vor, eine enge Freundin der Familie.

»Ihre Kollegen sitzen oben. Wir warten nur darauf, dass jemand anruft und sagt, wir haben sie und sie ist am Leben, und ... Wenn es um Geld geht, wird sich alles klären. Das muss es einfach.«

Charlie sah sich um, als Charlotte sie durch Zimmer mit schweren Vorhängen in Naturtönen, hellen Holzmöbeln und Bildern in gedeckten Farben führte.

Die Kollegen kamen runter ins Erdgeschoss und stellten sich kurz vor; ein Mann und eine Frau, beide mit ernstem Gesichtsausdruck.

Frida Palmgren saß am Küchentisch, in der Hand eine beigefarbene Schmusedecke mit aufgenähtem Plüschkaninchenkopf. Nur wenig erinnerte an die Fotos von der glücklichen frischgebackenen Mutter im Internet. Doch trotz der verlaufenen Schminke und der ungekämmten Haare war sie bildschön.

An der Spüle lehnte ein Mann, den Charlie als Gustavs Geschäftspartner erkannte. Er schüttelte ihr die Hand und stellte sich als David Jolander vor.

Charlotte ging zu Frida und erklärte ihr behutsam, die Polizei aus Stockholm sei jetzt da.

Ohne Aufforderung begann Frida zu erzählen, wie sie Beatrice wie immer am Vormittag hinaus auf die Terrasse gestellt und dann im Haus aufgeräumt hatte. Und als sie das nächste Mal nach ihrer Tochter gesehen hatte ... Sie schüttelte den Kopf.

David stellte ihr ein Glas Wasser hin. Charlie fragte nach Gustav, der im selben Augenblick in die Küche kam. Er war groß und teuer gekleidet. Seine Hand zitterte, als er sie zur Begrüßung ausstreckte.

»Ich habe sie nur hinausgebracht, wenn sie schlafen sollte«, fing Frida wieder an. »Sie schläft meistens auf der Terrasse. Und als ich dann nach draußen ging, war der Wagen nicht mehr da, und sie war verschwunden. Einfach weg.«

Anders bat Charlotte und David, den Raum zu verlassen, damit sie allein mit den Eltern reden könnten.

Die Küche war unpersönlich eingerichtet, bemerkte Charlie. Keine Arzttermine am Kühlschrank, kein Kalender, keine Fotos. Die einzigen Anzeichen, dass hier ein Kind wohnte, waren einige Lätzchen neben der Spüle und ein Kinderstuhl am Tisch.

Frida erzählte noch einmal, was geschehen war. Sie hatte nichts gehört und nichts gesehen. Beatrice war zuerst noch da gewesen und dann auf einmal nicht mehr.

Sie sollte ein Beruhigungsmittel bekommen, dachte Charlie. Etwas, das diesen Sturm aus Angst, Schuld und Panik dämpfte, bevor sie völlig die Fassung verlor.

»Frida«, sagte Anders. »Wir verstehen, wie schrecklich das alles ist und wie schwer es Ihnen gerade fällt, einen klaren Gedanken zu fassen …«

»Was sollen wir nur tun, wenn sie nicht zurückkommt?«, unterbrach Frida ihn, als wäre ihr der Gedanke erst jetzt gekommen. Sie sah von Charlie zu Anders. »Was, wenn …«

»Wir werden alles in unserer Macht Stehende tun, um Ihre Tochter zu finden«, versicherte Charlie. Die Worte klangen so hohl wie nie.

Gustav legte seiner Frau die Hand auf die Schulter. Sein Gesicht war angespannt, die Kiefermuskeln traten hervor.

»Ich muss da raus und nach ihr suchen«, sagte er und wandte sich an Charlie. »Ich kann nicht einfach nur hier herumsitzen.«

»Unsere Leute durchkämmen bereits die Umgebung«, erwiderte Charlie. »Sie können uns am besten helfen, indem Sie unsere Fragen beantworten.«

Gustav nickte und setzte sich.

»Um wie viel Uhr haben Sie Beatrices Verschwinden bemerkt?«, fragte Charlie an Frida gewandt.

»Um halb zehn.«

»Und wann haben Sie sie draußen in den Wagen gelegt?«

»Um halb neun.«

»Und dann?«

»Was, und dann?«

»Was haben Sie dann gemacht?«, verdeutlichte Charlie.

»Ich habe das Frühstück abgeräumt und Kaffee gekocht und …«

»Und in dieser Zeit haben Sie niemandem beim Haus gesehen?«

»Nein.«

»Haben Sie etwas gehört?«

Frida schüttelte den Kopf.

»Nichts. Dann habe ich ein wenig gelesen, und als ich auf die Uhr geschaut habe, war es halb zehn, und zur Sicherheit wollte ich nachsehen, ob Beatrice nicht aufgewacht war, auch wenn sie meistens länger schläft. Deshalb bin ich hinausgegangen und …«

»Hören Sie normalerweise, wenn Autos auf die Einfahrt einbiegen?«, fragte Charlie.

»Ja, das hört man«, antwortete Gustav.

»Sie auch?« Charlie sah Frida an.

»Ja.«

»Und Sie haben keinen Wagen gehört?«

»Nein, gar nichts. Sie war einfach weg …«

Der Täter könnte trotzdem mit dem Auto gekommen sein, dachte Charlie. Er hat es ein Stück vom Haus entfernt abgestellt, ist zur Terrasse gegangen und hat den Kinderwagen samt Baby mitgenommen.

»Und Ihnen ist nichts aufgefallen, als Sie nach draußen gegangen sind?«

»Nur, dass der Kinderwagen weg war.«

»Was haben Sie dann gemacht?«, fragte Anders.

»Ich habe geschrien. Oder das glaube ich zumindest, ich kann mich nicht erinnern.« Frida fasste sich an den Hals. »Und dann habe ich mich umgeschaut, aber nichts gesehen, und … Ich hätte sie nicht draußen stehen lassen dürfen. Ich hätte …« Frida schlug die Hände vors

Gesicht. »Meine Wangen kribbeln«, sagte sie und stand auf.

»Wohin gehst du?«, fragte Gustav.

»Keine Ahnung«, erwiderte Frida. »Ich weiß nicht, wohin ich gehen soll. Es … Es tut zu weh.«

»Du solltest dich besser wieder hinsetzen«, sagte Gustav. »Die Polizei braucht unsere Hilfe.«

Frida gehorchte, und Gustav erzählte, dass seine Frau ihn angerufen und geschrien habe, Beatrice sei verschwunden. Er habe darauf sofort den Notruf gewählt. Er wiederholte umständlich, was die Zentrale gesagt und wie lange er gebraucht hatte, um nach Hause zu fahren.

»Und niemand hat seither Kontakt mit Ihnen aufgenommen?«, versicherte sich Charlie. »Ich meine, bevor unsere Kollegen gekommen sind?«

»Nein.«

»Ich möchte nur sichergehen, dass Sie nichts unternehmen, ohne es vorher mit uns abzustimmen.« Charlie versuchte, Gustavs Gesichtsausdruck zu deuten. Er war es offensichtlich gewohnt, Befehle zu erteilen und impulsiv zu handeln. Sie hoffte, dass er sich jetzt zurückhielt.

»Haben Sie Feinde?«, fuhr Charlie fort. »Hatten Sie in letzter Zeit Streit mit jemandem?«

»Das haben Ihre Kollegen doch schon alles gefragt«, beschwerte sich Gustav. »Sprechen Sie nicht miteinander?«

»Manche Fragen werden Sie eben doppelt beantworten müssen.«

»Wir haben keine Feinde. Zumindest nicht, soweit wir wissen.«

»Mein Mann ist erfolgreich«, bemerkte Frida, als ob Gustav nicht im Raum wäre. »Er … es gab viele Auseinandersetzungen …«

»Ich glaube nicht, dass meine Arbeit etwas damit zu tun hat«, entgegnete Gustav.

»Ist das wahr?«, hakte Charlie nach. »Gab es oft Unstimmigkeiten?«

»Das waren nur geschäftliche Angelegenheiten«, wehrte Gustav ab. »Nichts Ernstes.«

Offensichtlich wollte er das Thema wechseln.

»Könnten Sie uns etwas mehr über Ihre Arbeit erzählen?«, bat Anders.

»David und ich haben eine Firma. Unser letztes Projekt war die Entwicklung einer Webseite für Russland, über die man Sachen gebraucht kaufen und verkaufen kann. Wir haben die Seite aber vor einem halben Jahr verkauft, als wir von Moskau wieder zurück nach Schweden gezogen sind.«

»Wie lange haben Sie in Moskau gewohnt?«

»Ein gutes Jahr.«

»Und dort ist nichts Besonderes vorgefallen? Keine geplatzten Geschäfte oder irgendetwas anderes?«

»Die Geschäfte liefen gut«, sagte Gustav. »Und was meinen Sie mit ›irgendetwas anderes‹? Was soll das sein?«

»Ich weiß es nicht«, erwiderte Anders. »Wir wollen uns nur ein möglichst umfassendes Bild machen, damit wir Ihnen helfen können.«

Er verstummte, als Frida zu weinen begann.

Charlie legte der Frau eine Hand auf die Schulter.

»Frida«, sagte sie eindringlich, »wir werden alles tun, was wir können, um Beatrice zu finden. Ich weiß, dass der Schmerz und die Angst unerträglich sind, aber …«

»Ich hätte sie nicht draußen schlafen lassen dürfen«, wiederholte Frida. »Ich hätte …«

»Viele Eltern lassen ihre Kinder im Freien schlafen«,

versuchte Charlie sie zu beruhigen, auch wenn sie keine Ahnung hatte, ob das stimmte.

»Ich … Mir ist kalt«, sagte Frida.

»Gustav, könnten Sie ihr eine Strickjacke oder eine Decke holen?«, bat Anders.

Gustav nickte und verschwand.

»Sie schläft nicht«, flüsterte Frida, als Gustav außer Hörweite war. »Sie schläft nachts nicht, und am Tag nur ein paar Stunden, wenn sie draußen im Wagen liegen darf. Deshalb lasse ich sie im Freien schlafen. Ich war so müde. Ich …«

Gustav kam mit einer Strickjacke zurück, die er seiner Frau über die Schultern legte.

»Ich schaffe das nicht«, jammerte Frida. »Das ist zu viel.«

»Ich verstehe, dass es sich im Moment so anfühlt«, sagte Charlie. »Aber …«

»Ich habe sonst keine Kinder«, fuhr Frida fort. »Sie ist meine einzige Familie. Sonst habe ich nichts, wofür es sich zu leben lohnt.«

Charlie wollte etwas Tröstendes erwidern, doch ihr fielen nur leere Floskeln ein. Keine Familie, dachte sie. Meinte Frida damit die toten Eltern und den Bruder, der mit seiner Sucht auf dasselbe Schicksal zusteuerte? Sie hatte doch Gustav … oder? Sah sie ihren Mann nicht als Familie?

Charlies Handy klingelte, eine unbekannte Nummer. Sie entschuldigte sich und ging aus dem Raum. Der Anrufer entpuppte sich als Verkäufer, doch anstatt wie sonst sofort wieder aufzulegen, hörte sie zu, wie ihr irgendein vorteilhafter Kredit angepriesen wurde. An einer Wand auf den gerahmten Hochzeitsfotos in Schwarz-Weiß war eine glücklich lächelnde Frida neben dem ernst dreinblickenden Gustav zu sehen. Die anderen Bilder zeigten Gustav und Frida in verschiedenen lustigen Posen. Auf einem trug Frida den Schleier wie einen Umhang, und Gustav stand schräg hinter ihr und schien um etwas zu flehen.

Charlie ging weiter und sah durch eine offene Tür ins Kinderzimmer. Es war in denselben Farben wie das restliche Haus eingerichtet, in Beige, Weiß und Grau mit etwas Rosa. In einer Ecke war ein dreieckiges Zelt aufgebaut, und in einer anderen stand ein Schaukelpferd. Überall lagen große Stofftiere und Spielsachen. Charlie sah sich die Bilder an den Wänden an, Zahlen und Buchstaben mit lustigen Tieren, daneben ein gerahmtes Gedicht. Es war derselbe Text, den Frida schon auf Instagram gepostet hatte, hier allerdings vollständig:

Ist es wahr? Ein Kind ruht in meinem Arm,
Und ich spiegele mich in seinem Blick.
Das Wasser glitzert, und die Erde ist warm,
der Himmel wolkenlos, ohne einen Fleck.
Wie spät ist es, welches Jahr,
wer bin ich, wie lautet mein Name?
Du lachendes Bündel mit sonnengebleichtem Haar,
wie kommst du in meine Arme?

Ich lebe, ich lebe! Auf Erden ich stehe.
Wo war ich nur zuvor?
Gewartet habe ich, Millionen Jahre,
Auf diesen einen Moment.

Kapitel dreizehn

Als sie aus dem Haus der Palmgrens kamen, fiel Charlie ein Schatten an der Garagenecke auf.

»Stehen bleiben!«, rief sie, als eine Frau die Einfahrt entlangrannte.

Die Unbekannte lief weiter auf die Straße. Ihr langer roter Rock flatterte um ihre Beine. Charlie hatte sie schnell eingeholt und packte sie am Arm.

»Warum laufen Sie weg?«, fragte sie harsch.

»Entschuldigung«, sagte die Frau mit schwerem Akzent. »Ich mag nicht angeschrien werden.«

»Was machen Sie hier?«

»Können Sie mich bitte loslassen?«

Charlie gab den Arm der Frau frei. Sie würde sie schnell wieder einholen, sollte sie erneut davonrennen.

»Ich putze hier.« Die Frau deutete auf das Haus. »Ich habe gehört, was passiert ist, und ich … Ich wollte helfen, aber dann wollte ich doch nicht reingehen.«

»Sie hätten nicht weglaufen sollen«, sagte Charlie.

»Nein. Entschuldigung.«

»Wie heißen Sie?«

»Amina. Amina Khalil.«

»Können Sie mir Ihren Ausweis zeigen?«

Die Frau schüttelte den Kopf.

»Wir müssen Ihre Kontaktdaten und Ihre Personennummer aufnehmen«, sagte Charlie. »Und dann kommen Sie bitte mit, damit das Ehepaar Palmgren Ihre Identität bestätigen kann.«

Als Amina in die Küche kam und Frida sah, murmelte sie zuerst leise, melodische Sätze auf Arabisch, die immer nachdrücklicher wurden. Frida stand auf und ging auf Amina zu.

»Es tut mir so leid«, flüsterte diese. »Es tut mir so leid.«

Es war ein rührender Anblick, wie die teuer gekleidete Frida und Amina in ihren ausgewaschenen Kleidern einander umfasst hielten und weinten.

Amina war mit dem Bus nach Hammarö gefahren, nachdem sie von Beatrices Verschwinden gehört hatte. Charlie bot ihr an, sie zurück in die Stadt mitzunehmen.

»Ich wohne nicht in der Stadt«, sagte Amina, »sondern in Kronoparken. Das liegt außerhalb.«

»Dann fahren wir Sie dorthin. Wir müssen Ihnen ohnehin noch einige Fragen stellen.«

Das Viertel Kronoparken lag fünf Kilometer außerhalb von Karlstad. Sie parkten zwischen zwei rostfleckigen Autos und gingen durch einen Innenhof mit einem großen Sandkasten und einem baufälligen Klettergerüst. Ein kleiner Junge fuhr auf einem quietschenden Dreirad herum, gefolgt von einem etwa zehn Jahre alten Mädchen einige Schritte hinter ihm.

Das Ehepaar Khalil wohnte im ersten Stock eines Hauses in einer langen Reihe einstöckiger Gebäude aus den Sechzigerjahren. Hier und da blätterte die Farbe von den Mauern.

Ein Mann begrüßte sie in der Diele.

»Das ist Jamal«, sagte Amina. »Er spricht nicht so gut Schwedisch, aber er versteht alles.«

Jamal nickte und gab ihnen die Hand zur Begrüßung.

»Lassen Sie die Schuhe an«, sagte Amina. »Es ist nicht gewischt. Ich arbeite so viel, dass ich daheim nicht auch noch putzen kann. Ich hoffe, Sie verstehen das.«

Charlie nickte. Wenn sie etwas verstand, dann Menschen mit unaufgeräumten Wohnungen. Doch bei den Khalils war es überhaupt nicht schmutzig, dachte sie, als sie Amina in die kleine Küche folgten, alles war sauber und ordentlich. An der Wand über dem Küchentisch hing ein Foto von drei kleinen Mädchen in identischen roten Kleidern und mit Schleifen in den Haaren. Das älteste hielt die zwei jüngeren Schwestern liebevoll umschlungen. Waren das Aminas und Jamals Töchter? Charlie hatte keine Anzeichen für Kinder entdeckt, keine Spielsachen, keine Kinderjacken und Schuhe in der Diele.

»Meine Mädchen«, sagte Amina, als sie Charlies Blick auf das Foto bemerkte.

Charlie wollte gerade fragen, wo sie sich aufhielten, da sah sie die Antwort in Aminas Augen.

»Sie waren ein Jahr, drei und vier Jahre alt, als sie starben. Ihr Vater ist auch tot. Wir kommen aus Syrien.«

»Mein herzliches Beileid«, sagte Charlie.

»Meins auch«, fügte Anders hinzu.

Amina drehte sich zur Arbeitsfläche und füllte Wasser in einen Wasserkocher. Charlie fielen ihre roten und rissigen Hände auf, als sie Tassen auf den Tisch stellte, und dachte an ihre Kinder, die Familie, die sie einmal gehabt hatte. Sie sah Amina zusammen mit einem Mann und drei kleinen Mädchen und verdrängte die Bilder von Explosionen, Bomben und Kinderleichen.

Jamal setzte sich an den Tisch, und erst jetzt bemerkte Charlie, dass ihm Daumen und Zeigefinger der linken Hand fehlten. Bei ihrem Blick legte er die Hand rasch in den Schoß.

»Wie lange arbeiten Sie schon bei den Palmgrens?«, fragte Charlie, nachdem sie einen Schluck Tee getrunken hatte.

Amina sah Hilfe suchend zu ihrem Mann, als könne sie sich nicht erinnern. Sie wirkte nervös. Vielleicht putzte sie schwarz, dachte Charlie.

»Zwei Jahre«, antwortete sie schließlich. »Es ist eine sehr gute Arbeit. Ich arbeite, wenn ich nicht in der Ausbildung bin.«

»Was lernen Sie?«, fragte Charlie.

»Krankenpflegerin«, erklärte Amina. »Und wenn möglich will ich danach Krankenschwester werden.«

Sie sah zu Jamal, der sie stolz anlächelte.

»Wir sind erst drei Jahre hier«, sagte er und hielt drei Finger in die Höhe. »Meine Frau ist sehr fleißig, sehr klug.«

»Ich lerne einfach gern«, sagte Amina.

»Wie oft sind Sie zum Putzen da?«

»Sie meinen, bei Frida und Gustav?«, fragte Amina.

»Putzen Sie auch bei anderen Familien?«

»Ja, aber meistens bei den Palmgrens.«

»Frida sehr nett zu uns«, ergänzte Jamal.

»Ist«, korrigierte Amina ihn. »Frida *ist* sehr nett zu uns.«

»Arbeiten Sie auch für die Familie?« Charlie sah Jamal an.

»Ja, ich schreinere und so.«

»Und er hat gestrichen«, fügte Amina hinzu. »Er hat

das ganze Haus gestrichen und die Garage, und jetzt baut er einen Sandkasten für …« Sie verstummte und schluckte angestrengt. »Frida und Gustav waren sehr nett zu uns«, beendete sie den Satz.

»Wie oft sind Sie bei den Palmgrens?«, fragte Anders an Amina gerichtet.

»Mindestens einmal die Woche«, antwortete sie. »Meistens öfter. Beatrice hatte Bauchweh und hat wenig geschlafen, deshalb habe ich mehr geputzt und …«

»Und?«, drängte Charlie.

»Nichts.«

»Alles könnte wichtig sein.«

»Ich will nicht über meine Arbeitgeber sprechen. Das ist nicht richtig.«

»Aber wir haben es mit einem verschwundenen Kind zu tun«, beharrte Charlie. »Beatrice wurde entführt. Sie müssen uns alles sagen, was Sie wissen.«

»Ich habe manchmal auf sie aufgepasst«, gestand Amina. »Ich bin mit ihr im Wagen spazieren gegangen, damit Frida etwas schlafen konnte. Wir haben Gustav nichts davon erzählt. Frida glaubt, dass es ihm nicht gefallen würde.«

»Warum nicht?«

»Das weiß ich nicht.«

»Vertraut er Ihnen nicht?«

»Doch, oder ich glaube es zumindest. Frida wollte einfach nicht, dass wir es ihm erzählen, deshalb habe ich auch nichts gesagt.« Amina legte die Hände um die Teetasse. »Wo könnte sie sein, was glauben Sie? Ich meine … Wer entführt ein kleines Kind?«

»Wir tun alles, was wir können«, versicherte Charlie.

»Sie müssen sie finden«, flehte Amina. »Sie ist so klein,

und sie mag keine Fremden. Der Gedanke ist so schrecklich … Wie viel Angst sie haben muss …«

»Das verstehe ich«, sagte Anders. »Am besten können Sie Beatrice helfen, indem Sie unsere Fragen ehrlich beantworten.«

Amina nickte.

»Wie würden Sie Gustav beschreiben?«, fragte Anders.

»Gustav ist … Ihn kennen wir nicht so gut wie Frida«, antwortete Amina. »Er arbeitet viel.«

»Er kann manchmal wütend werden«, ergänzte Jamal.

»Er hat so viel in der Arbeit zu tun.«

Amina warf ihrem Mann einen Blick zu.

»Weshalb wird er wütend?«, fragte Charlie.

»Ich weiß es nicht«, sagte Amina.

»Haben Sie gesehen, dass Gustav wütend auf Frida war? War er ihr gegenüber gewalttätig?«

Nein, das hätten sie beide nie erlebt. Doch das musste nichts heißen, dachte Charlie. Geschliffene, gewalttätige Männer schlugen ihre Frauen nicht vor anderen Leuten. Und selbst wenn Amina oder Jamal etwas gesehen hatten, würden sie es sicher nicht erzählen. Sie mussten an ihre Jobs denken.

»Ist Ihnen in letzter Zeit etwas Seltsames bei den Palmgrens aufgefallen?«, fragte Charlie weiter.

»Was meinen Sie damit?«, wollte Amina wissen.

»Egal was. War etwas anders als sonst? Waren Besucher da, die Sie noch nie gesehen hatten? War die Stimmung im Haus anders? Solche Sachen.«

Amina schüttelte den Kopf.

»Wann waren Sie zuletzt dort?«, fragte Anders.

»Das war … vor drei Tagen.«

»Darf ich fragen, wo Sie heute Morgen waren?«, übernahm Charlie wieder. »Wo waren Sie zum Zeitpunkt von Beatrices Verschwinden?«

»Ich war bei einer anderen Familie«, antwortete Amina und stellte ihre Teetasse so abrupt auf dem Tisch ab, dass sie überschwappte.

Amina schien sehr genau zu verstehen, warum man ihr die Frage stellte. Doch die sichtliche Nervosität musste nicht bedeuten, dass sie etwas zu verbergen hatte.

In Gegenwart der Polizei fühlten sich auch Menschen oft unsicher, die unschuldig waren.

»Wie heißt die Familie?«, fragte Anders.

»Jolander. Das sind ihre Freunde.«

»Charlotte und David Jolander?«

»Ja.«

»Was machst du?«, fragte Jamal, als Amina aufstand. Sie war bleich geworden.

»Ich will nur ... etwas Tee holen«, sagte sie, ging zwei Schritte, blieb stehen und sank ohnmächtig zu Boden.

Charlie und Anders sprangen auf, doch Jamal kam ihnen zuvor. Er ging in die Hocke, hielt den Kopf seiner Frau und tätschelte leicht ihre Wangen. Nach ein paar Sekunden kam Amina wieder zu sich. Sie setzte sich auf, murmelte etwas und schloss wieder die Augen.

»Stress«, erklärte Jamal und sah zu den Polizisten auf. »Sie ist sehr gestresst.«

Er deutete auf das Bild ihrer toten Töchter.

»Sie ... bekommt Panik. Und jetzt das mit Beatrice. Sie hat sie sehr gern.«

Amina hatte die Arme um den Hals ihres Mannes geschlungen und atmete flach und schnell.

»Amina«, sagte Charlie und legte ihr eine Hand auf den Rücken. »Können wir irgendetwas für Sie tun?«

»Schon gut«, antwortete Jamal. »Es geht ihr bald besser.«

»Sie kommen ganz sicher zurecht?«, fragte Anders, nachdem Amina mit der Hilfe ihres Mannes wieder auf die Füße gekommen war.

Jamal nickte.

»Sie sollten vielleicht trotzdem einen Arzt anrufen.«

»Nein«, wehrte Amina ab. »Kein Arzt. Jetzt ist es wieder gut.«

Nichts ist gut, dachte Charlie. Amina ging es offensichtlich sehr schlecht.

»Wir lassen Ihnen unsere Visitenkarten da«, sagte Anders. »Rufen Sie uns an, wenn Ihnen noch etwas einfällt.«

»Oder wenn sonst etwas sein sollte«, fügte Charlie hinzu. »Was auch immer.«

»Verdammt«, meinte Anders, als sie wieder im Wagen saßen. »Ich begreife nicht, wie Menschen weiterleben können, nachdem sie alles verloren haben. Seine Kinder zu verlieren, wie zur Hölle verkraftet man das?«

»Es ist möglich«, erwiderte Charlie. »Oder zumindest scheint es bei den meisten Menschen möglich zu sein.«

Sie dachte an Aminas Stolz auf ihre Ausbildung, die hoffnungsvollen Zukunftspläne. Und wie dann alles innerhalb weniger Sekunden umgeschlagen war, sie sich nicht mehr im Griff hatte.

»Ich habe das Gefühl, sie verheimlicht uns etwas«, sagte sie.

Anders drehte sich zu ihr.

»Meinst du, sie ist mit Absicht ohnmächtig geworden?«

»Ich meine nur, dass etwas so schwer auf ihr lastet, dass sie es nicht erzählen kann. Oder es nicht wagt.«

»Über Beatrice?«

Die Frage blieb in der Luft hängen. Charlie sah aus dem Fenster. Es dämmerte. Sie schaute im Internet nach, wie kalt es in der Nacht werden würde. Zwei Grad. Was, wenn jemand Beatrice irgendwo da draußen zurückgelassen hatte? Wie lange hielt ein neun Monate altes Kind bei zwei Plusgraden durch? Wie lange hielt ein neun Monate altes Kind überhaupt ohne menschliche Fürsorge durch?

Sie dachte an Amina und ihre toten Töchter. An Frida und wie sich ihr Leben verändern würde, wenn sie Beatrice nicht lebendig fanden. So hilflos, dachte sie, so hilflos sind wir Menschen.

Sara

Es war stockfinster im Zimmer, als ich aufwachte. Irgendetwas stimmte nicht. Erst nach einer Weile begriff ich, wie still es war. Keine Atemzüge aus dem Bett über mir.

»Lo?«, flüsterte ich.

Keine Antwort.

Ich setzte mich auf.

»Lo?«

Sie war nicht da. Ich schlüpfte in meine Pantoffeln und ging zu Nickis Zimmer. Auch dort war das Stockbett leer.

Hinter mir hörte ich das Klicken von Hundekrallen auf dem Steinboden und drehte mich um. Picco wedelte mit dem Schwanz.

»Wo sind denn alle?«, fragte ich. »Wo sind die Mädchen?«

Piccos missgebildeter Schwanz wedelte stärker, und dann lief die Hundedame zur Treppe. Ich folgte ihr. Im Erdgeschoss stellte sich Picco auf die Hinterläufe und kratzte an einer großen Tür.

»Ist da jemand drin?«, flüsterte ich.

Picco winselte und kratzte wieder an der Tür.

Ich rang eine Weile mit mir, bevor ich die Klinke hinunterdrückte und die Tür öffnete.

Sie saßen in einem Kreis auf dem Boden, alle in Nachthemd, Pantoffeln und mit merkwürdigen Hüten auf dem Kopf. Ich hielt sie zuerst für ein paar Verrückte, die auf der falschen Seite des Lebens ausharrten, unglückliche Seelen, die nach den Behandlungen mit sich rasend schnell drehenden Stühlen, Falltüren und Lobotomien keine Ruhe fanden.

»Ist da jemand?«, fragte eine Stimme. »Tritt aus dem Dunkel, Fremder.«

»Ich bin's.«

»Komm rein, Sara«, sagte Lo. »Wir hören gleich ein Märchen.«

Ich trat in den Raum. In der Mitte des Kreises, den die Mädchen gebildet hatten, standen Flaschen mit brennenden Kerzen. Die Flammen warfen Schatten auf die bleichen Gesichter unter den Hutkrempen.

»Was ist, wenn uns jemand erwischt?«, meinte ich besorgt.

»Niemand erwischt uns«, sagte Lo und machte mir Platz. Nicki reichte ihr eine Flasche.

Seelenfrieden, so hatte Papa den hochprozentigen Schnaps immer genannt, *eine Flasche Seelenfrieden.* Und wie recht er damit gehabt hatte, dachte ich, als die brennende Flüssigkeit durch meine Kehle rann und der Druck auf meiner Brust nachließ.

»Mach weiter, Nicki«, befahl Lo.

Nicki senkte den Kopf.

»Es war einmal ein Mädchen …«

Sie sah in die Runde und forderte uns auf, die Augen zu schließen.

Ich gehorchte und wünschte, ich gehörte zu denen, die an Märchen und Erfolgsgeschichten glaubten. Ich wollte, dass es irgendwo für uns Hoffnung gab. Dass wir aus diesem Wahnsinn als starke, gesunde Menschen hervorgehen würden und irgendwo ein ganz normales Leben führen dürften. Nichts Besonderes, einfach ein normales Leben.

Nicki erzählte von einem Mädchen, das in einem Vorort zur Untermiete in einer Einzimmerwohnung lebte. Das Geld reichte nie, die Wohnung war kalt, alle waren hungrig, und ihre Mutter musste Nebenjobs annehmen. Sie erzählte von ihrem kleinen Bruder, um den sie sich an den Abenden kümmerte, an denen ihre Mutter nicht nach Hause kam.

»Warum ist sie nicht nach Hause gekommen?«, fragte jemand.

»Klappe«, sagte Lo. »Unterbrich das Märchen nicht.«

Wir saßen schweigend da und lauschten der Fortsetzung. Es begann mit ein bisschen Wein, dazu kamen Zigaretten und Tabletten und schließlich härtere Sachen. Sie wollte sich ruhig fühlen. Sie wollte einfach manchmal ruhig sein und sich glücklich fühlen.

»Red weiter«, befahl Lo, als Nicki verstummte.

»Ich weiß nicht, ob ihr das hören wollt. Es ist ziemlich übel.«

»Es hilft, darüber zu sprechen«, erklärte Lo und klang dabei genau wie Marianne. »Nimm uns mit in die Vergangenheit, an den Ort, der am meisten schmerzt.«

»Okay«, gab Nicki nach. »Dann kommt mit. Folgt mir in eine Wohnung in einem Vorort, zu einem Bett mit einer versifften Matratze. Aber schließt die Augen.«

Ich wollte nicht mitgehen. Ich hatte genug von versifften Betten und Matratzen.

Es waren Fußballer, glaubte Nicki, oder Hockeyspieler,

völlig egal, das war ja alles dasselbe. Sie hatte vergessen, wie viele es waren, bestimmt fünf oder sechs. Sie fesselten sie. Nicki hielt Hände und Füße von sich gestreckt, um es zu demonstrieren.

»Warum bist du überhaupt mit ihnen mitgegangen?«, fragte jemand.

»Das gehört nicht zur Geschichte«, sagte Nicki. »Aber wenn ihr es unbedingt wissen wollt – ich kann mich nicht genau erinnern.«

»Weiter«, forderte Lo.

»Sie haben mich im Bett gefesselt«, fuhr Nicki fort. »Meine Hände und Füße an den Bettpfosten festgebunden. Dann … dann haben sie mich auf alle möglichen Arten genommen, und …«

»Her mit der Flasche!«, fuhr Lo mich plötzlich an. »Willst du etwa alles allein trinken?«

Ich gab ihr den Schnaps. Lo trank drei große Schlucke, bevor sie ihn weiterreichte.

»Sie waren überall in mir«, sagte Nicki. »Ich habe mich gefühlt, als würde ich in der Mitte auseinandergerissen. Ich dachte, ich würde sterben. Es war mir egal. Hauptsache, es gäbe mich dann nicht mehr und ich müsste nicht mehr atmen.«

Ich wünschte, Nicki würde aufhören. Mir war schlecht, und ich wollte nichts mehr hören. Ich hatte das Gefühl, selbst so gespreizt auf der Matratze zu liegen.

»Dann tropfte es plötzlich auf mich herunter«, fuhr Nicki fort. »Ich dachte erst, es sei Wasser, weil ich die Augen geschlossen hatte. Ich dachte, sie wollten mich vielleicht waschen. Doch dann war da der Geruch. Ich habe die Augen aufgemacht … Sie haben auf mich gepisst.«

Alle waren still. Ich blinzelte, um die Bilder von Nickis gefesseltem Körper auf dem Bett zu vertreiben, von den wippenden Schwänzen über ihr, der Pisse, die an ihr herunterlief.

»Sie sagten später, ich wäre einverstanden gewesen«, erzählte Nicki weiter. »Sie sagten, ich wollte, dass sie auf mich pissen.«

Kapitel vierzehn

Charlie legte sich in ihrem Hotelzimmer ins Bett und schaltete den Fernseher ein. Eine Nachrichtensprecherin mit auffallend glatter Haut berichtete von den neuesten Entwicklungen im Entführungsfall Beatrice Palmgren beziehungsweise den mangelnden Fortschritten. Bilder von der Villa auf Hammarö wurden gezeigt, eine Nahaufnahme von Stina, die die Bevölkerung mit ernster Miene zur Mithilfe aufrief. In der Stadt wurde eine junge Mutter mit einem kleinen Jungen an der Hand interviewt, die direkt in die Kamera blickte und sagte, alles sei so schrecklich und die ganze Stadt würde den Atem anhalten.

Charlie war schon fast eingeschlafen, als Erinnerungsfetzen an ihrem inneren Auge vorbeizogen: ein Mann in einer Lederjacke, der Geruch nach Leder, jemand lachte. Sie schlug die Augen auf, starrte ins Dunkel und versuchte, sich noch mehr ins Gedächtnis zu rufen. Ein Gesicht, eine Haarfarbe, was auch immer. Als ihr das nicht gelang, schloss sie die Augen wieder und versuchte, zurück in den Halbschlaf zu finden. Ihr Puls raste jedoch zu sehr. Was zum Teufel war nur geschehen?

Sie zwang sich, ruhig und rational zu denken. Was war das Problem, schließlich hatte sie nicht zum ersten Mal einen Mann mit nach Hause genommen, bei dem hier mit dem einzigen Unterschied, dass sie sich überhaupt nicht mehr an ihn erinnern konnte. Außerdem war sie am Leben und unverletzt.

Doch das ungute Gefühl wollte nicht verschwinden.

Charlie stand auf und zog die schweren Verdunkelungsvorhänge vor dem Fenster zurück, um auf die Straße zu sehen. Zwei junge, viel zu dünn angezogene Frauen wankten eingehakt vorbei, hinter ihnen liefen einige Männer in Anzughosen und Mantel. Es war Samstag, die Menschen waren auf dem Weg in die Kneipen oder vielleicht auch schon wieder zurück nach Hause. Es war zwanzig Minuten nach zwölf. Sie sollte sich wieder schlafen legen, doch stattdessen ging sie zur Minibar.

Die kleine Flasche mit Rotwein schien geradezu darum zu betteln, geleert zu werden. Charlie trank drei große Schlucke und wartete auf das Gefühl der inneren Ruhe. Es war unwichtig, dass die Wirkung nie lange anhielt und es ihr hinterher umso schlechter gehen würde. Das war es wert.

Sie dachte an die letzte Sitzung bei ihrer Psychologin.

Erzählen Sie mir eine Kindheitserinnerung, hatte Eva sie gebeten. *Was Ihnen als Erstes einfällt. Woran erinnern Sie sich?*

Mama.

Ihre Mutter?

Ja.

Was macht sie?

Sie … tanzt. Sie tanzt in unserem Garten in Lyckebo.

Und Sie? Was machen Sie?

Ich sitze in meinem Zimmer im Fenster und sehe ihr zu. Ich will, dass sie ins Haus kommt, weil sie zu dünn angezogen ist, und es ist kalt, aber sie hört mich nicht.

Also … gehe ich hinaus in den Garten und versuche, sie nach drinnen zu bringen, aber sie ist zu schnell.

Lassen Sie sie im Garten und stellen Sie die Musik leiser. Was würden Sie jetzt zu ihr sagen, wenn sie stehen bleiben und Ihnen zuhören würde?

Dass sie reinkommen soll, dass es spät ist. Dass ich Angst habe …

Wovor haben Sie Angst?

Dass sie mich verlässt, dass ich allein bleibe.

Sagen Sie ihr das.

Und Charlie hatte die Augen geschlossen und sich das Bild in Erinnerung gerufen, von dem Garten in Lyckebo, in dem die Musik nicht mehr spielte und Betty stehen geblieben war.

Ich will nicht, dass du mich verlässt, Mama. Ich will nicht allein sein.

Charlie ging zurück zum Bett, warf einen Blick auf ihr Handydisplay und stellte fest, dass die Wettervorhersage stimmte. Es waren zwei Grad plus draußen. Sie hoffte, dass Beatrice nicht fror und sich jemand um sie kümmerte. Hoffentlich finden wir sie lebend, dachte sie. Trotzdem sah sie vor dem Einschlafen als Letztes eine erfrorene Babyleiche vor sich. Die Lippen blau, die Augen geschlossen.

Heute Nacht habe ich von einem Amokläufer in einem Einkaufszentrum geträumt. Er lief herum und schoss wild um sich. Menschen fielen zu Boden, verbluteten, starben. Ich versteckte mich mit der Kleinen hinter einigen Kartons. Sie zappelte und wimmerte, und mir war klar, dass alles vorbei wäre, wenn ich sie nicht beruhigen konnte. Deshalb hielt ich ihr den Mund zu, zu fest, zu lange. Ich wollte doch nur, dass sie überlebt.

Kapitel fünfzehn

Charlie und Anders trafen sich am Sonntagmorgen um acht an der Rezeption und frühstückten rasch in dem leeren Speiseraum.

Als sie zum Auto gingen, jeder mit einem Pappbecher Kaffee in der Hand, klingelte Charlies Handy.

»Seid ihr auf dem Weg?«, fragte Stina am anderen Ende der Leitung.

»Wir wollen in diesem Moment losfahren«, antwortete Charlie. »Ist etwas passiert?«

»Roy hat die Entzugsklinik überprüft, in der Fridas Bruder untergebracht ist, und er war nicht dort. Seit drei Tagen ist er schon verschwunden.«

»Aber du hast doch gesagt …«

»Das ist uns durchgerutscht«, gestand Stina. »Wir …«

»Du musst nichts erklären«, sagte Charlie. »Gib mir seine Adresse. Oder ist schon jemand auf dem Weg?«

»Dich habe ich als Erste angerufen. Er wohnt im Gruvlyckevägen 12.«

»Aber hat die Klinik nicht die nächsten Angehörigen von seinem Verschwinden informiert?«, fragte Charlie.

»Scheint nicht so. Und noch etwas«, fügte Stina hinzu. »Roy hat ihn noch mal im System recherchiert. Der Idiot, der die erste Überprüfung durchgeführt hat, hat offensichtlich etwas übersehen.«

»Und was?«

»Sex mit einer Minderjährigen.«

Charlies Puls beschleunigte sich.

»Wann?«

»Vor zehn Jahren.«

»Was ist los?«, fragte Anders, nachdem Charlie aufgelegt hatte.

Sie erzählte ihm alles, während sie Niklas Sandells Adresse ins Navi eingab. Sieben Minuten später hielten sie vor einer heruntergekommenen Backsteinhausreihe im Gruvlyckevägen.

»Das Leben hat die Geschwister wirklich an ganz unterschiedliche Orte verschlagen«, bemerkte Anders. »Was für Gegensätze.«

»Ich weiß nicht, was schlimmer ist«, sagte Charlie. »Ernsthaft«, fügte sie hinzu, als Anders lachte.

»Du wärst also lieber ein Junkie, als mit einem Milliardär verheiratet zu sein?«

»Das kommt drauf an, was für ein Milliardär das ist, aber es ist ja allgemein bekannt, dass die, die es bis ganz nach oben geschafft haben, auf dem Weg dahin oft über Leichen gegangen sind. Mit so einem Menschen ist das Zusammenleben vielleicht nicht so angenehm.«

»Aber alles aufzugeben, um ständig high zu sein, ist angenehm?«

»Der Rausch ist sicher schön«, meinte Charlie. »Nur der Rest leider sehr anstrengend.«

Sie stiegen aus und gingen zur Haustür. Der Schotter knirschte unter ihren Sohlen.

»Was ist los?«, fragte Charlie, als Anders die Nase rümpfte.

»Riechst du das nicht?«

»Na ja, es riecht ein wenig nach Essen.«

»Eher nach Müll.«

»Du übertreibst.«

Niklas Sandell wohnte im ersten Stock. Sie mussten dreimal klingeln, bis sie Schritte hinter der Tür hörten.

»Sind Sie Niklas Sandell?«, fragte Anders, als ein Mann in Unterhose, löchrigem T-Shirt und mit starrem Blick öffnete.

»Korrekt«, antwortete der Mann. »He, was soll das?«, sagte er, als Anders seine Polizeimarke herzeigte. »Warum wecken Sie mich denn mitten in der Nacht?«

»Es ist kurz vor neun«, bemerkte Anders.

»Morgens oder abends?«, fragte Niklas ernsthaft.

»Morgens«, antwortete Charlie. »Wir würden uns gern ein bisschen mit Ihnen unterhalten.«

In der Wohnung roch es vertraut nach Alkohol, Katzenklo und Dreck. Charlie sah Anders an, dass er am liebsten auf dem Absatz umgekehrt wäre.

»Ich kann nicht zurück«, sagte Niklas, nachdem er sie in die Küche geführt hatte. Die gelben Schränke waren alt, überall stapelte sich schmutziges Geschirr. »Sie sollten den Platz lieber jemand anderem geben. Jemandem, der nicht so ein Idiot ist.«

»Du bist kein Idiot«, ertönte eine Stimme aus dem Nebenzimmer.

»Halt die Klappe, Anton!«, rief Niklas.

»Aber das stimmt doch«, beharrte Anton. »Nur weil man ein bisschen Spaß hat, ist man doch noch lange kein Idiot.«

Charlie erkannte Bettys Argumentation wieder.

Wer sind denn eigentlich die Verrückten – wir, die wir wissen, wie man Spaß hat? Oder die Trottel, die in der Bank und auf dem Sozialamt arbeiten und nie feiern?

»Die Polizei ist hier, Anton«, sagte Niklas.

Etwas rumpelte, und einige Flüche ertönten. Anton trat mit zerzausten Haaren und aufgeknöpfter Jeans in den Flur.

»Wir haben nichts gemacht«, verteidigte er sich sofort. »Nur ganz ehrenwert drei Tage durchgesoffen. Was Stärkeres war nicht dabei, ihr müsst ihn also nicht zurückbringen.«

»Deshalb sind wir nicht hier«, erklärte Charlie. »Wir müssten mit Niklas über etwas anderes sprechen. Allein.«

Anton hob abwehrend die Hände, drehte sich um und ging wieder ins Nebenzimmer.

»Worum geht es?«, fragte Niklas.

Er hatte sich auf einen Sprossenstuhl gesetzt. Charlie warf einen Blick auf seine auf und ab wippenden Knie. Nervosität? Oder Entzugssymptome?

»Um Ihre Nichte«, sagte Anders. »Beatrice.«

»Beatrice?«, wiederholte Niklas, als wäre ihm der Name fremd. »Was ist mit ihr?«

Er streckte sich nach einem Aschenbecher auf dem Tisch, fischte eine halb gerauchte Zigarette heraus und zündete sie zitternd an.

»Sie ist verschwunden«, sagte Charlie.

»Verschwunden?« Niklas sah sie verständnislos an.

»Ja. Sie haben ja vielleicht in der Zeitung gelesen oder in den Nachrichten gesehen, dass auf Hammarö ein Säugling vermisst wird. Es handelt sich um Frida Palmgrens Tochter, Beatrice.«

»Das wusste ich nicht«, erwiderte Niklas. Er stand abrupt auf und ging zur überquellenden Spüle, wo er den Hahn so stark aufdrehte, dass das Wasser auf den Boden spritzte. »Was soll das heißen, sie wird vermisst?«

Charlie erzählte kurz, was sich ereignet hatte. Niklas drehte sich um und sah sie verständnislos an.

»Aber … Sie muss doch irgendwo sein?«

»Ja«, sagte Anders. »Und genau das versuchen wir herauszufinden.«

»Aber warum … warum hat mir niemand was gesagt? Warum hat mich Frida nicht angerufen?«

Weil sie nicht mehr mit dir rechnet, dachte Charlie.

»Sie sollten vielleicht den Wasserhahn zudrehen.«

Anders nickte in Richtung des Spülbeckens, in das immer noch Wasser spritzte.

Niklas gehorchte.

»Was kann ich tun?«, fragte er dann. »Kann ich irgendwas tun?«

»Antworten Sie einfach auf unsere Fragen«, sagte Charlie. »Haben Sie Beatrice mal kennengelernt?«

Er zögerte, sah zum Fenster, vor dem ein löchriger, schiefer Vorhang hing.

»Ich habe sie einmal in der Stadt getroffen. Frida, meine ich, sie hatte den Kinderwagen dabei. Beatrice war … so verdammt perfekt, das perfekteste Kind, das ich je gesehen habe, aber ich war high, weshalb ich sie nicht auf den Arm nehmen durfte. Ich durfte sie nicht mal anfassen. Ist das nicht ein bisschen übertrieben? Ich meine, ich bin ja nicht ansteckend.« Er sah zu Anders.

»Darum ging es sicher nicht«, sagte dieser. »Ihre Schwester wollte wahrscheinlich niemandem ihre Tochter anvertrauen, der unter Drogen stand. Das ist ja auch verständlich.«

»Ich wollte sie doch nur ein bisschen halten.«

»Wie würden Sie Ihr Verhältnis zu Frida beschreiben?«, fragte Charlie.

»Als Kinder haben wir uns gut verstanden«, antwortete Niklas. »Wir … wir haben uns umeinander gekümmert. Oder besser gesagt, meistens hat sie sich um mich gekümmert, auch wenn ich ein Jahr älter bin. Sie war immer mehr wie eine große Schwester. Vielleicht, weil ich so verdammt hohl bin.« Er deutete auf seine Stirn. »Es war jedenfalls schön, dass wir einander hatten, wenn unsere Eltern gesoffen und sich aufgeführt haben.«

»Und später?«, fragte Charlie.

»Später?«

»Ja, was ist dann passiert? Sie sagten, als Kinder hatten Sie ein gutes Verhältnis zueinander. Und jetzt?«

»Sie hat sich verändert«, erklärte Niklas. »Sie hat mich im Stich gelassen.«

»Inwiefern?«

»Sie wollte mir kein Geld geben und hat mich gegen meinen Willen einweisen lassen.«

»Das klingt aber nicht danach, als hätte sie Sie im Stich gelassen«, meinte Anders.

»Ich finde schon. Sie leiht mir nicht mal was für die Miete, obwohl sie doch nach ihrer Heirat in Geld schwimmt. Sie sagt, das sei zu meinem Besten, aber das glaube ich nicht. Ich glaube, dass sie sich zu fein dafür ist. Sie hat ihre Herkunft vergessen.«

»Und was ist ihre Herkunft?«, fragte Charlie.

»Was?«

»Wo kommt sie her?«

»Aus Molkom«, antwortete Niklas. »Tochter von zwei Säufern, Schwester eines Junkies.«

Alle schwiegen. Charlie dachte an die Geschwister in dem kleinen Ort in der Nähe von Karlstad und konnte beinahe die Streite im Suff hören, die Unruhe wegen der

Unwägbarkeiten spüren, die das Leben mit abhängigen Eltern mit sich brachte.

»Wann haben Sie Frida das letzte Mal besucht?«, fragte sie.

»In dem Haus war ich nie. Das sie gekauft haben, nachdem sie wieder da waren aus …«

»Moskau«, half ihm Anders.

»Ja, genau. Da war ich jedenfalls nie. Warum fragen Sie? Ich bin doch wohl nicht … Verdammt, wenn ich den Mistkerl erwische, der sie entführt hat, dann …«

»Überlassen Sie das ruhig uns«, unterbrach ihn Anders.

»Wie würden Sie Ihre Schwester beschreiben?«, fragte Charlie.

»Sie ist blond, hat blaue Augen und …«

»Ich dachte eher an ihre Persönlichkeit.«

»Tut mir leid«, sagte Niklas. »Das hätte ich kapieren müssen. Sie ist … Als Kind war sie ganz schön schüchtern, aber dann wurde sie offener. Und jetzt habe ich das Gefühl, als würde ich sie gar nicht mehr kennen.«

»Und wie ist Ihr Verhältnis zu Gustav Palmgren?«

»Wir haben kein Verhältnis zueinander«, antwortete Niklas. »Dieser Mann gibt sich nicht mit Abschaum ab. Zumindest nicht solchem wie mir.«

»Wollen Sie damit sagen, dass er sich mit anderem Abschaum umgibt?«, fragte Charlie.

»Er ist doch selbst der letzte Dreck. Nur etwas hübscher verpackt.«

»Können Sie das erklären?« Charlie wunderte sich über die poetische Formulierung.

»Er und sein Kumpel … Wie hieß der gleich noch mal?«

»David Jolander?«

»Genau. Die beiden haben gern mal ein bisschen Spaß…«

Er tat so, als würde er Kokain schnupfen.

»Woher wissen Sie das?«

»Was glauben Sie denn?«

»Haben Sie ihnen Drogen verkauft?«

»Darauf werde ich keine Antwort geben. Ganz so blöd bin ich auch nicht. Aber glauben Sie mir, ich weiß es sicher.«

»Wie hoch war der Konsum? Waren die beiden abhängig?«, fragte Anders.

»So jemand wie Gustav oder David wird nicht von so was abhängig. Die sind nur süchtig nach Geld und Macht. Aber auf Partys nehmen sie einiges. Der Dritte war allerdings schlimmer.«

»Welcher Dritte?«, fragte Charlie.

»Dieser arme Teufel, den sie ausgebootet haben. Er war ziemlich verbittert deswegen.«

»Von wem reden Sie?«, wollte Anders wissen.

»Dachs«, sagte Niklas. »Ich kenne ihn nur so. Anton!«, rief er. »Wie heißt Dachs gleich noch mal?«

Anton kam wieder in die Küche.

»Was schreist du denn so?«

»Weißt du noch, wie Dachs mit richtigem Namen heißt?«

»Hm, Moment… Nein, keine Ahnung. Ich dachte, er heißt wirklich so.«

»Dir ist aber schon klar, dass das nur ein Spitzname ist, oder?«

»Was weiß denn ich.«

Niklas wandte sich an Charlie.

»Eine Seite seines Körpers ist total weiß. Die Haut, die Haare, alles. Sieht irgendwie witzig aus.«

»Hat er was ausgefressen?«, fragte Anton, der den Kühlschrank geöffnet hatte und auf die weitestgehend leeren Fächer starrte.

»Nein, es geht um Fridas Baby«, erklärte Niklas. »Jemand hat die Kleine entführt.«

»Dachs?« Anton schloss den Kühlschrank und drehte sich um.

»Nein«, sagte Charlie.

»Aber da müssen wir doch etwas tun«, meinte Anton aufgebracht. »Wie geht es Frida?«

»Kennen Sie sie? Sind Sie mit ihr befreundet?«, fragte Charlie.

»Wir waren bis zur Neunten in derselben Klasse. Am Anfang war sie ganz schön komisch, hat in der Pause immer allein herumgesessen und gelesen. Aber dann hat sie sich verändert. Ich glaube, in den Sommerferien nach der achten Klasse. Plötzlich bekam sie …« Er wölbte die Hände über der Brust, um zu demonstrieren, was über den Sommer geschehen war. »Da war sie dann einfach verdammt hübsch.«

»Halt die Klappe, Anton«, fuhr ihn Niklas an. »Du redest hier immerhin von meiner Schwester.«

»Aber sie ist doch hübsch«, wehrte sich Anton. »Ich sage nur, dass jeder Typ mit Augen im Kopf und ein bisschen Verstand scharf auf Frida war. Cool war sie auch«, fuhr er fort, als sei ihm das jetzt erst eingefallen. »Man konnte echt Spaß mit ihr haben. Aber als sie dann mit diesem Idioten zusammengekommen ist, ist sie richtig verblasst. Echt traurig.«

»Ja, sie hätte ja auch genauso gut ihr Leben versaufen können, so wie du und ich«, sagte Niklas ironisch, »anstatt einen Milliardär zu heiraten.«

Irgendwo in der Wohnung klingelte ein Telefon, und Anton ging aus der Küche.

Anders kam wieder zum ursprünglichen Thema zurück.

»Wie meinen Sie das, dass dieser dritte Mann ausgebootet wurde?«

»Ich weiß es nicht genau«, antwortete Niklas. »Aber wenn er betrunken war, hat er was davon gelallt, Gustav und David hätten ihn in den Arsch gefickt, also nicht wortwörtlich, aber …«

»Wir verstehen schon«, meinte Charlie ungeduldig. »Hat er erzählt, wie sie ihn übers Ohr gehauen haben?«

Niklas schüttelte den Kopf. So tiefschürfend hätten sie sich nicht unterhalten, und außerdem könne er Menschen nie lange zuhören, die sich betrogen vorkamen, die habe er satt.

»Sie wissen also auch nicht, ob da mehr dahinterstecken könnte?«, fragte Anders.

»Ich glaube es zumindest«, erwiderte Niklas. »Denn wenn ich eins weiß, dann, dass Gustav Palmgren ein widerlicher Mistkerl ist.«

»Hatten Sie mal Streit mit ihm?«, fragte Charlie.

Niklas runzelte die Stirn und sagte, er könne sich nicht erinnern, aber er habe sicher irgendwann im Suff angerufen und ihn beschimpft.

»Warum?«

»Habe ich das nicht gesagt?«

»Doch, Sie finden Gustav widerlich.«

»Und geizig«, ergänzte Niklas. »Er ist widerlich und geizig.«

»Haben Sie über Geld gestritten?«

»Nein, darüber streite ich nur mit meiner Schwester.«

»Haben Sie Schulden?«, fragte Charlie.

»Was meinen Sie?«

»Es könnte wichtig sein, ob Sie Verbindungen zur Unterwelt haben«, erklärte Anders. »Wenn Sie Geld brauchen und …«

»Ich hoffe, dass ich keine Verbindungen zu Menschen habe, die Kinder entführen.«

»Apropos Kinder«, sagte Charlie. »Würden Sie uns bitte erzählen, was vor zehn Jahren geschehen ist?«

»Denken Sie da an etwas Bestimmtes?«, fragte Niklas, doch sein versteinerter Gesichtsausdruck zeigte, dass er genau wusste, worauf sie abzielte.

»Ich denke an das Kind, das Sie vergewaltigt haben.«

»Hey, Moment mal!«

Niklas sprang von der Sprossenleiter und machte drei hastige Schritte auf Charlie zu. Bevor sie aufstehen konnte, stellte sich Anders bereits vor sie.

»Setzen Sie sich!«, befahl er scharf.

Niklas gehorchte.

Charlie wusste nicht, ob sie sich bevormundet oder beschützt fühlen sollte. Sie hätte ihn auch selbst bitten können, sich wieder hinzusetzen.

»Erzählen Sie«, forderte Anders ihn auf. »Wie war das mit dem Mädchen?«

»Ich habe sie nicht vergewaltigt«, erklärte Niklas. »Sie wollte es, und ich wusste nicht, dass sie so jung war. Und ich habe meine Strafe abgebüßt. Das können Sie doch in Ihren Akten nachlesen oder so.«

»Wir sprechen lieber direkt mit Ihnen. Ihre Nichte ist verschwunden, und uns läuft die Zeit davon.«

»Also, ich bin kein verdammter Pädophiler, wenn Sie das glauben.«

»Dann sagen Sie uns, was Sie von anderen unterscheidet, die Sex mit Minderjährigen haben«, forderte Charlie ihn auf.

»Das war vor zehn Jahren und …«

»Und Sie haben sich geändert?«, unterbrach Anders ihn.

»Lassen Sie mich erzählen, wenn Sie es unbedingt wissen wollen, Herrgott noch mal.«

Niklas fuhr sich mit den Händen durch die Haare und beugte sich zu Charlie.

»Sie war vierzehn«, begann er, jetzt etwas ruhiger. »Sie war vierzehn, einen Monat vor ihrem fünfzehnten Geburtstag. Ich war fünfundzwanzig. Wir haben uns im Pub kennengelernt, deshalb dachte ich, sie ist über achtzehn. Ihr Vater hat mich dann angezeigt, nachdem er es erfahren hatte. Sie wollte ihn daran hindern. Die genauen Einzelheiten stehen sicher irgendwo.«

Anders' Handy klingelte. Er warf einen Blick aufs Display, entschuldigte sich und ging in die Diele hinaus.

Niklas fand eine Packung Marlboro auf dem Fensterbrett und zündete sich eine neue Zigarette an.

»Was haben Sie gestern gemacht?«, fragte Charlie.

»Ich war hier. Wir haben gesoffen. Anton!«, rief Niklas. »Komm doch mal her.«

Anton tauchte wieder auf und beschwerte sich, was sie jetzt eigentlich wollten. Allein sein oder nicht? Er bedeutete Niklas, ihm die Zigarette zu geben.

»Ich frage nur, wo Sie beide gestern waren. Am Vormittag zum Beispiel?«

»Wir haben gefeiert … oder geschlafen«, antwortete Anton. »Ich habe die Zeit nicht so gut im Blick. Aber ich glaube, dass wir hier waren.«

»Sie glauben?«

»Also, soweit ich weiß, ja.«

Er sah zu Niklas, der das bestätigte. Sie waren den ganzen Abend und die ganze Nacht in der Wohnung gewesen.

»Allein?«

Beide zögerten, versuchten sich wohl zu erinnern.

»Ja«, sagte Niklas, »allein.«

»Es war also niemand zu Besuch oder hat Sie gesehen oder …«

»Sie glauben doch wohl nicht im Ernst, dass wir ein Kind entführt haben?«, brauste Anton auf.

»Irgendjemand hat sie entführt«, erwiderte Charlie. »Mehr weiß ich noch nicht.«

»Hier ist sie jedenfalls nicht«, sagte Anton. »Wir haben sie nicht mitgenommen. Außerdem habe ich schon ein Kind.«

Anders kam leichenblass zurück in die Küche.

»Ich muss zurückfahren. Es ist was mit Sam.«

Sara

Lo lag in ihrem Bett und lachte. Erst nach einer Weile kapierte ich, was so lustig war. Sie las in meinem Notizbuch.

»Entschuldige«, sagte sie, als ich mich auf mein Bett stellte, mich hochzog und ihr das Buch aus den Händen schlug. »Entschuldige, ich konnte einfach nicht anders. Sei bitte nicht sauer.«

»Du wärst ja wohl auch sauer, wenn ich deins lesen würde«, antwortete ich.

»Das würde nicht passieren, weil ich es eingeschlossen habe. An einem Ort wie diesem hat man Sachen nur für sich, wenn man sie wegsperrt. Sonst schnüffelt immer irgendwer herum.«

»Du hättest auch einfach nicht darin lesen können, auch wenn es offen herumliegt.«

»Ich habe mich doch entschuldigt«, sagte Lo. »Ich werde es nicht mehr machen. Ich wusste ja nicht, dass da solche Geheimnisse drinstehen.«

»Darum geht es nicht.«

Das stimmte. In dem Notizbuch standen nur vier Seiten Unsinn und ein misslungenes Porträt von Marianne, aber ich fand es trotzdem furchtbar, dass Lo hineingesehen hatte.

»Du solltest dir die Zeit nehmen«, sagte Lo. »Es tut

gut, sich Sachen von der Seele zu schreiben, über die man mit anderen nicht spricht.«

»Dann musst du ja anscheinend ganz schön viel loswerden«, bemerkte ich.

»Ich schreibe einfach gern. Das ist eins der wenigen Dinge, bei denen Marianne und ich uns einig sind. Es hilft.«

»Glaubst du auch an Erfolgsgeschichten?«

Lo schüttelte den Kopf und sagte, nein, daran glaube sie nicht, aber an gewisse Ausnahmen, und manchmal habe sie das Gefühl, als sei sie eine solche Ausnahme. Jemand, der im Leben zurechtkam, ohne unterzugehen. Hoffen sei ja wohl noch erlaubt, denn vielleicht war was dran an dem, was Marianne gesagt hatte: Nichts ist so gefährlich wie Menschen, die ihre Hoffnung verloren haben.

»Was ist daran gefährlich?«, fragte ich besorgt.

»Ich schätze mal, es ist gefährlich, wenn einem nichts mehr wichtig ist. Dass man dann so ziemlich zu allem fähig ist.« Lo sah aus dem Fenster. »Die Sonne scheint. Wollen wir spazieren gehen?«

»Man darf das Grundstück doch nicht verlassen«, sagte ich, während ich Lo hinaus auf das riesige Feld folgte, das sich hinter dem Garten auf der Rückseite des Heimgebäudes erstreckte.

Nach einer gefühlten Ewigkeit erreichten wir den Wald auf der anderen Seite. Wir gingen einen schmalen, steilen Weg hinauf. Unter uns war Wasser.

»Das ist der Vänern«, sagte Lo, als ich stehen blieb und nach unten sah. »Schwedens größter See.«

»Ich weiß, was der größte See Schwedens ist«, erwiderte ich. »Ich bin nicht dumm.«

Der Weg wurde immer steiler, und ich wünschte, Lo würde langsamer gehen.

»Hier«, sagte sie, als die Bäume sich lichteten und der Wind stärker wurde. »Willkommen auf der Irrenklippe. Jetzt komm schon. Schau runter, wenn du dich traust. Von hier sind die Verrückten gesprungen«, fuhr sie fort. »Wenn es ihnen gereicht hat, haben sie sich hier nach unten gestürzt. Ich glaube, dieser Ort hat ihnen Sicherheit gegeben.«

Ich trat neben Lo, die gefährlich nahe an der Kante stand, und sah die weiß gekleideten Menschen mit den Hüten von den Fotos im Heim vor mir, wie sie einer nach dem anderen einen Schritt nach vorn machten und in die Tiefe stürzten.

»Waren sie sich denn sicher, dass sie sterben würden?«, fragte ich.

»Himmel, ja. Es sind mindestens zwanzig Meter nach unten, und unter der Wasseroberfläche sind Felsen. Schau.«

Ich sah das Wasser über die Felsen weit unter uns spülen. Von der Höhe wurde mir schwindelig. Lo nahm meine Hand und verschränkte unsere Finger. Wenn eine von uns plötzlich beschließen sollte zu springen, würde sie die andere mitziehen.

»Spürst du den Sog?«, fragte Lo.

Ich nickte. Auch wenn ich nicht sterben wollte, spürte ich ihn. Den Sog.

Kapitel sechzehn

Bitte sag nicht, dass er tot ist, dachte Charlie. Sie sah Anders' kleinen Sohn vor sich, das zerzauste weißblonde Haar, den verschmitzten Blick, seine Energie, seine draufgängerische Unternehmungslust. Eine lebensgefährliche Kombination.

»Anders«, sagte sie. »Was ist passiert?«

Sie war ihm ins Treppenhaus gefolgt.

Anders klopfte seine Hosentaschen ab, obwohl er das Handy in der Hand hielt.

»Er ist gestürzt und hat sich schwer verletzt.«

»Aber er ist doch ... Ich meine ...«

Charlie konnte den Satz nicht beenden.

»Maria ist gerade mit ihm im Krankenhaus. Gib mir bitte einfach den Autoschlüssel.«

Anders' Hand zitterte, als er sie ihr hinstreckte. Sollte sie ihn in diesem Zustand wirklich allein nach Stockholm fahren lassen? Doch da hatte er schon den Schlüssel an sich gerissen und rannte zum Auto.

Charlie rief Stina an, erklärte, was geschehen war und dass Anders mit dem Auto auf dem Weg zurück nach Stockholm war.

Stina versicherte, sie würde sie abholen und in ein paar Minuten da sein.

Danach rief Charlie bei Anders an. Besetzt. Stattdessen versuchte sie es bei Challe. Er klang gestresst, weshalb sie gleich zur Sache kam.

»Hast du's gehört?«

»Ja, ich habe gerade mit Anders gesprochen.«

»Weißt du schon mehr?«

»Er weiß selbst noch nichts Konkretes. Ich halte dich auf dem Laufenden. Wie läuft es bei euch?«

Charlie berichtete knapp, was sie bisher herausgefunden hatten, von Amina und ihren toten Kindern, von Niklas und einem eventuell verbitterten früheren Geschäftspartner.

»Hat sie ein Alibi?«, fragte Challe. »Die Putzfrau?«

»Ja. Aber ich habe das Gefühl, dass sie mehr weiß, als sie sagt.«

»Und der Onkel?«

Charlie dachte an Niklas Sandells verwirrte Miene.

»Ja, der hat eins, aber von einem Saufkumpan, ganz wasserdicht ist das also nicht.«

»Aber was sollte sein Motiv sein?«

»Keine Ahnung«, antwortete Charlie. »Ich sage nur, was wir bisher erfahren haben. Außerdem braucht er vielleicht gar kein Motiv, wenn er high ist und ihm plötzlich etwas einfällt. Da sind schon viel seltsamere Dinge passiert.«

»Behaltet ihn im Auge«, sagte Challe. »Ich habe übrigens gerade mit Greger gesprochen. Er kommt nach Karlstad und springt für Anders ein.«

Stina hielt in einem dunkelblauen Wagen vor dem Haus.

»Weißt du etwas Neues von Anders' Sohn?«, fragte sie, nachdem sie sich über den Beifahrersitz gebeugt und Charlie die Tür geöffnet hatte.

»Nichts.«

»Wie schrecklich. Hoffentlich ist es nichts allzu Ernstes.«

Charlie dachte an ihr Gespräch mit Anders von der Fahrt nach Karlstad. Dass er ohne Sam nicht leben könnte. Das war nicht nur so dahingesagt gewesen.

»Ein anderer Kollege ist auf dem Weg hierher«, berichtete Charlie, während sie eine Nachricht an Anders tippte, er solle sich sofort melden, wenn er mehr wüsste.

»Ich weiß. Dein Chef hat sich gerade gemeldet. Wie war es denn bei Niklas Sandell?«, fuhr Stina fort, während sie die Rechts-vor-links-Regel ignorierte und vor einem hupenden Wagen abbog.

»Er hatte einen dreitägigen Rückfall, zusammen mit einem Kumpel namens Anton Eriksson.«

»Den kenne ich«, meinte Stina. »Er hat eine ähnliche Reihe von Einträgen im Strafregister wie Niklas.«

»Er konnte Niklas immerhin ein Alibi geben, wie verlässlich das auch sein mag. Und das mit der Vergewaltigung einer Minderjährigen«, fuhr Charlie fort. »Das war …«

»Ich weiß«, unterbrach Stina sie, »ich habe es gerade nachgelesen.«

»Stimmt es, dass sie vierzehn war und im Pub wegen ihres Alters gelogen hat?«

»Ja, sie hatte sogar einen gefälschten Ausweis dabei.«

»Aber wir haben auch einige andere Sachen erfahren. Laut Niklas Sandell nehmen Gustav und David beide auf Partys Drogen.«

»Das kann ich mir vorstellen.«

»Und er hat erzählt, dass die beiden ursprünglich einen dritten Geschäftspartner hatten, den sie irgendwann ausgebootet haben. Sie nannten ihn wohl nur Dachs, weil ihm in einer Körperhälfte die Pigmente fehlen.«

Stina wandte sich zu Charlie.

»Pascal Byle? Das muss er sein. Er ist jedenfalls der Einzige, auf den die Beschreibung meines Wissens nach passt.«

»Kennst du ihn?«

»Nein, ich habe nur von ihm gehört. Karlstad ist ja nicht groß.« Sie blinkte und bog nach links ab. »Er stammt auch aus einer reichen Familie.«

»Waren er und Gustav Geschäftspartner?«

»Keine Ahnung, aber das finden wir ja leicht heraus.«

Charlie nahm ihr Handy und recherchierte Pascal Byle. Er war unter einer Adresse in Karlstad gemeldet und sechsundvierzig Jahre alt. Dann tippte sie noch Gustav Palmgrens Namen in das Suchfeld, doch es schien keine Verbindung zwischen den beiden zu geben, weder eine Firma noch irgendetwas anderes.

»Ich versuche mal, ihn anzurufen«, sagte Charlie, rief seinen Eintrag auf www.hitta.se auf und tippte auf die dort hinterlegte Nummer. Sofort schaltete sich der Anrufbeantworter ein. Darauf wählte sie die Nummer seiner Frau, Mathilda Byle, die unter derselben Adresse gemeldet war. Doch auch hier erreichte sie niemanden.

»Wir versuchen es nach der Besprechung noch mal«, sagte Stina. »Ansonsten fahren wir einfach hin.«

Zurück auf dem Revier, ging Charlie sofort auf die Toilette. Sie stellte sich ans Waschbecken, schloss die Augen und versuchte, ihre Gedanken zu sortieren. Es war kurz vor elf. Beatrice war seit über vierundzwanzig Stunden verschwunden. Wo war sie? Bei wem? Oder war sie allein? War sie noch am Leben?

Charlie sah eine große Sanduhr vor sich, in der der Sand zu Boden rieselte. Die Zeit war der alles entscheidende Faktor, und bisher hatten sie noch nichts erreicht. Sie hatten gar nichts.

Kapitel siebzehn

Bei der einberufenen Besprechung informierte Stina die anderen kurz, dass Anders aus privaten Gründen zurück nach Stockholm gefahren und ein Kollege von der NOA bereits auf dem Weg hierher war. Dann fasste sie zusammen, was die Suche bisher ergeben hatte.

Die Nachbarn auf Hammarö hatten nicht weiterhelfen können, weshalb man den Radius jetzt erweiterte. Unter anderem sollten das Bahnhofspersonal und die Busfahrerinnen und Busfahrer befragt werden, ob ihnen eine oder mehrere Personen mit einem Kinderwagen aufgefallen waren, die sich seltsam verhalten hätten.

»Ist über die Hotline etwas Brauchbares hereingekommen?«, fragte Charlie.

»Nichts, dem wir sofort nachgehen müssten. Vieles ist nur leeres Geschwätz, das weißt du ja.«

Charlie nickte. Ein Aufruf an die Öffentlichkeit lockte immer einsame und paranoide Menschen an, selbst ernannte Detektive und Hellseher. Doch manchmal waren darunter auch wertvolle Hinweise, die eine Ermittlung in eine völlig neue Richtung und damit zur Lösung des Falles führten. Die größte Herausforderung für die Kollegen an der Hotline war, diese auch zu erkennen.

»Charlie und Anders haben gerade mit Fridas Bruder und Beatrices Onkel gesprochen, Niklas Sandell.«

Stina deutete auf das entsprechende Foto am Whiteboard, das bereits einige Jahre alt sein musste, da er darauf noch nicht so stark von seiner Drogensucht gezeichnet war. Das dunkelblonde Haar glänzte, sein Blick war klar.

»Niklas Sandell ist schwer abhängig. Er wurde wegen Einbruch, Diebstahl und Drogenbesitz festgenommen und vor zehn Jahren wegen Vergewaltigung einer Minderjährigen. Moment«, sagte Stina, als ein Kollege etwas einwerfen wollte, und erklärte die Umstände, die Begegnung im Pub, den gefälschten Ausweis und dass der Vater des Mädchens Anzeige erstattet hatte.

»Es sagt aber trotzdem etwas über ihn aus«, meinte Charlie.

»Auf jeden Fall, und sein einziges Alibi ist sein ebenfalls drogenabhängiger Kumpel, aber im Moment haben wir nicht mehr gegen ihn in der Hand«, erwiderte Stina.

»Wir können ihn sicher noch etwas stärker unter Druck setzen«, sagte Roy.

»Ja«, stimmte Stina zu. »Wir zwei fahren noch einmal hin. Aber es hat sich noch etwas anderes in dem Gespräch mit Sandell ergeben. Charlie, erzähl doch bitte.«

Charlie berichtete, was sie von Niklas über Pascal Byles Verbitterung gegenüber Gustav Palmgren erfahren hatten. Bei einer ersten raschen Recherche hatten sie keine geschäftlichen Verbindungen zwischen Palmgren und Byle gefunden, was nicht bedeuten musste, dass es sie nicht gab.

»Habt ihr schon mit Byle gesprochen?«, fragte Roy.

»Sein Handy ist ausgeschaltet, und bei seiner Frau meldet sich niemand«, antwortete Charlie. »Nach der Besprechung fahre ich gleich zu ihm. Einer von euch soll parallel Gustav Palmgren befragen, was er dazu zu sagen hat. Und noch etwas«, fuhr sie fort. »Laut Niklas Sandell konsumieren Gustav und David Jolander beide Kokain. Wohl nur gelegentlich, aber seine Einschätzung ist sicher nicht verlässlich. Byle scheint allerdings tiefer im Drogensumpf zu stecken.«

»Du glaubst, dass das Verschwinden des Kindes mit einem Drogenstreit in Verbindung stehen könnte?«, fragte Roy.

»Das habe ich nicht gesagt«, berichtigte Charlie. »Wenn es stimmt, was Niklas Sandell erzählt hat, geht es nicht um normalen Drogenmissbrauch, und Gustav und David haben genug Geld, ohne allzu viel zu riskieren, aber …«

»Aber was?«

»Es wäre einfach gut zu wissen«, fuhr Charlie fort, »um sich ein möglichst vollständiges Bild von den Menschen in Beatrices Umgebung zu machen.«

Stina merkte an, dass das Alibi der Putzfrau Amina noch überprüft werden müsste, die ihre drei eigenen Kinder verloren und manchmal auf Beatrice aufgepasst hatte. Außerdem sollten sie die Familie Palmgren noch genauer unter die Lupe nehmen. Gab es vielleicht doch eine Verbindung zu Gustav Palmgrens beruflicher Tätigkeit? Vielleicht war Pascal Byle nur einer von vielen, die sich betrogen fühlten? Oder hatten sie es mit einem Fall von Erpressung zu tun? Auch wenn bisher noch keine Lösegeldforderung eingegangen war, konnten sie dieses Motiv nicht ausschließen.

»Sonst noch was?«, fragte Stina in die Runde, nachdem alle ihre Aufträge erhalten hatten. »Fragen?«

Sie ließ den Blick über die Anwesenden schweifen. Alle schwiegen.

Beim Einkaufszentrum Bergvik fühlte Charlie sich vom Navi in die Irre geführt, doch schon bald wurden die Ladenschilder von Wald und hübschen Häusern am See abgelöst.

Familie Byle wohnte in einem schwarzen Haus, offensichtlich ein Neubau. Im Garten standen Bagger und Maschinen. Anhand der Aufschriften auf den Geräten schloss Charlie, dass ein Pool ausgehoben werden sollte.

Sie ging über den lehmigen, von Reifenspuren durchzogenen Boden zur Haustür.

Nirgends brannte Licht. Charlie läutete und wusste da bereits, dass niemand öffnen würde. Auf dem Weg zurück zum Auto holte sie ihr Handy hervor und suchte noch einmal nach dem Bild von den drei Jungen in Badeshorts vor dem Internat Adamsberg.

Gustav stand als Gewinner des Schwimmwettbewerbs in der Mitte. Die beiden anderen, die die Arme um ihn gelegt hatten, wurden nicht namentlich genannt, sondern nur als seine Freunde bezeichnet. Als sie das Foto vergrößerte, erkannte sie, dass der junge Mann rechts von Gustav teils dunkles, teils fast weißes Haar hatte. Kein Zweifel, das war Pascal Byle. Und der andere Freund von Gustav war David Jolander.

Sara

Wir saßen wieder im Keller. Heute sollte ich meine Geschichte erzählen, auch wenn ich gesagt hatte, sie sei uninteressant. Ich sollte sie auf jeden Fall erzählen.

»Ich bin in einem kleinen Ort aufgewachsen«, begann ich und sah zu dem Kreis aus Mädchen im Nachthemd und mit den Sonnenhüten auf dem Kopf. »Zuerst war es eigentlich total okay, doch dann … Mein Papa hat sehr gern getrunken.«

»Wer tut das nicht?«, fragte Nicki und nahm einen großen Schluck aus der Flasche, die wir herumgehen ließen.

»Klappe«, sagte Lo.

»Und, na ja, dann ist Mama abgehauen«, fuhr ich fort. Los und mein Blick trafen sich. »Mit einem Spanier, und danach hat Papa noch mehr getrunken.«

Ich dachte an die ganzen Besäufnisse zu Hause, die Flaschen, Zigarettenstummel, das Gitarrenspiel und die Knie diverser Männer. *Komm und setz dich zu uns. Hast du einen Freund? Na klar, trink einen Schluck, daran ist noch keiner gestorben.* Ich dachte an meinen Schwur, nie so wie Papa zu werden, aber was konnte man sonst schon machen?

»Erzähl weiter«, sagte Nicki und gab mir die Schnapsflasche.

Ich trank einige große Schlucke und dachte an die Partys im alten Dorfladen, an das Haschzimmer und das Fickzimmer und alles, was ich die Jungs hatte mit mir machen lassen. Aus … Schuldgefühl? Dankbarkeit? Weil ich nichts Besseres zu tun hatte?

»War dein Vater gewalttätig?«, fragte Nicki.

»Nein. Er war … nett. Er hatte nur ständig Pech.«

Und dann erinnerte ich mich an meinen dreizehnten Geburtstag, an das Shampoo, die Spülung und das Duschgel. Papa hatte alles eingepackt, und ich hatte alles weggeworfen, als er sagte, dass er nicht mehr für mich habe, weil er leider …

Ich dachte an seinen gesenkten Kopf, an das schütter werdende Haar, die Tränen auf seinem Arbeitspulli und wollte nur noch sterben und vermodern, so wie er.

»Du warst erst dreizehn«, sagte Nicki, nachdem ich ihnen die Geschichte erzählt hatte. »Du warst nur ein Kind, das schöne Geschenke zum Geburtstag haben wollte.«

»Aber ich war trotzdem ein Idiot«, erwiderte ich.

»Du warst ein Kind«, beharrte Lo.

»Dann war ich eben ein idiotisches Kind.«

Ich erzählte nichts von dem einen Mal mit Svante in dem Pavillon im Garten des Dorfladens, nichts von dem traumartigen Zustand, in dem mein Körper mir nicht mehr gehorcht hatte. Wie schlaff meine Arme gewesen waren, wie gelähmt meine Zunge. Ich erzählte nichts von den Gesichtern hinter den Fenstern und wie ich am nächsten Tag aufgewacht war und gedacht hatte, es wäre nichts passiert. Ich erzählte nichts von der Angst und der Scham, als mir klar geworden war, dass das alles tatsächlich geschehen war.

Kapitel achtzehn

Stina und Roy waren unterwegs zu den Palmgrens, um noch einmal mit Gustav zu sprechen. Charlie schrieb Stina eine Nachricht, dass sie bei den Byles niemanden angetroffen hatte und jetzt zu David Jolander fahren und ihn zu der angeblichen Geschäftsbeziehung zwischen ihm, Palmgren und Byle befragen würde.

Sie hatte gerade den Wagen vor der Villa der Jolanders abgestellt, als Challe anrief.

»Was ist mit Sam?«, fragte sie drängend. »Sag, dass es ihm gut geht.«

»Alles in Ordnung«, beruhigte Challe sie. »Ich habe gerade mit Anders gesprochen. Seine Ex-Frau hat sich noch einmal gemeldet, und offensichtlich handelt es sich nur um eine Gehirnerschütterung.«

»Wie schön.« Charlie hegte den Verdacht, dass Maria wusste, dass die Verletzung nicht so schwer war, und völlig übertrieben hatte. Es würde sie nicht wundern, wenn man bedachte, wie Maria Anders vor der Scheidung mit ihrer Eifersucht und ihrer manipulativen Art kontrolliert hatte und dies jetzt auch noch tat.

»Was ist mit Greger?«, fragte Charlie. »Wann ist er hier?«

»Ich habe gerade mit ihm gesprochen, er braucht noch etwa eine Stunde.«

Danach versuchte sie vergeblich, Anders zu erreichen, und schrieb ihm stattdessen eine Nachricht, dass sie die guten Neuigkeiten gehört hatte und er sich melden solle, wenn er reden wolle.

Die Familie Jolander wohnte nur einen Kilometer von den Palmgrens entfernt in einer Villa, die der ihrer Freunde ähnelte. Im Garten sah Charlie ein Baumhaus mit Seilrutsche, ein Trampolin und eine Schaukel, wie sie auf öffentlichen Spielplätzen zu finden war.

Ein etwa zehnjähriger Junge öffnete auf ihr Klingeln prompt die Tür. Schräg hinter ihm stand ein Mädchen, das ein paar Jahre jünger zu sein schien.

»Ist euer Papa zu Hause?«, fragte Charlie.

»Warum?«, erwiderte der Junge.

»Ich würde gern mit ihm sprechen.«

Der Junge musterte sie misstrauisch, dann drehte er sich um und rief laut ins Haus: »Papaaaa!«

David Jolander kam rasch die Treppe herunter und blieb in der Diele stehen, als er Charlie sah.

»Ist etwas passiert?«, fragte er.

»Ich würde nur gern kurz mit Ihnen sprechen«, sagte Charlie.

David nickte, dann bat er die Kinder, nach oben in ihre Zimmer zu gehen und ein bisschen zu spielen.

»Aber unsere Computerzeit ist doch zu Ende«, protestierte das Mädchen, das neugierig stehen geblieben war, nachdem der größere Bruder schon nach oben gegangen war.

»Ihr dürft noch eine halbe Stunde«, erlaubte David. »Möchten Sie etwas trinken?«, fragte er Charlie und führte sie in die Küche. »Tee? Kaffee?«

»Danke.«

David schien nicht verstanden zu haben, dass Charlie nichts wollte, und holte zwei Kaffeetassen aus dem Schrank. Dann bereitete er in einer hellrosa Maschine auf der Arbeitsfläche Espresso zu.

»Ich hatte gehofft, Sie kämen mit guten Neuigkeiten«, sagte er und stellte die Tassen auf den Küchentisch.

»Leider nicht.« Charlie trank einen Schluck von dem starken Getränk. »Ich habe nur noch ein paar Fragen.«

»Schießen Sie los.«

»Wie lange kennen Sie und Gustav Palmgren sich schon?«

»Sehr lange. Seit dem ersten Schuljahr, glaube ich. Dann waren wir in Adamsberg in derselben Klasse, und später haben wir zusammen die Firma gegründet. Wir haben also fast unser gesamtes Leben gemeinsam verbracht.«

»Wie würden Sie Ihre Zusammenarbeit beschreiben?«

»Dafür muss man ja nur unsere Ergebnisse ansehen«, erwiderte David. »Wir haben unser Internetportal zu einem sehr hohen Preis verkauft.«

»Ich weiß, was Ihnen das eingebracht hat.«

»Warum fragen Sie dann?«

»Weil es vielleicht nicht immer nur um die Ergebnisse geht?«

David schien nicht zu verstehen, dass auch etwas anderes eine Rolle spielen könnte.

»Ich möchte wissen, wie Ihre Beziehung zueinander aussieht«, verdeutlichte Charlie.

»Er ist mein bester Freund. Wir haben beide eine ausgeprägte Siegermentalität, weshalb wir manchmal aneinandergeraten, aber das sind nie ernsthafte Streite.«

»Und was war mit Pascal Byle?«

David sah sie verständnislos an. »Was hat das denn damit zu tun?«

»Wollen Sie die Frage nicht beantworten?«

»Was haben Sie gehört?«

»Dass Sie und Gustav ihn übers Ohr gehauen haben.«

»Da gibt es unterschiedliche Ansichten.«

»Und was ist Ihrer Ansicht nach passiert?«

»Pascal war am Anfang dabei, als wir beschlossen, es auf dem russischen Markt zu versuchen. Er hatte einige Ideen, arbeitete am Erscheinungsbild der Webseite mit und investierte etwas Geld. Dann waren wir uns in diversen Dingen nicht mehr einig, und Gustav und ich bezahlten ihn aus. Er war mit der Summe zufrieden, bis wir das Portal dann ein Jahr später verkauften. Da meldete er sich plötzlich und wollte mehr. Er hatte viel durch falsche Investitionen versenkt und brauchte dringend Geld. Doch wir hatten uns ja schon geeinigt und sahen keinen Anlass zur Wohltätigkeit.«

Charlie dachte an die Milliarden Kronen, die der Verkauf des Internetportals eingebracht hatte.

»Dürfte ich fragen, wie viel er bekommen hat?«

»Zwei Millionen.«

»Und Sie haben für die Webseite fast drei Milliarden bekommen.«

»Ja, aber eine Vereinbarung ist eine Vereinbarung.«

»Es wäre aber doch nicht unbedingt Wohltätigkeit gewesen«, wandte sie ein, »ihm danach noch etwas auszubezahlen, wenn man bedenkt, wie sich alles entwickelt hat?«

»So läuft es in dieser Branche nicht.«

»Wie war Ihr Verhältnis danach?«

»Er war wütend auf uns.« David trank einen Schluck Kaffee. »Er hat uns am Telefon beschimpft.«

»Hat er Sie bedroht?«

Charlie überlegte, warum Gustav den ehemaligen Geschäftspartner auf ihre Frage nach eventuellen Feinden hin nicht erwähnt hatte.

»Das kann man laut sagen, aber wir haben ihn nicht ernst genommen. Er wurde schon immer aggressiv, wenn er betrunken war.«

»Meinen Informationen nach hat Pascal Byle auch das Internat Adamsberg besucht«, sagte Charlie.

»Das stimmt.«

»Wie war es damals?«

»Ganz normal. Wir waren in derselben Klasse und gemeinsam im Schwimm- und im Rudertraining und … Ich verstehe nicht, worauf Sie hinauswollen.«

»Und dann haben Sie gemeinsam gefeiert.«

»Ja, was ist daran falsch?«

»Ich habe erfahren, dass dabei nicht nur Alkohol im Spiel war«, fuhr Charlie fort. »Sie haben gemeinsam Kokain konsumiert …«

»Das ist viele Jahre her. Vielleicht nicht für Pascal, aber ich habe Familie«, sagte David, als wäre das in diesem Zusammenhang von Bedeutung.

»Pascal hat auch Familie.«

»Ich jedenfalls mache so etwas nicht mehr. Auf ein paar Partys haben wir Kokain genommen, aber Pascal … Man könnte sagen, dass er sich schlecht beherrschen kann.«

»Wann haben Sie das letzte Mal von ihm gehört?«

»Vielleicht vor ein paar Wochen. Warum?«

»Und was hat er da gesagt?«

»Das Übliche. Wir hätten sein Leben zerstört und dass er Geld wolle. Wollen Sie sich im Moment wirklich darauf konzentrieren? Pascal hat nichts mit Beatrices Verschwinden zu tun, das kann ich Ihnen versichern.«

»Sie müssen wohl darauf vertrauen, dass wir unsere Arbeit machen.«

David warf ihr einen Blick zu, der zeigte, wie wenig Vertrauen er in die Polizei hatte. Er beugte sich über den Tisch und sah Charlie ernst an.

»Sie müssen sie finden«, sagte er. »Frida und Gustav überleben das sonst nicht. Sie können sich, glaube ich, nicht vorstellen, wie unglaublich wichtig Beatrice uns allen ist.«

Die Haustür fiel ins Schloss, kurz darauf kam Charlotte Jolander in die Küche. Sie stellte ihre Handtasche auf die Arbeitsfläche und begrüßte Charlie mit verwundertem Gesichtsausdruck.

»Sie hat nur noch ein paar abschließende Fragen«, erklärte David.

Ein schriller Schrei ertönte aus dem Obergeschoss.

»Kümmerst du dich darum?« Charlotte sah ihren Mann an.

David nickte und ging hinaus.

»Haben Sie jemanden in Verdacht?«, fragte Charlotte und setzte sich an den Tisch.

»Wir sprechen mit allen, die der Familie nahestehen, um uns ein Bild über mögliche Motive zu machen.«

»Was sollte das sein?«

»Alles Mögliche«, erwiderte Charlie. »Alles, was auffällig war. Fällt Ihnen da etwas ein?«

Charlotte schwieg.

»Nein, wirklich nicht.«

Ihre Tochter stürzte in die Küche und schrie aufgebracht: »Love hat meine Aufkleber genommen.«

»Klär das bitte mit Papa«, sagte Charlotte.

»Aber er hat sich in seinem Arbeitszimmer eingesperrt.« Das Mädchen zupfte am Pullover seiner Mutter.

Da bemerkte Charlie eine lange Narbe am Unterarm der Frau.

Charlotte schob den Ärmel zurecht und sah Charlie an. »Könnten Sie kurz warten?«, bat sie.

Sie ging mit ihrer Tochter aus der Küche, und kurz darauf hörte Charlie, wie sie ihren Sohn lautstark zurechtwies, er solle die Aufkleber sofort zurückgeben. Sofort.

Charlie war sich ziemlich sicher, an Charlottes anderem Arm eine ähnliche Narbe gesehen zu haben. Ein Selbstmordversuch? Das passte nicht zu ihrem Bild von einer Frau auf der Sonnenseite des Lebens. Doch psychische Probleme kamen in allen gesellschaftlichen Schichten vor, sagte sie sich gleich darauf, was in gewisser Weise nur gerecht war.

Charlotte kam zurück. »Also, wo waren wir?«

»Stehen Sie und Frida einander nahe?«

Dabei hätte Charlie viel lieber gefragt: Was ist passiert? Warum haben Sie sich die Handgelenke aufgeschlitzt? Warum wollten Sie nicht weiterleben? Doch was hatten Narben von einem Selbstmordversuch mit dem Fall zu tun?

»Man könnte schon sagen, dass wir uns nahestehen, ja«, sagte Charlotte.

»Warum so vage?«

»Frida ist … Sie lässt Menschen nicht leicht an sich heran, aber ich glaube, sie würde mich als ihre engste Freundin bezeichnen. In Moskau haben wir uns fast jeden Tag gesehen. David und Gustav waren viel auf Reisen. Zurück in Schweden, ist der Kontakt lockerer geworden. Frida war nach Beatrices Geburt sehr erschöpft.«

»Können Sie dazu mehr sagen?«

»Da gibt es nicht mehr. Ein Baby ist immer eine Umstellung, und Beatrice schläft schlecht. Es ist kein Wunder, dass man allein sein will und sich ausruhen muss, wenn das Kind endlich mal schläft. So war das bei mir auch.«

»Ich verstehe«, antwortete Charlie. »Wissen Sie etwas über Fridas Vergangenheit?«

»Sie spricht normalerweise nicht darüber, aber sie kommt aus einer Suchtfamilie, hatte es also nicht leicht. Warum fragen Sie? Sie glauben doch nicht, dass Frida … Frida liebt Beatrice mehr als ihr eigenes Leben.«

Charlotte sah aus, als wolle sie noch weiter über Mutterliebe dozieren, weshalb Charlie ihr eilig ins Wort fiel.

»Wie gut kennen Sie Amina?«

»Sie ist meine Putzfrau«, erwiderte Charlotte, als genüge das als Antwort.

»Haben Sie auch privat Kontakt?«

»Nein, aber ich mag sie sehr.«

»Hat sie sich um Ihre Kinder gekümmert?«

»Sie hat manchmal auf sie aufgepasst. Die beiden lieben sie.«

»Amina sagt, sie sei gestern Morgen zum Arbeiten hier gewesen. Zu dem Zeitpunkt, als Beatrice verschwunden ist. Können Sie das bestätigen?«

»Wenn Sie Amina verdächtigen, dann liegen Sie falsch. Sie ist ein so unglaublich freundlicher Mensch, sie …«

»Wir wollen niemandem zu nahe treten, und wir wissen, wie sehr Sie alle Beatrice lieben. Genau wie Sie alle wollen wir sie unbedingt finden. Das verstehen Sie hoffentlich.« Charlie sah Charlotte ernst an. »Sind Sie sicher, dass Sie nichts mehr zu sagen haben?«

»Ja.«

»Hier ist meine Nummer, falls Ihnen noch etwas einfallen sollte.« Charlie legte ihre Visitenkarte auf den Tisch. »Zögern Sie nicht, mich anzurufen.«

Wenn Sie es sich noch einmal überlegen sollten, hätte Charlie am liebsten hinzugefügt, denn ihr war völlig klar, dass diese Frau etwas verbarg.

Kapitel neunzehn

Greger saß mit Stina im Besprechungsraum. Sein Haar war noch ungekämmter als sonst, vielleicht weil er so überstürzt hatte aufbrechen müssen.

»Hat man dich schon informiert?«, fragte Charlie nach der Begrüßung.

»Ja. Wenn ich alles richtig verstanden habe, dann haben wir einen stinkreichen Vater, eine verzweifelte Mutter, eine Putzfrau, die ihre eigenen Kinder verloren und eine enge Bindung zu Beatrice hat. Und die den Tagesablauf der Familie kennt. Und dann wäre da noch ein drogenabhängiger Onkel, der kurz vor Beatrices Verschwinden aus der Entzugsklinik abgehauen ist.«

»Genau«, bestätigte Charlie. »Ein Onkel, der der Familie vorwirft, dass sie ihm kein Geld gibt, und der wegen Sex mit einer Minderjährigen vorbestraft ist.«

»Alibi?«, fragte Greger.

»Ein Saufkumpan.«

»Okay. Und dann haben wir noch den dritten Geschäftspartner, der früh ausbezahlt wurde und jetzt wütend ist.«

»Ach ja.« Stina wandte sich an Charlie. »Was hat David Jolander über Pascal Byle gesagt?«

Charlie berichtete kurz von Davids Bestätigung, dass Byle am Anfang involviert gewesen und später ausbezahlt worden war. Nach dem Verkauf hatte er sich gemeldet und mehr Geld verlangt. Er hatte die beiden Männer mehrfach am Telefon bedroht, doch David war absolut überzeugt, dass Pascal Byle nichts mit dem Verschwinden des Kindes zu tun hatte.

»Das passt zu dem, was uns Gustav erzählt hat«, sagte Stina.

»Und was hat Frida gesagt?«, fragte Charlie.

»Wir haben sie nicht gesehen. Sie war mit Charlotte Jolander im Obergeschoss, und wir hielten es nicht für nötig, sie zu stören.«

»Habt ihr Gustav wegen seiner angeblichen Kokserei befragt?«

»Ja, laut ihm unhaltbare Gerüchte, die wegen Byles Drogenkonsum auf ihn abgefärbt hätten.«

»Haben sie Byle deshalb aus der Firma geworfen?«, fragte Greger. »Weil er Drogen nimmt?«

Stina schüttelte den Kopf.

»Nein, Gustav sagt, sie hätten nicht dieselben Vorstellungen gehabt, in welche Richtung die Firma sich entwickeln soll.«

»Das klingt wie eine nachträgliche Begründung«, meinte Greger. »Was sagt Byle selbst dazu?«

»Wir haben ihn noch nicht erreicht«, erklärte Stina. »Weder er noch seine Frau gehen an ihre Handys. Aber wir bleiben natürlich dran.«

»Ich möchte mit Beatrices Eltern sprechen«, sagte Greger und stand auf.

Charlie wollte einwenden, dass die Palmgrens doch gerade erst die Tür hinter dem letzten Polizeibesuch geschlossen hatten, doch ihr war klar, dass er sich sein eigenes Bild von der Familie machen wollte.

Zusammen fuhren sie die allmählich vertraute Strecke hinaus nach Hammarö zu den Palmgrens. Charlie bat Greger, Frida anzurufen und ihren Besuch anzukündigen.

Als keiner der Eheleute reagierte, sagte sie ihm, er solle eine Nachricht schicken. Greger gehorchte.

»Wie sind die beiden?«, fragte er dann. »Die Eltern?«

»Schwer zu sagen«, antwortete Charlie. »Im Moment sind sie ja nicht sie selbst.«

»Verständlicherweise.«

»Sie kommen aus ganz unterschiedlichen Verhältnissen. Gustav Palmgrens Familie ist reich, er war im Internat und hatte dann riesigen Erfolg mit dieser russischen Internetseite.«

»Davon habe ich gehört«, meinte Greger.

»Schon vor dem Fall?«

»Ja, ich habe davon in *Dagens Industri* gelesen. Warum?«

»Nichts. Ich hätte dich nur nicht für jemanden gehalten, der *Dagens Industri* liest.«

»Hast du was gegen solche Leute?«

»Eigentlich ja, aber ich sollte vielleicht noch mal darüber nachdenken.«

Sie drehte sich zu Greger und lächelte.

»Ich mag Menschen, die noch mal nachdenken«, erwiderte er.

»Dann werden wir sicher gut zusammenarbeiten.«

»Darf ich dich etwas Persönliches fragen?«

Eigentlich nicht, dachte Charlie und nickte.

»Du und Hugo Frilander, gibt es da ein Problem zwischen euch?«

»Nein«, antwortete Charlie und sagte damit die Wahrheit.

Sie empfand rein gar nichts für Hugo. Es war seltsam, dass so große Leidenschaft erst in Abscheu und dann in Gleichgültigkeit umschlagen konnte. Sie fühlte keinerlei Erniedrigung mehr. *Ich werde meine Frau niemals verlassen, Charlie.* Hugo Frilander war nur ein Kollege, mit dem sie lieber nicht zusammenarbeiten würde. Nicht weil es wehtat, sondern weil sie lieber mit Leuten arbeitete, denen sie vertraute.

»Warum glaubst du, ich hätte etwas gegen ihn?«

»Ich dachte nur ... Keine Ahnung«, sagte Greger. »Es wäre logischer gewesen, ihn herzuschicken, und ich habe zufällig ein Gespräch zwischen Hugo und Challe gehört ...«

»Und was?«

»Challe hielt es für keine gute Idee, ihn nach Karlstad zu entsenden, und das hat mich neugierig gemacht, was wohl der Grund sein könnte.«

»Ach herrje, keine Ahnung«, meinte Charlie. »Challe wollte dir vielleicht einfach eine Chance geben.«

Enttäusch ihn nicht, hätte sie gern noch hinzugefügt. Lass uns das Kind so schnell wie möglich finden.

Sie klingelten bei den Palmgrens, und es dauerte eine Weile, bis Gustav ihnen öffnete.

»Keine neuen Entwicklungen«, sagte Charlie gleich zur Begrüßung. »Wir haben angerufen, um unseren Besuch anzukündigen, aber niemand hat sich gemeldet.«

»Was wollen Sie, wenn Sie keine Neuigkeiten haben?«, fragte Gustav angespannt. »Warum sind Sie nicht da draußen und suchen nach ihr?«

»Das tun wir, das kann ich Ihnen versichern«, antwortete Charlie.

»Ich heiße Greger Vincent und bin von der Nationalen Operativen Abteilung, kurz NOA«, stellte Greger sich vor und streckte die Hand aus. »Der andere Kollege musste leider zurück nach Stockholm. Ich wollte mit Ihnen sprechen, um mir ein eigenes Bild von der Lage zu machen.«

Gustav ignorierte die ausgestreckte Hand.

»Ich bin allein«, sagte er. »Frida ist spazieren. Sie hat es zu Hause nicht ausgehalten.«

»Sie sollte aber jetzt besser nicht allein sein«, bemerkte Charlie.

»Das habe ich ihr auch klarzumachen versucht. Aber sie ist trotzdem losgegangen.«

»Hat sie gesagt, wohin sie wollte?«

Gustav schüttelte den Kopf. »Normalerweise geht sie zum Leuchtturm.«

Er begann, den Weg zu erklären, doch Charlie hatte sich schon umgedreht.

Fünf Minuten später ging Charlie vorsichtig über die rutschigen Felsen zum Leuchtturm. Eine einsame Gestalt saß am Wasser.

Frida zuckte zusammen und drehte sich um, als sie Schritte hinter sich hörte.

»Was tun Sie hier?«, fragte sie.

»Gustav sagte, Sie wären vielleicht hier.«

»Ich muss allein sein.«

»Ist das Beatrice?«

Charlie sah auf das Telefon in Fridas Händen, auf dem sie gerade ein Video gestoppt hatte.

Frida nickte und tippte auf »Play«. Und da war sie: Beatrice. Sie saß in einem geblümten Schlafanzug in ihrem Kinderstuhl, mit verschmiertem Mund und wachen Augen. Sie lauschte aufmerksam Fridas glücklicher Stimme.

Wie groß ist Bea schon? Wie groß?

Ein zahnloses Lächeln.

Wiiie groß ist Bea?

Beatrice lacht und streckt die Arme nach oben.

Sooo groooß!, lobt Frida.

Charlies Augen brannten, als der Film von vorne anfing.

Wie groß ist Bea? Wie groß? Das Lächeln, das Lachen, die Arme in der Luft.

Frida hielt das Video an und fragte Charlie, was sie von ihr wolle.

»Ich habe mir ehrlich gesagt Sorgen gemacht, als ich gehört habe, dass Sie allein weggegangen sind. Aber eigentlich wollte ich noch einmal mit Ihnen sprechen.«

»Worüber?« Fridas Blick war verhangen, vielleicht hatte sie ein Beruhigungsmittel genommen.

»Ich möchte mir ein Bild von der Zeit vor Beatrices Verschwinden machen.«

»Ich weiß nicht, was ich noch sagen soll.«

Frida nahm langsam eine Zigarette aus einer Packung.

»Haben Sie auch eine für mich?«, fragte Charlie.

Frida reichte ihr die Packung und das Feuerzeug. Sie zog die Jacke enger um sich. Es war windig.

Charlie nahm einen tiefen Zug.

»Ich habe vor zwei Jahren aufgehört«, sagte Frida, als habe Charlie sie danach gefragt. »Aber jetzt habe ich schon fast eine ganze Packung geraucht. Ich weiß sonst nicht, was ich mit meinen Händen anfangen soll. Oder mit mir selbst.«

»Es kann einem momentane Erleichterung verschaffen. Man konzentriert sich auf die Atmung.«

»Nichts wird leichter, bis sie endlich wieder da ist.«

Charlie nickte. Das stimmte. Gegen ein verschwundenes Kind war auch die Zeit machtlos. Der Schmerz wäre sicher nicht ständig akut, hielte aber ein Leben lang an.

»Mein Großvater hat mich hierher mitgenommen, als ich ein Kind war«, erzählte Frida. »Sein Großvater war Leuchtturmwärter, und er glaubte, dass sein Geist noch hier lebte und mit dem Leuchtturm verschmolzen war und ihm den Weg im Leben weisen könnte. Ihn durchs Dunkel leiten würde.«

»Und – hat er das?«

»Dieser Leuchtturm zeigt nicht den richtigen Weg an«, antwortete Frida, »sondern nur, wenn man den falschen einschlägt. Er warnt vor Schweineschären da draußen.« Sie deutete auf das Wasser. »Er sendet Warnsignale.«

»Aber so kann man doch auch den richtigen Weg weisen«, meinte Charlie. »Indem man vor dem falschen warnt.«

Frida nickte.

Schweigend saßen sie nebeneinander. Der Wind war stärker geworden, und die Wellen schlugen hoch. Der Vänern wirkte eher wie ein Meer als wie ein Binnensee.

»Ich müsste Ihnen einige … unangenehme Fragen stellen«, sagte Charlie schließlich.

»Dann fragen Sie.«

»Wenn kleine Kinder verschwinden, dann können … Unglücke die Ursache sein. Es können Dinge passiert sein, Fehler, die man nicht über sich bringt zu erzählen.«

»Das war keine Frage«, entgegnete Frida. Ihr Blick war wacher, vorsichtiger. »Aber ich verstehe, was Sie sagen wollen, und nein, ich würde meiner Tochter nie etwas antun. Ich liebe sie. Ich liebe sie so sehr, dass …«

Sie verstummte.

»Ich habe mit Ihrem Bruder gesprochen«, berichtete Charlie. »Niklas. Er hat von Ihrer Familie erzählt, wie Sie aufgewachsen sind.«

»Ach ja?«

»Möchten Sie dazu noch etwas sagen?«

»Unsere Eltern waren Alkoholiker.« Frida zuckte mit den Schultern, als langweile sie diese Tatsache. »Es ist schwer, das jemandem zu erklären, der es nicht miterlebt hat. Wie es ist, das Kind von Menschen zu sein, auf die man sich nicht verlassen kann, die selbst zwischen Irrsinn und Kindsein schwanken.«

»Ich habe das miterlebt.«

Frida wandte sich zu ihr. Es war Charlie egal, dass sie eine professionelle Grenze überschritten hatte. »Ich weiß genau, wie es ist, das Kind von Eltern zu sein, die zwischen Kindsein und Irrsinn schwanken«, fuhr sie fort.

»Dann wissen Sie ja vielleicht, wie schuldig man sich fühlt wegen dem … was man nicht geschafft hat.«

»Ja.«

Charlie dachte, dass die Schuldgefühle tatsächlich am schlimmsten waren. Dass sie Betty nicht vor dem Untergang hatte retten können. Die Vernunft sagte ihr, sie hätte keine Chance gehabt, doch das war egal. Das Gefühl war trotzdem da.

»Ich will eine andere Mutter für Bea sein«, sagte Frida. »Eine, die ihr Kind bedingungslos liebt, die Sicherheit gibt, die … da ist. Deshalb habe ich so große Angst, dass ich versage. Dass ich meinem Kind emotionalen Schaden zufüge, weil ich selbst auch beschädigt bin.«

Charlie nickte. Diese Gedanken waren ihr bekannt. Die Angst, einem anderen Menschen zu schaden, weil man der Mensch war, der man war, zu dem man geworden war.

»Wann haben Sie und Gustav sich kennengelernt?«

»In meinem ersten Jahr an der Uni. Ich habe Literaturwissenschaft studiert, aber Gustav wollte, dass ich ihm in der Firma helfe… Da habe ich das Studium abgebrochen. Ich weiß nicht, was mich dazu getrieben hat, aber ich schätze, ich hatte es einfach satt…«

»Was hatten Sie satt?«, fragte Charlie, da Frida den Faden verloren zu haben schien.

»Die Einsamkeit. Ich habe sie nicht länger ausgehalten.« Frida sah auf die glühende Zigarette. »Wenn ich damals gewusst hätte, dass manche Beziehungen einen noch einsamer machen.«

»Geht es Ihnen mit Gustav so?«

Frida nickte.

»Warum?«

»Weil man ihm nicht nahekommen kann. Mittlerweile habe ich erkannt, dass er mich ausgewählt hat, wie er sich Autos oder Sachen aussucht. Er fand mich wohl… am schönsten. Aber ist das Liebe?«

»Auf diesem Gebiet bin ich keine Expertin«, antwortete Charlie.

»Und dann habe ich Bea bekommen.« Frida warf die Zigarette über die Felsen und schmiegte die Wange an Beatrices kleine Schmusedecke. »Es tut so weh. So unglaublich weh. Ich dachte, ich wüsste alles über Schmerz, aber ich hatte keine Ahnung. Es geht noch viel, viel schlimmer.«

Charlie rückte näher und legte der Frau den Arm um

die Schultern. Lange saßen sie so da. Frida hatte das Gesicht in die Decke ihrer Tochter vergraben, und Charlie blickte hinaus auf die schäumenden Wogen des Vänern.

Sara

»Ich weiß nicht genau, wann Mama kommt«, sagte Lo.

Sie lag auf ihrem Bett, die Beine an die Wand neben dem Foto der Frau gelehnt, die ihrer Meinung nach der tollste Mensch der Welt war.

»Heute ist doch Besuchstag«, fuhr sie fort, als hätte ich das vergessen können. Seit einer Woche sprach sie von nichts anderem. »Sie kann erst nach der Arbeit kommen. Das habe ich doch erzählt, oder? Dass Mama einen Job gefunden hat?«

Ja, das hätte sie gesagt, antwortete ich.

»In einem Friseursalon«, fuhr Lo fort. »In der Innenstadt. Bald darf sie dann Kunden die Haare schneiden und färben und so.«

»Macht man nicht genau das in einem Friseursalon?«

»Sie ist ja noch keine Friseurin.«

»Tut mir leid«, meinte ich. »Ich dachte nur, dass … Was macht sie, wenn sie keine Haare schneidet?«

»Zusammenkehren und putzen und so was. So genau weiß ich das auch nicht.«

Ich dachte an Rita. Seit meiner Ankunft in Rödminnet hatte sie sich erst einmal gemeldet, und ich hoffte sehr, dass sie das mit den Besuchszeiten vergessen hatte.

»Schau mal«, sagte Lo und reichte mir die Schminkpuppe nach unten.

Sie hatte ihr einen Zopf geflochten, der um ihren ganzen Kopf verlief.

»Hübsch«, lobte ich. »Deine Mutter findet die Frisur sicher total cool.«

»Bekommst du Besuch?«, fragte Lo.

»Ich glaube nicht.«

»Du darfst gern mit zu mir und Mama kommen«, sagte sie. Schließlich sei es wichtig, dass wir uns mal kennenlernten, wenn wir doch später zusammenarbeiten und vielleicht auch gemeinsam wohnen würden.

Lo sagte jetzt schon zum zweiten Mal, dass ich bei ihnen wohnen sollte. Das freute mich. Ich stellte mir ein kleines Haus auf dem Land vor. Wir würden im nächsten Dorf unseren Salon eröffnen und vielleicht ein paar Pflegekinder aufnehmen.

Schaut uns an, würden wir ihnen sagen, *früher waren wir auch einmal diese durchgeknallten Mädchen, um die man sich in einem Heim kümmern musste, aber schaut uns jetzt an … Schaut nur, wie es gehen kann, wenn man nicht die Hoffnung verliert.*

Kapitel zwanzig

Charlie hatte Frida nach Hause gefahren und Greger von dort abgeholt. Nach einem Gespräch mit Stina beschlossen sie, den Umweg zur Villa der Byles zu machen. Bisher hatte das Ehepaar nicht auf Anrufe reagiert, aber da sie unbedingt mit Pascal Byle sprechen mussten, konnten sie genauso gut einfach vorbeifahren.

»Glaubst du wirklich, dass er Beatrice entführt haben könnte?«, fragte Greger.

»Ich weiß es nicht«, sagte Charlie. »Deshalb ist es ja so wichtig, ihn zu finden.«

»Das werden wir. Was hat Frida gesagt?«

»Es geht ihr schlecht. Richtig schlecht.«

»Das ist verständlich.«

»Es ging ihr vorher auch schon schlecht.«

»Warum?«

»Na ja, ihre Herkunft, die Ehe… Sie fühlt sich einsam.«

Charlie dachte an Frida, an das Leben mit alkoholabhängigen Eltern, das abgebrochene Studium, die Einsamkeit und die Hoffnung, diese endgültig zu besiegen. Vielleicht hätte sie Bettys Warnungen hören sollen.

Vertrau nie einem Mann. Glaub nicht, dass ein Mann dich glücklich machen kann.

Eine Frau Mitte dreißig öffnete die Tür, nachdem sie bei den Byles geklingelt hatten. Ein kleiner Junge in Windeln stand neben ihr.

»Ist etwas passiert?«, fragte sie.

»Wir würden gern mit Pascal Byle sprechen«, sagte Charlie und zeigte ihre Polizeimarke vor. »Wir haben versucht anzurufen, aber …«

»Er ist nicht zu Hause«, antwortete die Frau.

Der Junge jammerte und zupfte an ihrer Hose. Sie hob ihn auf die Hüfte und ermahnte ihn zur Ruhe.

»Sind Sie Mathilda Byle?«, fragte Greger.

Die Frau nickte.

»Wissen Sie, wo Ihr Mann ist?«

»Leider nein. Wir …«, Mathilda sah zu ihrem Sohn, bevor sie fortfuhr: »Wir haben uns getrennt.«

»Dürften wir kurz hereinkommen?«, fragte Charlie.

Mathilda Byle führte sie in die Küche mit dunkelgrauer Schrankfront und großzügigen, sauberen Arbeitsflächen.

»Wie Sie vielleicht gehört haben, ist in Hammarö ein Kind verschwunden«, sagte Charlie, nachdem sie sich an den Küchentisch gesetzt hatten.

»Ja, das weiß ich.« Mathilda drückte den Jungen fester an sich, der sich unzufrieden auf ihrem Schoß wand.

»Und Sie wissen vielleicht auch, dass es sich dabei um Gustav und Frida Palmgrens Tochter handelt«, fuhr Greger fort. »Beatrice wurde entführt.«

Mathilda nickte. Ja, das wisse sie. Aber warum wollten sie mit Pascal darüber reden?

»Ihr Mann und Gustav Palmgren hatten Streit, wenn wir richtig informiert sind«, erklärte Greger. »Und jetzt hat jemand Gustavs Tochter gekidnappt, Ihr Mann ist unauffindbar …«

»Ich verstehe nicht… Was wollen Sie damit sagen?«

»Es wäre gut, wenn wir seinen Aufenthaltsort erfahren«, antwortete Charlie, »und sei es, um ihn vom Kreis der Tatverdächtigen auszuschließen. Wie lange ist er schon nicht mehr zu Hause?«

»Seit… fünf Tagen.«

»Und Sie haben nichts von ihm gehört?«

Mathilda schüttelte den Kopf. Der Junge begann zu weinen.

»Soll ich ihn nehmen?« Ein Mädchen kam in die Küche. Sie war etwa dreizehn Jahre alt und hatte rosa Strähnen in ihren blonden Locken. Der kleine Junge streckte die Arme nach ihr aus, als sie zu ihm ging.

»Danke, Antonie, das ist lieb.«

Mathilda reichte ihr das Kind.

Antonie begrüßte Charlie und Anders kurz, fragte aber nicht, wer sie waren. Zu dem Jungen sagte sie: »Sollen wir eine Geschichte lesen? Sollen wir die Geschichte von dem großen Traktor und der kleinen Maus lesen?«

»Pascals Tochter«, erklärte Mathilda, nachdem sie gegangen waren. »Ich weiß nicht, was ich gerade ohne sie täte.«

»Und sie hat auch nichts von Ihrem Mann gehört?«, fragte Greger.

Mathilda schüttelte den Kopf. Soweit sie wusste, hatte er sich bei niemandem gemeldet, weder bei seiner Ex-Frau noch bei ihren engsten Freunden. Nicht einmal seine Eltern hatten Kontakt zu ihm gehabt. Sie wohnten in Paris, und weil seine Mutter schwer krank war, hatte Mathilda sie nicht beunruhigen wollen. Zwischen den Zeilen war deutlich herauszuhören, dass Pascal nicht mit seinen Eltern gesprochen hatte. Im Sommerhaus in

Torekov war er auch nicht, sie hatte die Nachbarn dort gefragt. Sie hätte ihn wahrscheinlich als vermisst melden sollen und angeben, dass er bereits seit einer Weile verschwunden war. Doch er war ja schließlich ein erwachsener Mann, der gesagt hatte, er wolle allein sein. Vor ein paar Tagen hatte sie ihn dennoch angerufen, das Telefon war aber ausgeschaltet gewesen.

Charlie fragte, ob sie die Kontaktdaten der Freunde haben könnten, bei denen er sich möglicherweise gemeldet hatte oder untergeschlüpft war.

Mathilda nickte, stand auf und holte Stift und Block, auf dem sie nach einem Blick ins Handy alle relevanten Angaben notierte. Charlie fühlte sich ihr gleich ein wenig verbunden, wie mit allen Menschen, die wie sie Linkshänder waren. Sie tippte eine Nachricht an Stina: *Byle ist seit fünf Tagen verschwunden.*

Schließlich hatte Mathilda zehn Namen und Adressen aufgeschrieben.

»Ich habe nicht von allen eine Nummer«, sagte sie, als sie Charlie den Zettel gab. »Aber die lassen sich bestimmt auf hitta.se oder so finden. Alle haben unübliche Nachnamen, das sollte kein Problem sein.«

»Könnte er ins Ausland gereist sein?«, fragte Greger.

»Nein, sein Pass ist noch hier.«

»Und sein Auto?«

»Das hat er mitgenommen.«

»Darf man fragen, warum Sie sich getrennt haben?«, tastete sich Greger vorsichtig vor.

»Das ist schon sehr privat«, antwortete Mathilda. »Aber gut. Nachdem Pascal von Gustav und David betrogen worden war, hat er immer mehr den Halt verloren. Er hat angefangen zu trinken und … sich verändert.«

»In welcher Hinsicht?«, fragte Charlie.

»Er wurde …« Mathilda sprach leiser. »Er zog sich zurück, wurde immer schweigsamer und schlief nachts nicht mehr. Es war, als wäre ein Gespenst im Haus. Die ganze Familie war davon betroffen. Es ist beängstigend zu sehen, wie sich ein Mensch so sehr verändert.«

»Das verstehe ich«, sagte Greger.

»Und dann hat er angefangen zu trinken und über Nacht wegzubleiben.«

»Wurde er aggressiv, gewalttätig?«, fragte Charlie.

»Er schlug niemanden, wenn Sie das meinen, aber es ist trotzdem beängstigend, wenn jemand so aufbrausend ist …«

Sie deutete auf eine Tür, die von der Küche abging und in der ein Loch klaffte.

»Und das war alles, nachdem er glaubte, von Gustav und David betrogen worden zu sein?«, fragte Greger.

»Er wurde betrogen, das war nicht nur ein Gefühl. Die beiden haben ihn die Arbeiten machen lassen, die sie nicht selbst erledigen konnten, und als sie das hatten, ließen sie ihn fallen wie eine heiße Kartoffel.«

»Wenn ich es richtig verstanden habe, wurde er ausbezahlt«, sagte Charlie.

»Ja, das ist ihre Version. Aber so war es nicht. Sie haben ihn gezwungen, einen Auszahlungsvertrag zu unterschreiben. Ohne Pascals Grundlagenarbeit hätten sie das Internetportal nie für so viele Milliarden Kronen verkaufen können.«

»Warum hat er dann zugestimmt, ausbezahlt zu werden?«, fragte Charlie.

»Er hat nur gesagt, dass er das Geld zu dem Zeitpunkt brauchte, um es in ein anderes Projekt zu investieren. Im

Nachhinein habe ich erfahren, dass er hohe Schulden angehäuft hatte. Fehlgeschlagene Geschäfte, Glücksspiel … Ich weiß nicht genau, was er getrieben hat. Mein Anwalt versucht, das alles im Zuge der Scheidung zu klären.«

»Ihr Mann scheint Geheimnisse vor Ihnen zu haben«, bemerkte Greger.

»Ja, das kann man wohl sagen«, erwiderte Mathilda. »Aber er würde niemals deswegen ein Kind entführen.«

Es war nachvollziehbar, dass sie ihrem Mann so etwas nicht zutraute, dachte Charlie. Und doch hatte sie gerade erzählt, wie gekränkt, wütend und unberechenbar er geworden war. Dazu kam die unleugbare Tatsache, dass Pascal Byle, ebenso wie Beatrice, vom Erdboden verschluckt zu sein schien.

»Es ist wichtig, dass wir ihn so bald wie möglich finden«, sagte Greger eindringlich.

»Das will ich auch«, erklärte Mathilda. »Damit wir das alles hier abschließen können.«

»Können Sie uns noch etwas mehr zu Pascals und Gustavs Verhältnis erzählen?«, fragte Charlie. »Sie kannten einander schon lange, nicht wahr?«

»Sie waren in derselben Klasse. Pascal, David und Gustav waren gemeinsam im Internat Adamsberg und auch danach noch befreundet. Aber wir haben alle eine Zeit lang im Ausland gelebt und dann … Wir hatten eigentlich keinen richtigen Kontakt zu den beiden Familien. Das lag vor allem an mir. Ich wollte es nicht.«

»Warum das?«

»Weil sie … unsympathisch sind. Vor allem David.«

Ein kindlicher Schrei ertönte, und Mathilda lauschte, bis sie ihn als Freudenschrei identifizierte.

»Woher kommt die Abneigung?«, fragte Greger.

»Ich fühle mich in ihrer Gesellschaft einfach nicht wohl«, sagte Mathilda. »Und einmal habe ich David im Pub getroffen, und er … hat mich angemacht. Als ich ihn abgewiesen habe, ist er sehr unfreundlich geworden.«

»Wie hat sich das geäußert?«, erkundigte sich Charlie.

»Er hat gefragt, ob ich wüsste, wer er sei, und gab mit seinen ganzen Erfolgen an.«

»Wann war das?«

»Vor ein paar Jahren. Ich weiß es nicht mehr genau, aber es war, bevor ich Pascal kennengelernt habe. Gustav war auch dabei. Sie feierten irgendein erfolgreiches Geschäft und waren sehr stolz auf sich.«

»Danach ist nichts mehr vorgefallen?«, fragte Greger.

»Nein«, antwortete Mathilda. »Sonst nichts, außer dass sie das Leben meines Mannes zerstört haben und vielleicht auch unsere Familie. Sonst nichts.«

Sie entschuldigte sich, um ein Glas Wasser zu holen.

»Glauben Sie, Pascal könnte Beatrice aus Rache entführt haben?«, fragte Charlie, nachdem Mathilda sich wieder an den Tisch gesetzt hatte.

»Nein.« Mathilda schüttelte den Kopf. »Pascal liebt Kinder. Er ist auf Gustav und David wütend. Vor seinem Verschwinden hat er nur noch davon geredet, dass er …«

»Was?«, fragte Greger.

»Dass er sich rächen würde. Ich weiß, wie das jetzt klingt, aber …«

»Wie wollte er sich rächen? Bitte wiederholen Sie, was er gesagt hat«, bat Charlie.

»Ich kann mich nicht genau erinnern, aber irgendwas in dem Sinn, dass er hoffte, dass sie so richtig scheitern würden und …«

»Und?«, drängte Greger.

»Und dass sie eine Strafe verdienen, die schlimmer als der Tod ist. Aber das war nur Gerede«, fügte Mathilda hinzu, als Charlie aufstand. »Das hat er nicht so gemeint.«

Kapitel einundzwanzig

Vom Auto aus rief Charlie bei Stina an, um ihr die neuen Erkenntnisse zu Pascal Byle mitzuteilen, wurde jedoch gleich von der Ermittlungsleiterin unterbrochen.

»Eine Frau hat gerade angerufen. Sie hat einen Kinderwagen gefunden. Es deutet einiges darauf hin, dass es Beatrices Wagen ist. Marke und Farbe stimmen. Er liegt in einem Graben.«

»Wo?«

»Ein paar Kilometer vom Haus der Palmgrens entfernt. Wir sind gerade auf dem Weg.«

»Wie lautet die Adresse?«

»Es ist ein Waldweg.«

Charlie tippte die nächstgelegene Adresse in das Navi ein.

Stina fragte, wo sie sich gerade befanden, und Charlie sah sich suchend nach einem Schild um.

»Wir sind in vierzehn Minuten dort«, antwortete Greger.

»In zehn Minuten«, berichtigte Charlie.

»Dann seid ihr sicher vor uns da«, sagte Stina.

Acht Minuten später bog Charlie auf den Schotterweg ein. Hinter ihnen kam ein weiterer Wagen, und zu ihrer Erleichterung sah Charlie, dass es Stina und Roy waren.

Es war nur eine Frage der Zeit, bis der Fund zu den Medien durchgedrungen sein würde. Wahrscheinlich war die Presse bereits auf dem Weg.

»Wir müssen das Gebiet absperren«, sagte Charlie, nachdem sie die aufgewühlte Finderin des Wagens begrüßt hatten. »Sperrt alles ab und holt die Spurensicherung und die Hundestaffel.«

Stina erwiderte, sie seien schon auf dem Weg.

Der Wagen lag umgestürzt in einem Graben. Die Feuchtigkeit drang durch Charlies Schuhe, als sie hinunterstieg. Im Verdeck hatten sich Federn verfangen. Charlie ging noch näher heran und erkannte einen Traumfänger. Sie fotografierte den Wagen von allen Seiten und schickte Gustav die Bilder. Kurz darauf bestätigte sich, was sie bereits wussten. Es war Beatrices Wagen, der bis auf den Traumfänger leer war. Kein rosa Teddy, kein schwarzer Fußsack, kein Kind.

»Was jetzt?«, fragte Greger.

Stina und Roy hatten bereits begonnen, die nächsten Anwohner zu befragen. Kollegen würden sich um das restliche Gebiet kümmern.

»Sollen wir zum Revier zurückfahren?«, fuhr er fort. »Wir müssen ja vielleicht …«

»Ich brauche kurz ein bisschen Zeit für mich«, sagte Charlie. »Nur fünf Minuten. Wir sehen uns dann am Wagen, ja?«

Greger nickte und ging zum Auto. Charlie spazierte den Schotterweg entlang in den Wald hinein. Sie atmete ein paarmal tief durch, blickte hinauf in die Baumkronen und erinnerte sich, dass sie als Kind in Gullspång unter der tausendjährigen Eiche gelegen und daran gedacht hatte, was dieser Baum wohl erzählen würde, wenn er eine Stimme hätte. Tausend Jahre Menschheitsgeschichte. Jetzt wäre sie schon mit einem Bericht über die letzten vierundzwanzig Stunden zufrieden. Doch der Wald blieb stumm.

»Es zeigt immerhin«, bemerkte Greger, als sie zurück auf dem Revier waren, »dass der Täter oder die Täterin Beatrice nicht frieren lässt und auch das Kuscheltier mitgenommen hat.«

»Oder das ist nur ein Zufall, und alles, was sich im Wagen befand, wurde herausgeschleudert«, sagte Roy.

»Ja, das können wir natürlich nicht genau wissen«, meinte Charlie.

»Dann der Ort«, fuhr Greger fort. »Warum wurde der Wagen genau dort gefunden?«

»Das Haus der Palmgrens liegt nur wenige Kilometer entfernt«, sagte Stina. »Vielleicht hat ein Auto dort gewartet?«

»Aber keiner der Nachbarn in der Nähe hat etwas gesehen«, wandte Roy ein.

»Es hat auch niemand gesehen, wie Beatrice entführt wurde«, entgegnete Charlie. »Passiert ist es trotzdem.«

Sara

Lo saß auf einer der Holzbänke bei dem kopflosen Engel. Wie lange schon? Eine Stunde? Zwei? Sie trug ein dünnes Kleid, und ihr blondes Haar stand ihr wie Zuckerwatte um den Kopf. Ihre Hände lagen auf den Knien, und sie saß bewegungslos da, den Blick auf das Tor gerichtet. Es wurde Viertel nach vier, dann halb fünf, und Lo saß immer noch da.

Ich ging in die Küche.

»Sie scheint nicht zu kommen«, sagte ich zu Marianne, die gerade Kaffee kochte.

»Wer?«

»Los Mutter.«

»Normalerweise kommen nie viele an den Besuchstagen«, antwortete Marianne. »Ein Mann hat übrigens angerufen und nach dir gefragt.«

»Wer?«

»Sein Name war Jonas, glaube ich.«

»Warum haben Sie mir das nicht gesagt?«

»Jetzt erzähle ich es dir ja. Es war erst vorhin.«

»Und warum durfte ich nicht mit ihm sprechen?«

»Ich dachte, du wärst draußen. Ich habe ihm gesagt, dass du zurückrufen kannst.«

Sie reichte mir das Telefon, das auf der Bank lag.

»Nicht nötig«, erwiderte ich.

»Willst du keinen Kontakt zu ihm?«

»Ich weiß es nicht.«

Ich dachte an Jonas. Er war immer netter zu mir gewesen als viele andere. Ich durfte bei ihm wohnen und essen, und er hatte mich vom Pub nach Hause getragen, wenn ich zu betrunken war, um allein zu gehen. Aber jetzt mit ihm zu sprechen … Das alles war so weit weg. Was hätten wir uns denn schon zu sagen?

Ich meinte, ich würde ihn vielleicht später zurückrufen. Jetzt wolle ich nach draußen zu Lo gehen.

Marianne widersprach. Es sei besser, Lo in Ruhe zu lassen und im Haus zu bleiben.

Auf dem Weg nach oben in unser Zimmer blieb ich an dem großen Fenster stehen, von dem man den Garten überblickte. Eine ganze Weile stand ich da und sah auf Los Rücken und betete, dass ihre Mutter bald auftauchen würde, bevor sie erfror.

»Sie kommt nicht«, sagte Emelie plötzlich hinter mir.

Ich drehte mich um.

»Ihre Mutter. Sie war noch nie hier. An keinem einzigen Besuchstag.«

»Sie lügen.«

»Warum sollte ich das? Du musst nicht gleich wütend werden, nur weil ich sage, wie es ist.«

»Ich bin nicht wütend.«

Das stimmte nicht. Ich war aufgebracht, als wäre alles Emelies Schuld.

»Bekommst du noch Besuch?«, fragte sie.

»Na klar. Alle kommen. Mama, Papa und alle Geschwister.«

»Erzähl keinen Unsinn. Ich habe in deiner Akte gelesen, dass du ein Einzelkind bist.«

»Ich habe eine Akte?«

»Die haben alle hier.«

»Was steht darin?«

Es war mir unangenehm, dass Emelie Sachen über mich wusste und ich darüber keine Kontrolle hatte.

»Das ist vertraulich.«

»Warum erwähnen Sie die Akte dann überhaupt?«

»Weil ich nicht mag, wenn man mich anlügt.«

Ich hätte fast erwidert, dass ich keine Tyrannen mochte, die sich über Mädchen lustig machten, die in der Klapse keinen Besuch bekamen, aber das wäre dumm gewesen.

Emelie ging weiter, und ich blickte nach unten zu Lo. Wenn ich die Augen zusammenkniff, sah es fast aus wie eines der alten Schwarz-Weiß-Fotos an den Wänden. *Mädchen auf einer Bank, das auf seine Mutter wartet.*

Kapitel zweiundzwanzig

Um zehn Uhr abends kamen Charlie und Greger zurück ins Hotel. Weil es Sonntag war, hatte die Küche bereits geschlossen, aber sie würden eine Ausnahme machen und ihnen eine Kleinigkeit zubereiten.

»Was möchten Sie trinken?«, fragte die Bedienung.

»Wasser«, antwortete Charlie.

»Ich nehme ein Glas Rotwein«, antwortete Greger. »Ein Glas ist doch okay, oder?«

Er sah zu Charlie.

Sie nickte und wünschte sich mehr denn je, zu denen zu gehören, die sich mit *einem* Glas begnügen konnten.

Sie dachte an die Ereignisse des Abends. Der Kinderwagen war nach Linköping ins Labor geschickt worden, um eventuelle DNA-Spuren auszuwerten, und die Spurensicherung hatte vergeblich ein großes Gebiet um den Fundort herum durchsucht. Sie hoffte, dass Greger mit seiner Vermutung recht hatte und der Täter oder die Täterin gut für das Kind sorgte. Die Vorstellung, dass Beatrice in den Schlaf gewiegt wurde, beruhigte sie ein wenig, bevor sie sich alle denkbaren Alternativen ausmalte: ein kleines Bündel, das in einem See trieb, ein erfrorenes, bleiches Babygesicht in einem Wald, ein zerfetzter Kinderkörper …

Sie dachte an Bettys Schwester, das Kind, das nach

Schlägen gegen den Bauch ihrer Mutter gestorben war. Und an den Sohn des Mannes, der Bettys Mutter geschlagen hatte, den kleinen Jungen, der weggelockt und im Wald erdrosselt worden war. Erwürgt von denselben Fingern, die Charlies Haare geflochten hatten. Es war ein Unfall, hatte sich Charlie eingeredet, nachdem sie davon erfahren hatte. Betty wollte dem Jungen nur Angst einjagen. Sie würde niemals ein Kind töten. Oder? Vielleicht hatte sie auch alles geplant und berechnet, Auge um Auge, Kind um Kind? Hatte sie so gedacht? Sich auf göttliche Gerechtigkeit berufen?

Es gibt keine Gerechtigkeit. Es gibt keinen Gott. Hast du das nicht kapiert, Charline?

»Alles in Ordnung?«, fragte Greger.

Charlie nickte.

»Du siehst blass aus.«

»Wir müssen sie unbedingt finden«, antwortete sie, ohne auf Gregers Bemerkung einzugehen. »Uns läuft die Zeit davon.«

»Glaubst du, Pascal Byle hat sie entführt?«

»Ich weiß es nicht. Aber wenn er Gustav mit etwas bestrafen will, das schlimmer als der Tod ist …«

»Das wäre aber ein sehr drastischer Schritt«, meinte Greger. »Ein Kind zu entführen, nur weil es berufliche Unstimmigkeiten gibt.«

Charlie stimmte ihm zu, aber es war ein nicht unwesentlicher Punkt und verdächtig, dass er vier Tage vor Beatrice verschwunden war. Und obgleich seine Frau überzeugt war, dass er kein kleines Kind entführen würde, hatte sie ihnen von seiner veränderten Persönlichkeit erzählt.

Bisher hatte die Suche nach ihm nichts ergeben. Sie

hatten die interne Fahndung nach seinem Auto eingeleitet, das jedoch noch immer verschwunden war. Das letzte Mal hatte ein Sendemast das Signal seines Handys in der Innenstadt von Karlstad aufgefangen. Seit er das Haus verlassen hatte, hatte er es nicht mehr benutzt, und jetzt war es ausgeschaltet. Die Anruf- und Nachrichtenliste ergab nichts Besonderes. War er freiwillig untergetaucht? Auch seine Kreditkarte hatte er seit seinem Verschwinden nicht mehr benutzt, doch laut Mathilda Byle hatte er immer Bargeld dabei. Entweder war er tot oder hatte ein sehr gutes Versteck.

»Also, was denkst du?«, sagte Charlie, nachdem das Essen gebracht worden war. Es bestand aus einem undefinierbaren Matsch, bei dem sie am liebsten sofort zum nächsten Hamburgerladen gegangen wäre. »Was hältst du von der ganzen Sache?«

»Ich finde es irritierend, dass aus Gustav nicht mehr herauszubringen ist«, antwortete Greger. »Jedes Wort muss man ihm aus der Nase ziehen, und dabei müsste er doch … Ich meine, sein Kind ist verschwunden. Wie kann er so sicher sein, dass seine Geschäfte nichts damit zu tun haben? Warum will er nicht, dass wir jeden Stein umdrehen?«

»Er dreht vielleicht selbst Steine um, von denen wir nichts wissen. Auf mich macht er schon einen sehr besorgten Eindruck.«

»Aber glaubt er, dass er bessere Arbeit als wir leisten kann?«

»Vielleicht. Vergiss nicht, er ist es gewohnt, in allem der Beste zu sein.«

Charlie schluckte rasch einen Bissen von dem Essen hinunter. Es schmeckte noch widerlicher, als es aussah.

»Wenn wir das Ganze mal von einer anderen Seite betrachten«, fuhr sie fort, um das Risiko zu minimieren, sich nur auf eine Spur zu konzentrieren und blind für alles andere zu werden. »Wenn Pascal Byle seine Rachepläne nicht in die Tat umgesetzt hat – was ist dann passiert?«

»Wenn man nach der Statistik geht, sind die Eltern die Täter… Und wir können nicht die Augen vor der Tatsache verschließen, dass Frida allein mit Beatrice war und…«

»Mütter töten ihre Kinder normalerweise nicht«, entgegnete Charlie, »wenn sie nicht gerade unter einer postnatalen Depression leiden. Wir wissen allerdings nicht, ob Frida daran erkrankt ist. Und außerdem handelt es sich dabei in den meisten Fällen um erweiterten Suizid.«

»Es gibt Ausnahmen«, sagte Greger. »Vor vielen Jahren wurden wir in einen reichen Vorort gerufen. Eine Frau, die nie Probleme mit der Psyche oder dem Gesetz gehabt hatte, hatte ihrer Tochter mit einem Küchenmesser die Kehle durchgeschnitten. Wir kamen vor den Sanitätern, und der Anblick…«

Greger verstummte und trank einen großen Schluck Wein.

»Sie war Juristin«, fuhr er fort, »und ihr Mann war… Ich weiß seinen Beruf nicht mehr, aber sie waren beide erfolgreich. Freunde und Nachbarn beschrieben die Familie als nett und ordentlich. Niemand hat verstanden, wie das geschehen konnte.«

»Die menschliche Psyche ist genauso unergründlich wie das Weltall«, bemerkte Charlie. »Und je mehr man sich in sie vertieft, desto klarer wird einem ihre Komplexität.«

»Ich wusste nicht, dass du dich in die menschliche Psyche vertieft hast.«

»Keine Ahnung, ob ich das habe, aber ich habe jedenfalls Psychologie studiert.«

»Wo?«

»An der Universität Stockholm.«

Charlie dachte an das Triumphgefühl, das ihr die Fähigkeiten, die sie sich in den Jahren an der psychologischen Fakultät angeeignet hatte, beschert hatten. Sie waren wie ein Schlüssel zu ihrem eigenen Gehirn gewesen.

»Wann hast du das denn geschafft?«

»Vor der Polizeihochschule. Ich konnte mich nicht sofort bewerben, weil ich zu jung war. Die Altersgrenze lag bei zwanzig, und ich habe mit siebzehn Abitur gemacht.«

»Warum hast du so früh Abi gemacht?«, fragte Greger.

»Weil ich eine Klasse übersprungen habe.«

Ihr Handy piepste, eine Nachricht von Anders. Er hatte ein Bild von sich und Sam geschickt.

Alles unter Kontrolle.

Wunderbar, schrieb sie zurück.

»Anders hat sich gerade gemeldet«, erklärte sie.

»Ja, toll, dass alles gut ausgegangen ist.«

»Anders würde es nicht überleben, wenn seinem Sohn etwas Ernsthaftes zustoßen sollte.«

»Menschen ertragen viel mehr, als sie glauben«, antwortete Greger und trank noch einen großen Schluck Wein.

»Ja, aber es gibt eine Grenze.«

Charlie dachte an Betty.

Es gibt eine Grenze, und wenn man die erreicht hat, führt kein Weg zurück.

Was hatte Frida über Beatrice gesagt?

Sie ist meine einzige Familie. Sonst habe ich nichts, wofür es sich zu leben lohnt.

Eine neue Bedienung kam an den Tisch und fragte in breitem värmländischen Dialekt, ob das Essen schmeckte und ob sie noch etwas zu trinken haben wollten.

»Noch ein Glas Wein, bitte«, sagte Greger.

»Ich nehme ein Bier«, sagte Charlie spontan.

Worin lag eigentlich der Sinn, einen Schlüssel zum eigenen Gehirn zu haben, dachte sie, wenn es einem nicht gelang, ihn einzusetzen?

Die Bedienung kam gleich darauf mit einem neuen Glas Wein und einem eiskalten, schäumenden Bier zurück.

»Wann hast du die machen lassen?«, fragte Greger und nickte in Richtung der Tätowierung an ihrem linken Handgelenk, als sie einen Schluck trank.

»Vor anderthalb Jahren.«

»Und was bedeutet das? Ich habe nie verstanden, wozu man den Strichpunkt überhaupt braucht.«

»Das ist eine halbe Pause«, erklärte Charlie. »Eine Halbpause und noch nicht das Ende.«

Trotzdem hatte es sich für sie wie das Ende angefühlt, als sie sich die Tätowierung hatte stechen lassen. Erinnerungen flimmerten vorbei: Gudhammar, das Schmelzwerk – und Johans eingeschlagener Schädel, sosehr sie auch versuchte, das Bild zu verdrängen.

Sein Zustand ist kritisch.

Charlie würde die Nachricht aus dem Krankenhaus nie vergessen. Mit kindlichem Glauben war sie davon ausgegangen, dass Johan gerettet werden würde.

Doch es hatte Blutungen gegeben, Komplikationen, die Schäden waren zu groß gewesen. Immer wieder hatte sie gefragt: Er lebt doch? Er ist nicht tot?

Doch das war er. Johan Ro war am 28. Oktober um 22.22 Uhr gestorben.

Wen kümmerte schon die Uhrzeit, hatte Charlie gedacht, und trotzdem tanzten die Ziffern seither in ihrem Kopf. Um 22.22 Uhr hatte Johans Herz aufgehört zu schlagen. Um 22.21 Uhr lebte er noch und um 22.22 Uhr nicht mehr.

In der ersten Woche nach seinem Tod hatte sie nur im Bett gelegen und sich eingeredet, dass sie wieder zur Arbeit gehen würde, bevor sie eine offizielle Krankschreibung vom Arzt brauchte. Doch sie konnte nicht arbeiten mit einem Gehirn, das kontinuierlich mit Katastrophen rechnete. Sie überprüfte ständig, ob der Herd ausgeschaltet war, ob keine Kerze brannte. Es war egal, dass sie weder gekocht noch eine Kerze angezündet hatte, sie musste trotzdem alles mehrere Male hintereinander kontrollieren. Sie konnte sich nicht mehr vertrauen. Das Türschloss, die Sicherheitskette, der Herd und wieder das Schloss mussten gecheckt werden, bis sie völlig erschöpft war. Als Kind hatte sie auch schon unter solchen Zwangsstörungen gelitten. Sie hatte Waren im Supermarkt angetippt, zweimal aufgestampft, wenn sie über eine Schwelle trat, und Sachen laut abgezählt.

Hör auf, hatte Betty gesagt. *Hör damit auf, Himmel noch mal!*

Doch Charlie hatte nicht aufhören können, weil Betty sterben würde, wenn sie ihren Gedanken nicht gehorchte.

Kapier doch endlich, dass das nicht passiert, hatte Betty gesagt, als Charlie es ihr zu erklären versuchte. *Du bist viel zu schlau dafür, Charline. Du verstehst doch, dass du Leben und Tod nicht beeinflussen kannst, indem du auf ein paar Milchpackungen tippst?*

Doch bei Zwangsstörungen ging es nicht um Intelligenz, das wusste Charlie mittlerweile. Und offensichtlich auch nicht um Fachwissen. Das hatte sie festgestellt, als sie versucht hatte, sich selbst zu behandeln, und wieder einmal gemerkt hatte, wie schwierig das war.

»Warum dann also diese halbe Pause?«, fragte Greger.

»Das bezieht sich auf das Semicolon Project«, erklärte sie.

»Muss man das kennen?«

»Nicht unbedingt. Ich glaube, damit beschäftigen sich eher junge Leute. Es steht für einen Satz, den man nicht beendet, sondern mit einem Strichpunkt anstelle eines Punktes nach hinten öffnet. Der Satz ist das Leben, der Autor oder die Autorin ist man selbst. Das klingt simpel«, fuhr sie fort, als ihr klar wurde, dass die Erklärung hinkte. Es war nicht so einfach, sich zu entscheiden. Der eigene Wille war stark begrenzt, vor allem unter dem Einfluss von Depressionen. Wenn es einem gelang, hatte man vielleicht einfach … Glück gehabt.

Das sagte sie Greger, der sie um weitere Erläuterungen bat. Sie sprach von der Gefahr, einem kranken Menschen zu viel Verantwortung aufzuladen. Viele sagten ja zu Depressiven oder Krebskranken, sie sollten kämpfen und stark sein. Damit übertrugen sie zu viel Verantwortung auf das Individuum, denn Krankheiten hatten nichts mit Willenskraft oder dem eigenen Charakter zu tun.

»Du glaubst also eher an das Glück als an den freien Willen?«, fasste Greger zusammen.

Charlie wollte etwas Schlaues erwidern, doch ihr Gehirn war müde, die Gedanken verschwommen. Der Tag war lang gewesen.

»Das eine muss das andere nicht ausschließen«, sagte sie. »Und dann kommt es noch darauf an, was man unter Glück versteht, wie man den Begriff definiert.«

»Wie definierst du ihn?«, fragte Greger.

»Ich glaube, dass man das Glück haben kann, in Umstände hineingeboren zu werden, in denen man frei ist und Erfolg hat. Man kann Glück haben mit seinen Genen; dass einem manche Sachen leichter von der Hand gehen als anderen. Man kann Glück haben und nicht von schweren Krankheiten und anderen schrecklichen Ereignissen betroffen sein.«

»Eigentlich sagst du damit also, dass alles auf Glück basiert – oder?«

»Ja.«

Charlie erkannte, dass sie genau das meinte.

»Der Mensch hat deiner Logik nach also keinen freien Willen?«

»Nein, so habe ich das nicht gemeint.«

»Doch, zugespitzt formuliert meinst du genau das.«

»Und was glaubst du?«, entgegnete Charlie. Es amüsierte sie, dass er ihr widersprach, dass sie genau überlegen musste, was sie antwortete.

»Ich will glauben, dass wir unser Leben selbst in die Hand nehmen können, dass wir die Macht haben, unser Leben nach unseren Vorstellungen zu formen.«

»Selbst wenn wir das Pech haben, mit einem Gehirn geboren zu werden, das oft schlechte Entscheidungen fällt? Und wie erklärst du dann alles, was in der Welt vor sich geht? Glaubst du, dass Menschen auf den Straßen betteln wollen? Gerne drogenabhängig sind, ihren

Körper verkaufen, hungrig und einsam sind? Glaubst du, dass sie sich… das ausgesucht haben?«

»Ich habe nicht gesagt, dass ich das *glaube*«, erwiderte Greger. »Ich habe gesagt, ich *will* es glauben. Das ist ein Unterschied.«

»Aber ich habe nicht gefragt, was du glauben *willst*. Sondern was du tatsächlich glaubst.«

»Das stimmt.« Greger lächelte ergeben. »Verdammt, ich weiß nicht, was ich glaube. Ich weiß nur, dass es verflucht kompliziert ist.«

»Da sind wir einer Meinung«, sagte Charlie. »Also, dass es kompliziert ist.«

Sie trank einen großen Schluck Bier. Es schmeckte herrlich.

Gregers Telefon klingelte. Er entschuldigte sich und ging nach draußen.

Charlie trank noch einen Schluck, schloss kurz die Augen, und da war er wieder, der Fremde in der Lederjacke. Sie stürzt, er hilft ihr auf. Wer lacht da? Sein Gesicht… ist ein leerer Fleck.

»Charlie?«, fragte Greger. »Ist alles in Ordnung?«

»Ja.«

»Sicher? Es wirkt nicht so.«

»Es geht mir gut.« Als er sie zweifelnd ansah, fügte sie hinzu: »Bist du einer von denen, die glauben, andere Menschen nach ein paar Minuten Bekanntschaft schon durchschauen zu können?«

»Du klingst verärgert«, meinte Greger. »Schätzen dich die Leute oft falsch ein?«

»Ich bin nicht verärgert, aber ja, man hat mich schon falsch eingeschätzt.«

»Ich habe das auch gar nicht versucht, ich fand nur,

dass du … traurig aussahst. Aber lass mich einen neuen Anlauf machen.«

Charlie sagte, sie glaube ihm, er müsse nichts beweisen, doch Greger blieb beharrlich, und schließlich gab sie nach. Doch falls sich zeigen sollte, dass er auf das Geschwätz der Kollegen über sie gehört hatte, würde sie ihn sofort auffliegen lassen.

»Warum sollten die Kollegen über dich reden?«, fragte er.

»Bei der Arbeit wird immer über irgendwen geredet«, erwiderte Charlie. »Nicht nur über mich.«

»Manches scheint jedenfalls zu stimmen.« Greger lächelte.

»Ach ja?«

»Man sagt, dass du unglaublich schnell denken kannst.«

»Hör auf.«

»Im Ernst. Aber jetzt lass mich versuchen, dich zu analysieren.«

»Okay.«

Charlie fand es eigentlich albern, schließlich hatten sie Wichtigeres zu besprechen, aber sie wusste, dass das Gehirn manchmal abschalten musste, um dann wieder auf Hochtouren laufen zu können.

»Du isst nicht gern viel«, sagte Greger.

»Falsch. Ich esse und ich trinke gern.«

»Das sieht man dir aber nicht an.«

»Guter Stoffwechsel. Weiter.«

»Du bist … ganz schön aufbrausend.«

»Gerede.«

»Stimmt, entschuldige. Du hast ein ausgeprägtes Gerechtigkeitsempfinden«, fuhr Greger fort. »Was denn?«, sagte er, als Charlie seufzte. »Liege ich falsch?«

»Nein, aber das ist zu allgemein. Gleich sagst du noch, dass ich Krieg hasse.«

Greger lachte.

»Du bist schwer zu fassen, aber es ist interessant, es zu versuchen. Ich lasse mich gern überraschen.«

Ich auch, dachte Charlie, aber das passiert viel zu selten.

»Weiter«, sagte sie. »Noch ein Versuch. Wer bin ich?«

Was tue ich hier eigentlich?, fragte sie sich. Warum benehme ich mich wie ein selbstgefälliger Teenager?

»Du bist… unerschrocken, unverheiratet und… unnahbar.«

»Und du magst Alliterationen.«

»Und du kannst wirklich schnell denken.« Greger lächelte.

»Vielleicht sind die anderen aber auch einfach nur langsam. Warum glaubst du, dass ich nicht verheiratet bin?«

»Kein Ring.« Greger nickte zu ihrer linken Hand.

»Ich könnte ihn abgenommen haben. Das machen manche verheirateten Leute.«

»Ich glaube nicht, dass du so ein Mensch bist.«

»Ich bin einfach niemand, der heiratet.«

Ich sehe auf das Kissen, mit dem ich sie abgestützt habe. Es wäre so leicht, es auf ihr Gesicht zu legen, auf Mund und Nase, zuzudrücken und alles zu beenden.

Ich nehme das Kissen hoch, beuge mich näher und denke, jetzt tue ich es. Ich tue es, und dann … dann bringe ich mich selbst um. Doch da wimmert sie leise im Schlaf und schlägt mit den Armen über dem Kopf.

Ich kann es nicht.

Kapitel dreiundzwanzig

Charlie wachte eine halbe Stunde vor dem Wecker auf. Sie nahm das Handy vom Nachttisch und scrollte durch die Nachrichten. Beatrices Verschwinden war überall die große Schlagzeile. *Wer hat Beatrice entführt? Die Polizei rätselt wegen fehlender Spuren. Keine Lösegeldforderung bekannt.*

Sie ging ins Bad und war froh, dass es am Abend zuvor bei einem Bier geblieben war. Sie konnte sich nicht erinnern, wann sie das zuletzt geschafft hatte.

Sie wusch sich das Gesicht mit kaltem Wasser und cremte es mit ein wenig Bodylotion aus einer der kleinen Hotelfläschchen ein. Dann setzte sie sich mit dem Handy aufs Bett und rief das Forum Flashback auf, in dem zwar viel Mist geschrieben wurde, doch manchmal fand sich zwischen den ganzen idiotischen Kommentaren auch etwas Sinnvolles. Unter anderem über Vermisstenfälle. Gestern hatte es noch keine Posts zu Beatrice gegeben, doch inzwischen hatte bestimmt jemand einen Thread dazu eröffnet. Und tatsächlich entdeckte sie eine Überschrift: *Neun Monate alte Beatrice vermisst.*

Der Thread-Eröffner hatte ein paar Hintergrundinformationen gepostet sowie die Frage, was geschehen sein könnte.

Wenn ein so kleines Kind verschwindet, stecken fast

immer die Eltern dahinter, schrieb ein User, der sich Justitia nannte, gefolgt von einem Link zu einer Seite mit Statistiken zu Morden an Kindern.

Gargamel2 schrieb: *Würde mich nicht wundern, wenn es die Mutter war. Wir waren früher auf derselben Schule, und sie war ganz schön speziell.*

User 666 fragte, inwiefern speziell, und Gargamel2 antwortete, dass sie immer zu enge Kleider getragen und sich wohl auch nicht gern gewaschen hätte. *Hahaha.*

Was redest du da, Gargamel2?, fragte ein User mit dem Logo des örtlichen Eishockeyvereins Färjestad BK als Avatar. *Frida Sandell, wie sie damals hieß, war doch wohl das hübscheste Mädchen der ganzen Schule.*

Charlie dachte daran, was Anton, Niklas Sandells Kumpel, über Frida gesagt hatte. Dass sie in der Mittelstufe komisch gewesen sei, sich dann aber zu dem Mädchen entwickelt habe, auf das alle scharf gewesen wären. Sie scrollte rasch durch andere Beiträge von sogenannten Schulkameraden über die Familie Sandell. Man hatte kleine Anekdoten über Fridas Vater gepostet, der immer betrunken Auto gefahren war und dabei Briefkästen gerammt hatte, über ihre Mutter, die laut bei Schulabschlussfeiern mitgesungen hatte und immer wie ein Clown geschminkt gewesen war. Einige erwähnten auch den *Junkie,* ihren Bruder.

Bei Ladyloves Post wurde Charlie endlich fündig.

Gustav Palmgren hat es wohl mit irgendeiner Durchgeknallten getrieben.

Charlie hielt inne, bevor sie Justitias Kommentar las.

Woher weißt du das? Hast du Beweise?

Ladylove hatte wenige Minuten später geantwortet.

Ich habe sichere Quellen, dass Herr Palmgren alles an-

gräbt, was einen Puls hat, und früher oder später vögelt er eine Verrückte, die dann Amok läuft.

Du hast zu viele Filme gesehen, schrieb ein User mit Namen Anonym.

Ich habe zu viel vom Schürzenjäger Palmgren gesehen, lautete die Antwort.

Gargamel2 hatte sich auch wieder eingeschaltet und lenkte die Aufmerksamkeit zurück auf Frida.

Würde mich nicht wundern, wenn Frida das Kind aus Rache umgebracht hat.

Ganz schön weit hergeholt, kommentierte Justitia.

Charlie besaß einen Account bei Flashback und schrieb nun unter ihrem Benutzernamen Missblue: *Woher wissen wir, dass Gustav Palmgren fremdgegangen ist? Kennen wir Namen? Und Frida? Kennt sie jemand persönlich? Wissen wir noch mehr über sie, außer wie sie früher mal angezogen war?*

Charlie sah auf die Uhr. In zwanzig Minuten sollten sie auf dem Revier sein. Sie zog dieselben Kleider wie am Tag zuvor an und ging hinunter zum Frühstück.

»Guten Morgen«, sagte Greger hinter ihr, als sie gerade Kaffee in einen Pappbecher füllte. »Noch jemand, der lieber ein paar Minuten länger schläft als zu frühstücken, wie ich sehe.«

»Ich habe mir was mitgenommen«, erwiderte Charlie. »Sollen wir fahren?«

»Können Sie etwas zu den laufenden Ermittlungen sagen?«, rief eine Stimme laut aus der wachsenden Menge an Journalisten, die sie vor dem Revier empfing. Der Mann trug eine Jacke mit dem Logo des örtlichen Fernsehsenders.

»Wir verweisen auf die baldige Pressekonferenz«, antwortete Charlie.

»Haben Sie irgendwelche Spuren?«, fuhr der Mann fort. »Verdächtige? Irgendeine Theorie zu den Ereignissen?«

»Sie haben doch gehört, was sie gesagt hat«, erwiderte Greger mit erhobener Stimme, als die Menge näher rückte. »Sie müssen sich bis zur Pressekonferenz gedulden.«

Bisher hatten sie noch keinen Termin dafür angesetzt. Wenn das der Fall wäre, dann sicher nicht wegen der Journalisten, auch wenn diese davon auszugehen schienen, sondern um die Ermittlungen voranzubringen. Bisher war die Öffentlichkeit nur aufgefordert worden, sich mit sachdienlichen Informationen bei der Polizei zu melden, die dann über die Wichtigkeit der Hinweise entscheiden würde.

Jetzt ertönte das altbekannte Klagelied der Medien, dass die Öffentlichkeit ein Recht auf Informationen habe. In Charlies Augen hatte das einen falschen Klang; als ob die Journalisten den Anschein erwecken wollten, sie würden nur ihrer Informationspflicht nachkommen, wobei sie in Wahrheit auf der Jagd nach der skandalösesten Story und persönlichem Ruhm waren.

Und ich?, dachte sie. Was treibt mich an? Ich will doch gute Arbeit leisten und das Gefühl haben, erfolgreich zu sein. Doch dazu gehörte noch mehr. Das hatte sie bei der Suche nach Annabelle und der Aufklärung von Francescas Verschwinden erlebt. Und jetzt war es wieder da, das Gefühl, dass sie es nicht überleben würde, wenn dieser Fall nicht gelöst würde.

Stina war nicht im Besprechungszimmer, und Charlie erkundigte sich bei Roy nach ihr.

»Sie ist in ihrem Büro«, antwortete er.

»Könntest du sie bitte holen?«

»Ich bin Polizist, genau wie du.«

»Das ist mir klar.«

»Warum behandelst du mich dann wie einen Laufburschen?«, beschwerte sich Roy.

»Ich habe dich nur gebeten, etwas zu erledigen.«

»Du kehrst ganz schön die Vorgesetzte raus«, sagte Roy. »Glaubst du, das merkt man nicht?«

Charlie seufzte.

»Ich hole Stina«, sagte Greger und verschwand.

Charlie wandte sich an Roy.

»Wir kennen uns nicht«, erklärte sie, »aber ich gebe dir jetzt einen wohlmeinenden Rat unter Kollegen. Die Polizei ist hierarchisch aufgebaut. Das ist nicht immer schön, vor allem wenn man sich am unteren Ende befindet. Wenn man die Karriereleiter nach oben klettern will, muss man manchmal einfach tun, was einem gesagt wird. Wenn einem das nicht gefällt, sollte man sich im Stillen darüber aufregen oder sich einen neuen Job suchen.«

»Tut mir leid«, antwortete Roy. »Stina ist nur …«

»Schh.« Charlie legte den Zeigefinger an die Lippen. »Ärger dich im Stillen darüber.«

Roy nickte. Er war nicht nur schnell gekränkt, dachte Charlie, sondern auch noch dumm.

»Entschuldigt die Verspätung.« Stina kam mit Greger ins Besprechungszimmer. »Ich habe mit Antonsson telefoniert. Das Personal an den wichtigeren Knotenpunkten wie Busfahrer oder andere Angestellte, mit denen sie gesprochen haben, hat nichts bemerkt. Antonsson fährt gerade nach Vålberg, um einen eingegangenen Hinweis zu überprüfen. Er setzt allerdings nicht viel Hoffnung darauf. Es wurde eine Person mit einem Kleinkind im Tragegurt gesehen, die eine Straße entlangging und nervös gewirkt hat. Nachgeforscht werden muss aber natürlich.«

Stina berichtete, dass die Fingerabdrücke, die die Spurensicherung am Kinderwagen gefunden hatte, nicht im System waren. Die gefundenen DNA-Spuren waren zur schnellstmöglichen Analyse nach Linköping ins Labor geschickt worden.

»Und Byle?«, fragte Charlie. »Gibt es da etwas Neues?«

»Nein, er ist wie vom Erdboden verschluckt.«

Charlie sah zu dem Whiteboard, an dem mittlerweile ein Foto von Pascal Byle klebte. Unter seinem Namen waren alle Personen aufgelistet, die sie bei der Suche nach ihm befragt hatten. Die Nachforschungen wurden dadurch erschwert, dass einige Freunde auf Mathilda Byles Liste mehrere Immobilien besaßen. Alle verneinten, Pascal Byle Unterschlupf gewährt zu haben, doch die Häuser und Wohnungen mussten natürlich trotzdem überprüft werden. Stina hatte mit Byles Eltern in Paris telefoniert, die sehr besorgt und mittlerweile auf dem Weg zurück nach Schweden waren.

»Wir konzentrieren uns weiter auf die Suche nach ihm«, sagte Stina.

Charlie nickte. Zweifellos war das ihre heißeste Spur. Sie entschuldigte sich und ging auf die Toilette, wo sie sich ins Flashback-Forum einloggte. Jemand hatte auf ihren Post mit den Fragen zu den Gerüchten um Gustav geantwortet.

Ein neu registrierter User namens Filosofen schrieb: *Sein letzter Seitensprung war meines Wissens mit Madelene Svedin.*

Woher weißt du das?, fragte Justitia.

Glaub mir, ich weiß es, lautete Filosofens Antwort.

Charlie loggte sich aus, rief Instagram auf und fand dort eine Madelene Svedin, die die Gesuchte sein könnte. *Mädchen aus Värmland, Touristin im Leben* stand unter ihrem Profilbild. Der Account war öffentlich, sie hatte hauptsächlich Partybilder und Selfies gepostet, einmal einen Mann an einem See. Er stand mit dem Rücken zur Kamera und so weit entfernt, dass nur seine Umrisse zu erkennen waren. Charlie sah auf das Datum. Das Bild war am 15. November 2017 hochgeladen worden, vor fünf Monaten. War das Gustav?

Sie las die Kommentare unter dem Foto. Herz-Emojis, zwei Handflächen, *tooooll.* Ein Kommentar klang dagegen völlig anders: *Für Männer stehlende Frauen ist ein Platz in der Hölle reserviert.*

Madelene hatte darauf geantwortet: *Niemand kann einen Mann stehlen, der sich nicht stehlen lässt.*

Die anonyme Erwiderung lautete: *Ich hoffe, du wirst büßen. Ich hoffe, du wirst für alle Ehen büßen, die du zerstört hast.*

Charlie rief den Account auf, doch er war auf privat gestellt.

Sie ging zurück in den Besprechungsraum und zeigte den anderen den Diskussionsthread im Flashback-Forum. Das Foto des Mannes von Madelenes Instagram-Account schickte sie an das Team.

»Die kenne ich«, sagte Roy.

»Seid ihr befreundet?«, fragte Charlie.

»Nicht direkt, aber Karlstad ist ja nicht besonders groß. Sie ist oft abends unterwegs. Sie ist…«

»Was?«, fragte Charlie.

»Leicht zu haben«, antwortete Roy und korrigierte sich gleich darauf. »Man sagt, sie sei leicht zu haben.«

»Ich kann dem hier nachgehen«, bot Charlie an.

»Sollen wir uns jetzt wirklich darauf konzentrieren?«, fragte Stina. »Wir müssen noch darüber sprechen, was über die Hotline an Hinweisen hereingekommen ist, die Suche nach Byle fortsetzen und…«

»Aber wir haben keine vielversprechenden Hinweise erhalten«, warf Charlie ein. »Byle wird zur Fahndung ausgeschrieben, und das halbe Team sucht bereits nach ihm. Wir müssen mehreren Spuren gleichzeitig nachgehen können.«

»Natürlich«, antwortete Stina. »Dann überprüf du Madelene Svedin.«

Eine Viertelstunde später hatte Charlie erfolglos bei Madelene angerufen, von ihrer Schwester jedoch erfahren, dass sie bei der Arbeit war. Madelene war Guide in Selma Lagerlöfs Mårbacka, dem ehemaligen Haus der Schriftstellerin, das jetzt ein Museum war.

Sara

Beim Haupteingang herrschte Tumult.

»Lass mich los!«, schrie Lo. »Ich will doch nur ein bisschen mit Mama herumfahren!«

Emelie sagte, das dürfe sie nicht, es sei zu spät und Donna betrunken.

»Aber ich fahre doch gar nicht selbst«, argumentierte Donna verwaschen. »Mein Freund fährt, und er hat keinen Tropfen getrunken. Sag's ihnen!«, schrie sie. »Sag, dass du keinen Tropfen getrunken hast, Stefan.«

Doch Donna durfte Lo nicht mitnehmen. Sie müsse am Besuchstag zurückkommen, wenn sie ihre Tochter sehen wolle.

Die Stimmen wurden wieder lauter. Donna brüllte, dass sie verdammt noch mal auf die Besuchszeiten scheiße, und Lo sagte, sie würde mit ihrer Mutter mitfahren und dass niemand sie daran hindern könne.

Doch das konnten sie. Wir sahen, wie Frans und anderen Angehörige des Personals ihr den Weg versperrten. Lo trat und schlug um sich, als sie versuchte, zu ihrer Mutter zu gelangen, doch die Männer rangen sie zu Boden und hielten sie dort fest.

Emelie sagte zu Donna, sie könne wählen, ob sie freiwillig abfahren wolle oder man die Polizei holen solle. Ja, das meinte sie ernst.

»Was macht ihr hier?«, fragte Emelie, nachdem sie die Tür vor der vor Wut rasenden Donna zugesperrt hatte und uns oben auf dem Treppenabsatz sah. »Geht ins Bett.«

»Wo ist Lo?«, wollte Nicki wissen.

»Lo ist hier unten und beruhigt sich noch ein wenig.«

»Ihr dürft sie nicht einsperren«, flehte Nicki. »Oder sie fesseln. Versprecht, dass ihr sie nicht festbindet.«

»Geht jetzt ins Bett«, sagte Emelie. »Sofort.«

Ich konnte nicht schlafen. Los Atemgeräusche im Bett über mir fehlten. Warum kam sie nicht? Hatte man ihr Beruhigungsmittel gegeben? Ich dachte an die Orte, von denen Nicki erzählt hatte, im Vergleich zu denen Rödminnet das reinste Paradies war. Heime, in denen man an sein Bett gefesselt und betäubt wurde, in denen man allein in einem Zimmer festgehalten wurde, bis man verrückt wurde und Sachen sah, die es gar nicht gab.

Ich war gerade aufgestanden und wollte nachsehen, ob Lo noch im Haus war, als sie zurückkam. Die Haare hingen ihr wirr ins Gesicht, das fast so weiß war wie das Nachthemd.

»Lass mich in Ruhe«, sagte sie, auch wenn ich keinen Ton von mir gegeben hatte. Sie ging an mir vorbei und kletterte in ihr Bett. Ich wollte mich zu ihr legen, sie im Arm halten und ihr zuflüstern, dass alles gut werden würde. Aber was wusste ich schon? Es konnte genauso gut alles nur noch schlimmer werden.

Kapitel vierundzwanzig

Die Straße nach Östra Ämtervik war schmal und gewunden. Charlie hatte Mårbacka besuchen wollen, seit sie *Der Kaiser von Portugallien* gelesen hatte. Es lag nur knapp hundertfünfzig Kilometer von Gullspång entfernt, doch Betty hatte weder einen Führerschein noch ein Auto gehabt, weshalb nie etwas aus dem Ausflug geworden war. Die hügelige Landschaft wechselte zwischen Feldern, Wäldern und Wiesen. Hier und da blitzte der See Fryken auf der rechten Seite auf. Wegen der oft überraschend auftauchenden Kurven kam sie langsamer voran als geplant.

Mårbacka. Das Anwesen war noch schöner als auf den Bildern, die sie davon gesehen hatte. Blausterne blühten in den Gartenanlagen, und als Charlie zu dem großen gelben Wohnhaus blickte, sah sie geradezu die Kavaliere aus der *Gösta Berlings Saga* auf der Veranda an die Pfeiler gelehnt dasitzen.

Kein Mensch war zu sehen. Charlie ging die Steintreppe hinauf und betätigte den Türgriff. Die schwere Holztür quietschte, als sie sie aufzog und in die Eingangshalle trat.

»Entschuldigung, aber wir haben geschlossen.«

Charlie sah sich um und entdeckte eine junge Frau

mit Zöpfen und Kopftuch und Kleidung aus der Zeit der Jahrhundertwende.

»Die Führungen beginnen erst im Mai«, fuhr die Frau fort.

»Ich bin wegen etwas anderem hier«, erklärte Charlie und hielt ihre Polizeimarke hoch. »Ich suche Madelene Svedin.«

»Das bin ich.«

Charlie war überrascht. Sie hätte diese mädchenhafte junge Frau mit dem ungeschminkten Gesicht und dem ernsten Auftreten niemals mit der Madelene in Verbindung gebracht, die auf Instagram Selfies mit Schmollmund postete.

»Ist etwas passiert?«, fragte Madelene.

»Ich würde gern mit Ihnen über das vermisste Baby sprechen. Sie haben sicher davon gehört.«

Madelene sah sie verwundert an, nickte aber.

»Ja, davon habe ich gehört«, sagte sie. »Furchtbar. Aber ich verstehe nicht, wie ich Ihnen helfen könnte …«

»Können wir uns irgendwo hinsetzen?«

»Ich muss nur kurz den anderen Bescheid geben.« Madelene nickte in die Richtung, aus der sie gekommen war. »Ich lerne gerade die neuen Guides an, aber wir können eine Kaffeepause einlegen.«

Charlie folgte Madelene durch einen großen Salon und ein Esszimmer. An den Wänden hingen Gemälde von ernst dreinschauenden Männern im Priestergewand und große Kohlezeichnungen von Häusern und Höfen.

In der Küche standen vier Frauen, die alle wie Madelene gekleidet waren. Sie sagte ihnen, sie könnten eine kurze Pause machen, und wenn sie in zehn Minuten noch nicht zurück sei, sollten sie die Führungen untereinander proben. Dann wandte sie sich an Charlie und bat sie, mit ins Obergeschoss zu kommen. Charlie folgte ihr über eine gewundene Treppe hinter der Küche nach oben in einen kleinen Raum. Sie setzten sich an einen runden Tisch vor einem Fenster mit dünner Spitzengardine.

»Wie schön es hier ist«, bemerkte Charlie.

Madelene nickte und sagte, das hier sei der Salon der Haushälterin gewesen, die die Dienstboten unter sich gehabt habe und von der Hausbesitzerin sehr geschätzt worden sei.

»Wie lange arbeiten Sie schon hier?«, fragte Charlie.

»Seit ich einundzwanzig bin, also seit neun Jahren«, antwortete Madelene. »Ich habe Selma schon als Kind geliebt, weshalb das hier der beste Nebenjob ist, den man sich nur vorstellen kann. Ich verkörpere ihre Schwester Gerda«, erklärte sie und sah an ihrem Kleid hinab. »So wird es anschaulicher für die Besucher. Ich erzähle von unserer Kindheit und wie es war, in diesem Haus mit Selma aufzuwachsen.«

»Und sonst?«, fragte Charlie. »Ich meine, was machen Sie, wenn hier keine Saison ist?«

»Ich hatte ein paar Seminare an der Uni belegt. Aber das hier entwickelt sich immer mehr zum Vollzeitjob, weil an Feiertagen und Weihnachten geöffnet ist. Und man hat mir mehr Verantwortung übertragen. Wahrscheinlich könnte man höhere Ziele im Leben haben, aber mir gefällt es hier.«

»Das verstehe ich.« Charlie holte tief Luft und wechselte das Thema. »Dürfte ich fragen, was Sie am Samstagmorgen zwischen acht und zehn Uhr gemacht haben?«

»Was soll das heißen?« Madelenes Stimme wurde hart. »Ist das hier ein Verhör? Das hätten Sie sagen sollen.«

»Es ist nur eine Frage«, erwiderte Charlie, »die Sie sicher gern beantworten werden.«

»Ich war zu Hause, wahrscheinlich noch im Bett. Am Abend zuvor war ich unterwegs.«

»Kann das jemand bestätigen?«

»Nein … Ich war allein. Also, ich finde das hier langsam etwas unangenehm. Verdächtigen Sie mich irgendwie?«

»Ihnen ist sicher bewusst, dass das verschwundene Baby die Tochter von Gustav Palmgren ist«, sagte Charlie. »Unseren Informationen nach haben Sie eine Beziehung mit ihm.«

»Wer behauptet das?«

»Das kann ich Ihnen leider nicht sagen. Trifft es zu?«

»Nein«, entgegnete Madelene. »Ich habe keine Beziehung mit ihm.«

Charlie wartete darauf, dass die junge Frau weitersprach, doch sie blieb stumm.

»Madelene«, sagte sie schließlich. »Sie verstehen doch den Ernst der Situation, nicht wahr? Ein kleines Kind ist verschwunden.«

»Natürlich verstehe ich das. Aber was soll ich denn tun?«

»Sie sollen mir von der Beziehung zwischen Ihnen und Gustav erzählen.«

»Das war keine Beziehung«, erklärte Madelene. »Nicht in dem Sinn. Und was auch immer es war, es ist vorbei. Er hat gesagt, er würde sich scheiden lassen«, fuhr sie fort. »Und ich habe ihm geglaubt. Ich wollte nie …« Sie senkte den Kopf.

»Ich urteile nicht über das Verhältnis zwischen Ihnen und Gustav Palmgren«, sagte Charlie. »Ich will nur Beatrice finden.«

»Aber ich weiß wirklich nicht, was ihr zugestoßen sein könnte!«

»Warum haben Sie und Gustav sich getrennt?

»Weil… Wie gesagt, er wollte sich wohl nie scheiden lassen. Er lügt ständig. Man kann ihm kein Wort glauben.«

Das ist wohl das grundsätzliche Problem mit Männern, die ihre Frauen systematisch betrügen, dachte Charlie. Man kann ihnen nicht vertrauen.

»In welcher Hinsicht hat er gelogen?«, fragte sie.

»Bei allem. Er hat mich seine große Liebe genannt, aber dann hat sich herausgestellt, dass er neben mir noch jemanden hatte.«

»Woher wissen Sie das?«

»Ich habe es mit eigenen Augen gesehen.«

»Kennen Sie diese andere Frau?«

Madelene schüttelte den Kopf und sagte, nein, sie würde sie nicht kennen. Sie ginge aber davon aus, dass sie selbst nur eine von vielen gewesen sei. Zumindest war sie zu dem Schluss gekommen, nachdem sie sich umgehört hatte.

Charlie dachte an die Kommentare bei Flashback über Gustav Palmgren. Dass er ein Schürzenjäger war, der mit der Falschen geschlafen hatte. War eine verschmähte Frau ihre heißeste Spur? Saß sie vielleicht sogar gerade vor ihr, als Bauernmädchen mit Kopftuch verkleidet?

»Können Sie mir Namen von anderen Frauen nennen, mit denen er sich getroffen hat?«, fragte sie.

Madelene verneinte, sie würde keine Namen kennen. Sie wolle sich auch nicht länger damit beschäftigen, sondern nach vorn blicken.

Charlie verstand das nur zu gut. Sie wusste, wie leicht

man sich von jemandem, in den man verliebt war, hinters Licht führen ließ, auch wenn die Vernunft sich heiser schrie wegen aller Ungereimtheiten. Vor der Beziehung mit Hugo war sie überzeugt gewesen, niemals auf solches Geschwätz hereinzufallen. Doch die Verliebtheit oder Leidenschaft, oder was auch immer es war, hatte die Vernunft völlig ausgeschaltet, zumindest vorübergehend.

»Ich will eigentlich nicht darüber reden«, sagte Madelene. »Am liebsten will ich alles hinter mir lassen.«

»Geht das denn?«, fragte Charlie.

Madelene lächelte. Ja, das ginge, die Zeit würde da sehr helfen.

»Haben Sie Frida Palmgren mal getroffen?«, fragte Charlie weiter.

»Kommt darauf an, wie man das definiert«, erwiderte Madelene. »Ich habe sie gesehen. Ich weiß, wer sie ist. Karlstad ist ja nicht groß.«

»Aber Sie haben nie mit ihr geredet?«

»Nein, nicht dass ich wüsste.«

»Und Beatrice?«

»Nur einmal, in der Stadt. Gustav wollte einen Kaffee trinken, während sie im Wagen schlief, doch sie ist nicht eingeschlafen. Aber das war nur ganz kurz ...« Madelene sah aus dem Fenster. »Glauben Sie, dass ... Ich meine, glauben Sie, dass sie noch lebt?«

»Das wissen wir nicht«, sagte Charlie. »Aber wir tun alles, um sie so schnell wie möglich zu finden.«

»Das muss das Schlimmste sein. Diese Ungewissheit. Da ist es fast besser, eine schlechte Nachricht zu bekommen, als das ganze Leben nicht zu wissen, was passiert ist.«

»Haben Sie das schon einmal erlebt?«

»Nein, aber wenn mein Kind verschwunden wäre, würde mich das umbringen.«

»Haben Sie Kinder?«

Madelene schwieg und sagte schließlich: »Nein.«

Charlie kam wieder auf das ursprüngliche Thema zurück.

»Hat Gustav Ihnen gegenüber erwähnt, dass er Streit mit jemandem hatte oder sich bedroht fühlte?«, fragte sie.

»Nein, er hat vor allem mit seiner Frau gestritten.«

»Worüber?«

»Über alles Mögliche. Er hat oft gesagt, dass er sie satthabe, dass sie unselbstständig sei und klammere und dass er sich eher wie ihr Pfleger vorkäme und nicht wie ein Mann.«

»Ein Pfleger?«

»Ja, Frida ging es psychisch immer wieder sehr schlecht.«

»Hat Gustav Ihnen das erzählt?«

Charlie dachte, was für ein Verrat es doch war, die psychischen Probleme der eigenen Frau mit der Liebhaberin zu besprechen. War das überhaupt die Wahrheit, oder hatte er es nur als Ausrede benutzt, eine andere Version der alten »Meine Frau versteht mich nicht«-Geschichte?

»Ja. Deshalb wollte er sich auch scheiden lassen.«

»Hat er gesagt, wie schwer Fridas psychische Probleme waren?«

»Er hat gesagt, sie sei gestört, könne ganz plötzlich Wutausbrüche bekommen. Einmal habe sie sich die Treppe hinuntergestürzt, einfach so. Welcher normale Mensch macht denn so was?«

Keiner, dachte Charlie, wenn man nicht einen sehr guten Grund dafür hat.

»Gustav glaubt, sie wolle damit Aufmerksamkeit erregen«, fuhr Madelene fort. »Da wundert es einen nicht besonders, dass er sich scheiden lassen wollte.«

»Aber dann wollte er es auf einmal nicht mehr?«

Charlie fragte sich, ob Madelene die Beziehung wirklich schon so weit hinter sich gelassen hatte, wie sie behauptete.

»Nein, wahrscheinlich wollte er das sowieso nie.«

Madelene zuckte mit den Schultern.

»Wie würden Sie Gustav beschreiben?«

»Ich weiß es nicht. Er ist schwer zu greifen.«

»Wie meinen Sie das?«

»Er ist so wechselhaft. Er kann fürsorglich sein, rücksichtsvoll und charmant, und dann wieder ist er kalt und abweisend. Er kann auch ganz schön grausam sein, und es ist ihm egal.«

»Können Sie dafür ein Beispiel nennen?«

»Ja. Ich erinnere mich, dass er einmal jemandem aus seiner Firma kündigen wollte. Soweit ich es verstanden hatte, hatte derjenige keinen Fehler begangen, sondern war einfach nicht gut genug. Als Gustav mir davon erzählt hat, hatte ich den Eindruck, als hätte er Spaß daran, ihn rauszuwerfen, als würde ihn seine Reaktion richtig anheizen. Ich fand das … unangenehm.«

Auf der Treppe verkündete eine Stimme, sie seien nun auf dem Weg in Selmas Lieblingszimmer.

»Felicia«, sagte Madelene, als die zukünftigen Guides vor der Tür im Flur stehen blieben, »auf der Treppe darfst du nicht sprechen, da versteht dich keiner.« Sie wandte sich wieder an Charlie. »Wir können solange nach unten gehen. Ich lasse mich sonst doch nur von dem ablenken, was sie sagen.«

Charlie sagte, im Prinzip seien sie fertig, und folgte Madelene die Treppe hinunter. In der Eingangshalle fiel ihr ein, dass sie vergessen hatte zu fragen, ob Frida von Madelenes und Gustavs Beziehung gewusst hatte.

»Keine Ahnung. Aber wenn man bedenkt, dass ich nicht seine einzige Affäre war, wäre es seltsam, wenn sie gar nichts von seiner Untreue ahnen würde.«

Vom Auto aus sah Charlie eine der Guides, die wie Madelene altertümlich gekleidet war, über den Hof gehen. Die Szene hätte sich genauso gut vor hundert Jahren abspielen können. Sie fühlte sich wie eine Zeitreisende – eine Zeitreisende, die gegen die Zeit arbeitete. Beatrice war jetzt seit fünfzig Stunden verschwunden, und sie standen immer noch am Anfang.

Kapitel fünfundzwanzig

»Ich will nicht darüber reden.«

Gustav saß schwitzend auf seiner großen Couch, in demselben Anzug wie am Tag zuvor. Gelegentlich warf er einen Blick Richtung Küche, wo Greger mit Frida sprach. Er hatte gerade die Affäre mit Madelene Svedin bestätigt.

»Ich bin mir sicher, dass sie nichts mit dem Ganzen zu tun hat«, sagte er, als Charlie fragte, warum er das bisher verschwiegen hatte. »Es ist auch so schon schwer genug für Frida.«

»Wir entscheiden, was für die Ermittlungen wichtig sein könnte und was nicht«, wies ihn Charlie zurecht. »Wenn Sie uns also noch mehr verheimlichen, dürfen Sie jetzt gern damit herausrücken.«

Gustav schüttelte den Kopf. Nein, er hatte nichts mehr zu erzählen.

»Das haben Sie zuvor auch schon gesagt, bevor wir von dem Streit zwischen Ihnen und Pascal Byle erfahren haben.«

»Das ist kein Streit«, wehrte Gustav ab. »Er ist nur unzufrieden mit der Geldsumme, die er von uns für seinen Anteil an der Firma bekommen hat. Er ist nicht mehr ganz richtig im Kopf. Wie oft soll ich das noch sagen?«

»Er wirkte auf uns aber mehr als nur ein wenig unzufrieden«, erwiderte Charlie. »Und jetzt sind sowohl er als auch Beatrice verschwunden. Man sollte meinen, dass Sie das etwas mitteilsamer macht.«

»Mehr gibt es dazu nicht zu sagen. Und ich weiß doch auch nicht, wo er ist.«

Charlie wechselte das Thema.

»Erzählen Sie uns von Ihnen und Madelene, von Ihrer Beziehung.«

»Das war keine richtige Beziehung«, antwortete Gustav.

»Sondern?«

»Wir haben uns kennengelernt, als ich gerade aus Russland zurückgekehrt und mit einigen Geschäftsfreunden abends aus war. Frida und ich hatten schon seit einer Weile Probleme und … Na ja, da habe ich Madelene kennengelernt, und sie hat sich an mich rangeworfen, und … Keine Ahnung.«

Wie vorhersehbar, dachte Charlie, und so feige, sein Fehlverhalten auf die eigene Frau und die verführerische Liebhaberin zu schieben.

»Und dann?«

Sein Gerede, ein unschuldiges Opfer der Umstände geworden zu sein, war ihr zuwider. Menschen ohne Fähigkeit zur Selbsterkenntnis ertrug sie nur schwer. Moralisches Versagen und Dummheiten waren akzeptabel, solange man niemand anderem die Schuld dafür gab. Sie musste sich in Erinnerung rufen, dass Gustav Palmgren auch ein Vater war, dessen Tochter verschwunden war und der nicht wusste, ob er sie lebend, tot oder gar nicht mehr zurückbekam.

»Dann?«, fragte Gustav verständnislos.

»Ja, nach dem Abend. Ich nehme an, dass Sie sich öfter getroffen haben.«

»Ja.«

»Wie lange ging das?«

»Ein paar Monate. Drei oder so.«

»Und wie oft haben Sie sich in der Zeit getroffen?«

»Wieso ist das wichtig?«

»Bitte antworten Sie einfach auf die Frage.«

»Ein paarmal pro Woche. Aber vor ein paar Monaten haben wir uns getrennt.«

»Warum?«

»Weil ich nicht mehr wollte. Ich wollte bei meiner Frau sein, meiner Familie. Ich hatte nie vor, dass etwas Ernstes daraus werden könnte.«

»Und wie hat Madelene das aufgenommen?«

»Sie ist völlig ausgeflippt. Hat gesagt, sie würde Frida alles erzählen und mein Leben ruinieren.«

»Hat sie das getan? Frida alles erzählt?«

»Nein, aber sie hat mir oft damit gedroht. Das war richtig beängstigend.«

Charlie dachte an Madelene und ihr ernsthaftes Auftreten bei ihrer Arbeit als Guide. Ihre andere Seite, die sie in den sozialen Medien zeigte, war das genaue Gegenteil der Frau, die Geschichten aus vergangenen Zeiten erzählte. Jetzt kam noch eine neue Seite hinzu: die der abgewiesenen und wütenden Liebhaberin.

Madelene hatte nichts von einer Drohung erwähnt, Gustavs Leben zerstören zu wollen, aber das erzählte man natürlich nicht, vor allem nicht der Polizei. Und auch wenn Madelene einen gefassten Eindruck auf sie gemacht hatte, brodelte es vielleicht unter der Oberfläche. Zurückweisung konnte die schlimmsten Seiten an einem Menschen hervorbringen.

»Gibt es noch andere Frauen?«, fragte Charlie.

»Ich werde jetzt nicht mit Ihnen über so etwas reden«, empörte sich Gustav.

»Darf ich Sie daran erinnern, dass dies eine Polizeiermittlung ist und Sie nicht selbst entscheiden können, worüber Sie gerade sprechen möchten oder nicht«, wies Charlie ihn zurecht.

»Und darf ich Sie daran erinnern, dass meine Tochter immer noch verschwunden ist«, entgegnete Gustav. »Sie verschwenden Ihre Zeit damit, Spuren zu verfolgen, die ins Nichts führen.«

»Ich verstehe, dass Sie frustriert sind, aber Sie sind nicht von der Polizei. Wir stellen die Fragen, die wir stellen müssen.«

Gustav seufzte, beugte sich vor und warf einen Blick Richtung Küche.

»Man könnte sagen, dass mein moralischer Kompass etwas … ungenau war.«

»Können Sie das genauer formulieren?«

»Ja, es gibt noch andere Frauen.«

»Hat eine von ihnen Sie oder Ihre Familie bedroht?«

»Nein, nein. Niemals. Und Madelenes Verhalten fand ich vor allem lächerlich, auch wenn sie wirklich wütend war. Sie ist nicht der Typ, der Kinder entführt.«

»Kennen Sie jemanden, der diesem Typ entspricht?«, fragte Charlie. Als Gustav nicht antwortete, fuhr sie fort: »Ja, es ist schwer, sich so jemanden vorzustellen. Aber es gibt diese Menschen.«

Gustav nickte.

»Ich würde Sie trotzdem bitten, alle Namen Ihrer außerehelichen Beziehungen aufzuschreiben«, sagte Charlie.

»Alle?«

»Zumindest alle seit Ihrer Hochzeit.«

»Ich verstehe nicht, wozu das gut sein soll.«

»Weil wir alle überprüfen müssen.«

»Na gut, aber das wird nichts bringen. Und was ist eigentlich eine Beziehung … Manche habe ich nur einmal getroffen, an die Namen erinnere ich mich nicht einmal.«

»Schreiben Sie alles auf, was Sie noch wissen«, sagte Charlie.

»Natürlich, das mache ich. Also, es tut mir leid, wenn ich … Keine Ahnung.«

»Erschweren Sie einfach nicht unsere Ermittlungen«, erwiderte Charlie. »Mehr will ich nicht. Wir sind doch auf derselben Seite, wir wollen beide Ihre Tochter finden.«

Gustav nickte.

»Ich habe einfach nur das Gefühl, dass mir alles entgleitet.«

»Was zum Beispiel?«

»Dass ich die Hoffnung verliere. Ich weiß, was es heißt, wenn immer mehr Zeit vergeht. Ich weiß, wie schnell die Chancen sinken, sie lebend wiederzufinden. Und ich sitze hier und kann überhaupt nichts tun.«

Das war wahrscheinlich eine neue Erfahrung für ihn, dachte Charlie. Machtlos zu sein und nichts bewirken zu können.

»Hat Frida schon einmal mit psychischen Problemen zu kämpfen gehabt?«, fragte sie.

»Ich würde es nicht psychische Probleme nennen, aber sie war sehr müde. Warum?«

»Unseren Informationen nach war ihr Zustand ernster.«

»Wer sagt das?«, wollte Gustav wissen. Als Charlie nicht antwortete, fuhr er fort: »Das war sie, oder? Madelene. Sie würde alles behaupten, um uns zu schaden. Sie ist nur so wütend, weil ich Schluss gemacht habe. Wenn hier jemand psychisch krank ist, dann sie.«

»Ich habe nicht gesagt, dass wir diese Informationen von Madelene haben.«

»Nein, aber ich weiß, dass sie es war. Ich weiß, was sie treibt und was für Spielchen sie spielt und wie sie versucht, mir zu schaden. Als ob ich sie so jemals zurückhaben wollte.«

»Warum haben Sie uns auch davon nichts erzählt? Ich meine, eine Frau, die Sie als psychisch krank bezeichnen, die Ihre Familie bedroht ...«

»Wie gesagt, mir ist sie nie so verrückt vorgekommen, und ich habe nur versucht, die Situation zu lösen. Zwischen uns ist es aus, wenn Frida davon erfährt. Aber ich schätze ...« Wieder sah er zur Küche. »Dass es dafür sowieso schon zu spät ist.«

»Ja«, bestätigte Charlie, »das ist es.«

»Ich bin kein schlechter Mensch«, sagte Gustav.

»Mich müssen Sie davon nicht überzeugen. Und das hier ist schwerwiegender als Ihr... ungenauer moralischer Kompass und Ihre Ehe.«

»Glauben Sie, das ist mir nicht klar? Das hier ist ein verdammter Albtraum, und wenn ich etwas tun könnte, um Beatrice zurückzuholen, egal was, dann würde ich es tun! Das Haus, die Einrichtung, die Firma. Ohne mit der Wimper zu zucken, würde ich alles eintauschen, nur damit sie zurückkommt. Verstehen Sie?«

Charlie nickte und dachte, wie schade es war, dass man mit niemandem verhandeln konnte.

Charlie ging zu Greger und Frida, die am Küchentisch saßen. Frida rauchte eine Zigarette, was in der sterilen Umgebung fehlplatziert wirkte.

»Ich würde gern kurz mit Ihnen sprechen, wenn Sie das schaffen«, sagte Charlie.

Frida nickte.

Greger sagte, er würde in den Garten gehen, um zu telefonieren, und ließ die beiden Frauen allein.

»Wussten Sie, dass Gustav eine Affäre hatte?«

»Er hatte viele Affären«, antwortete Frida ausdruckslos, während sie in einen kleinen Topf auf dem Tisch aschte.

»Wie viele?«

»Keine Ahnung. Vor einigen Jahren habe ich herausgefunden, dass er mir untreu war. Er hat mir versichert, dass er nur eine… schlechte Phase gehabt hatte und es nie wieder passieren würde. Aber er hat mich danach wieder betrogen.«

»Wussten Sie von Madelene Svedin?«

»Bis jetzt nicht.«

Frida wirkte ungerührt. Wahrscheinlich hatte sie keine Kraft mehr für Gefühle wie Wut oder Verletztheit. Oder hatte sie es doch gewusst? Gleichzeitig dachte Charlie an alle möglichen Motive Fridas, dem Kind etwas anzutun: Rache, Einsamkeit, Überforderung, Schlafmangel, eine psychische Erkrankung. Sie dachte an alle verschmähten Frauen, die nach Lyckebo gekommen waren, um Betty die Hölle heißzumachen. Ihr schrilles Kreischen.

Halt dich von meinem Mann fern. Halt dich verdammt noch mal von meinem Mann fern, Betty Lager.

»Wenn wir Beatrice finden, dann packe ich meine Sachen und lasse mich scheiden«, sagte Frida. »Ich hätte ihn schon längst verlassen sollen, aber … Ich war so müde. Hatte weder die Kraft noch die Mittel, um wegzugehen.«

Charlie nickte. Sie selbst hatte sich noch nie in so einer Situation befunden. Sie hatte nie darauf gebaut, dass jemand anders für sie sorgte und sie beschützte. Das war das Positive, wenn man mit Betty Lager aufgewachsen war: Man lernte, nur sich selbst zu vertrauen, niemand anderem.

Sara

Unten im Keller wurden die wahren Geschichten erzählt. Unter der Erde sprachen wir über das, was wir in der Gruppentherapie niemals offenbarten. Dort unten in der Dunkelheit gab es keine Erfolgsgeschichten, keine Ehen mit Buchprüfern oder glückliche Wendungen.

Eines Nachts fanden wir die Briefe. In einem kleinen Nebenraum lagerte ein alter Koffer mit rostigem Schloss, das Lo aufbrach.

»Das ist doch nur ein Haufen Mist«, meinte Nicki seufzend.

»Gar nicht«, erwiderte Lo.

Sie hatte einen Brief aus seinem Umschlag gezogen und las laut vor.

Ich sage zu Flora, dass ich im Begriff bin, verrückt zu werden. Dass ich nicht mehr zwischen Traum und Wachzustand unterscheiden kann, zwischen Fantasien und Wirklichkeit. Ich sage, dass ich nur an meine Mädchen denken kann und dass sie mich nicht nur in den Träumen besuchen. Ich sehe sie auf den Gängen, unter den Flügeln der Siegesgöttin. Ich höre das Quietschen der Kleinen, das Lachen der Großen. Ich höre und sehe alles, obwohl mir die beiden genommen wurden. Eine hat sich der Tod geholt, die andere das Leben.

Mir stellten sich die Haare an den Armen auf. Das war

wie ein direkter Kontakt zu den Schatten in den Gängen, den leeren Blicken auf den Fotos.

»Scheiße, ist das gruselig«, sagte Nicki. »Wer hat das geschrieben?«

»Das scheint nur ein Ausschnitt zu sein«, meinte Lo. »Ich sehe weder Anfang noch Ende.«

Sie drehte das Blatt um und las weiter.

Gestern ist eine Mäusefamilie in Menschenkleidung über den Boden spaziert. Der Mäusevater trug Anzug und Hut, die Mäusemutter Bluse und Rock und die Kinder Latzhose und Kleid.

Wir lachten. Wir konnten die kleine Mäusefamilie geradezu vor uns sehen.

Edenstam überwacht alles, was wir tun, las Lo weiter. *Er steht meistens auf dem Dach und hält Ausschau. Gestern ist er auf einem Schwan am Schlafsaal vorbeigeflogen. Es ist ganz schön belastend, ständig seine Augen auf sich zu spüren, das kann man wohl sagen.*

»Wer ist Edenstam?«, fragte ich.

»Ein Oberarzt. Der im Anzug und mit dem albernen Schnurrbart auf dem Foto vor dem Speisesaal. Er war der letzte Oberarzt hier, bevor die Nervenheilanstalt geschlossen wurde. Zumindest hat Frans das erzählt.« Lo nahm einen Stapel Unterlagen aus dem Koffer. »Das hier scheinen alte Patientenakten zu sein«, sagte sie und las von einem vergilbten Blatt ab.

Patientin 154, unruhig, sieht Käfer und Schlangen im Bett. Sagt, sie will sterben.

Patientin 96, hässlich, wechselt zwischen Idiotie und Manie, muss von der Männerabteilung ferngehalten werden, da sie sexuell aggressiv ist. Wird mit 300 Milligramm Hibernal behandelt.

»Die haben ganz schön heftige Psychopharmaka bekommen«, sagte Nicki. »Ein legaler Drogenrausch.«

Lo nahm einen anderen Brief in die Hand.

»Wie traurig«, sagte sie.

»Lies vor«, forderte Nicki.

Ich vermisse meine Mädchen.

Ich vermisse meine Mädchen.

Ich vermisse meine Mädchen.

Ich vermisse meine Mädchen.

»Wie schrecklich«, sagte ich. »Von wem ist das?«

»Das ist dieselbe Handschrift wie gerade eben«, erklärte Lo. »Sie hat nur mit *Mama* unterschrieben.«

»Glaubt ihr, dass sie tot sind?«, fragte Nicki. »Ihre Mädchen?«

»Eines scheint auf jeden Fall noch zu leben«, meinte Lo und las weiter.

Ich träume wieder. Heute Nacht waren wir drei zusammen, du, ich und die Kleine, wie es hätte sein sollen. Wir sind die Stufen hinunter zum See gegangen, durch das Herbstlaub, die Sonne hat geschienen, an dem Haus auf dem Hügel vorbei.

Er war nicht da.

Auf der ganzen großen, weiten Welt waren nur wir drei, ich und meine Töchter, und alles war so wirklich, dass ich nie wieder aufwachen wollte.

»Das muss nicht heißen, dass sie lebt«, sagte Nicki.

»Aber sie schreibt an ihre Tochter«, entgegnete ich. »Dann lebt sie doch wohl, oder damals hat sie zumindest noch gelebt.«

»Nee, das muss gar nichts bedeuten«, meinte Nicki. »Vielleicht hatte sie überhaupt keine Töchter. Immerhin war sie in der Irrenanstalt.«

»Das weiß ich, aber es ist trotzdem seltsam, Briefe an eine tote Tochter zu schreiben.«

»Auch nicht komischer, als einen Arzt auf einem Schwan vorbeifliegen zu sehen.«

Kapitel sechsundzwanzig

Charlie und Greger saßen im Hotelrestaurant an einem Fenstertisch.

Charlie hatte aus dem Fehler vom Vortag gelernt und auf dem Weg vom Revier hierher einen großen Hamburger gegessen. Jetzt hatte sie eine Cola und einen Kaffee bestellt. Greger schaufelte fröhlich den Matsch in sich hinein, der genauso unappetitlich aussah wie am Abend zuvor.

»Wo zum Teufel steckt Pascal Byle?«, fragte Charlie. »Warum haben wir ihn bisher noch nicht gefunden?«

»Nur Geduld, bald haben wir ihn«, sagte Greger. »So lange kann man sich nicht verstecken, wenn man keine Übung darin hat. Und wenn er ein Kind bei sich hat, wird es noch schwieriger.«

»Glaubst du, dass es bereits zu spät ist?«

»Ich versuche zu denken, dass es das nicht ist. Alles andere wäre zu schrecklich. Aber die Statistik ist nicht auf unserer Seite.«

Gustav hatte ihnen eine Liste mit den Frauen gegeben, mit denen er während seiner Ehe Affären gehabt hatte. Es waren insgesamt vier Namen. Eine der Frauen war gerade Mutter geworden und hatte ihr Haus in Göteborg seither kaum verlassen, die zweite wohnte in New York, die anderen beiden in Karlstad. Beide hatten wasserdichte Alibis.

»Vielleicht hat er nicht alle Namen angegeben«, sagte Greger.

»Warum sollte er uns welche verschweigen?«, fragte Charlie.

»Weil es ihm möglicherweise schaden könnte. Wenn er beispielsweise mit den Frauen von Freunden oder Geschäftspartnern fremdgegangen ist.«

»Aber es erscheint trotzdem etwas weit hergeholt, dass eine geschasste Liebhaberin oder ihr Mann wegen einer Affäre ein Kind entführen.«

Greger stimmte ihr zu. Es schien wirklich weit hergeholt.

»Vielleicht gibt es aber auch kein eindeutiges Motiv«, überlegte Charlie. »Möglicherweise war es ein Unfall, oder irgendetwas ist passiert. Ich denke da an Frida.«

»Wie geht es ihr eigentlich?«, fragte Greger. »Glaubst du, es stimmt, was Madelene Svedin gesagt hat? Dass sie psychisch krank ist?«

»Ich weiß es nicht. Als ich Gustav danach gefragt habe, hat er behauptet, Frida sei nur müde und Madelene diejenige mit der instabilen Psyche.«

»Okay. Und wie machen wir jetzt weiter?«

»Wir müssen noch einmal mit Fridas Bruder sprechen«, sagte Charlie. »Mit ihm und mit anderen Freunden.«

»Das Problem ist nur, dass Frida kaum Kontakt zu ihrem Bruder hat. Und sie scheint auch nicht viele enge Freunde zu haben. Nicht einmal Charlotte kennt sie ja wohl richtig gut. Woran denkst du?«, fragte er, als Charlie ins Leere blickte.

»An Frida … Sie tut mir leid. Sie ist ihrem Mann so ausgeliefert, hat keine Arbeit, kein Einkommen, keine

Familie, kaum Freunde. Nur einen drogenabhängigen Bruder.«

»Und eine Tochter. Eine Tochter, die wir immer noch finden können.«

Charlie nickte.

»Ich brauche ein Bier«, meinte Greger. »Willst du auch eins?«

»Ja, danke, ich nehme auch eins«, antwortete Charlie.

Ich bin ein normaler Mensch, der ein Bier trinken kann, dachte sie. Gestern habe ich das geschafft, und heute werde ich es wieder tun. Ich bin keine kaputte Frau, die säuft, sich unter Drogen setzen lässt und Fremde mit nach Hause nimmt. Nach einem Tag harter Arbeit trinke ich ein Bier. Kann es nicht einfach so simpel sein?

»Erzähl mehr von Madelene Svedin«, bat Greger, nachdem die Getränke serviert worden waren.

Charlie berichtete, wie sehr sich Madelene bei der Arbeit von dem Menschen unterschied, den sie in den sozialen Medien zeigte.

»Aber wirkte sie … normal?«, fragte Greger.

»Ich weiß es nicht. Sie ist schwer einzuschätzen. Und sie hat kein Alibi … Nach Gustavs Aussage war sie wütend und hat ihn bedroht, aber wer ist nicht aufgebracht, wenn man sich betrogen und sitzen gelassen fühlt?«

»Aber nicht alle sprechen gleich Drohungen aus.«

»Nein, und auch wenn sie das getan hat, ist es trotzdem noch ein weiter Weg, bis man ein Kind entführt. Sie hat kein richtiges Motiv.«

Vier Männer ließen sich zwei Tische entfernt von ihnen nieder und bestellten zwei Flaschen Champagner. Sie unterhielten sich lautstark über ein geglücktes Geschäft.

Charlie beneidete sie um ihre gute Laune. Sie schienen völlig unberührt von dem Drama, das sich in der Stadt abspielte.

Sie ließen den Fall eine Weile ruhen. Greger wollte mehr über ihre Vergangenheit wissen, auch wenn Charlie meinte, die wäre nicht besonders interessant. Er wollte es trotzdem wissen.

»Ich bin achtzig Kilometer von hier entfernt aufgewachsen«, erzählte Charlie. »In Gullspång.«

»Wohnen deine Eltern noch dort?«, fragte er, nachdem Charlie den Ort beschrieben hatte.

»Es gab nur meine Mutter und mich.«

»Und wohnt sie noch dort?«

»Nein, sie ist leider schon tot.« Charlie war überrascht, wie leicht ihr die Worte über die Lippen kamen. »Sie ist gestorben, als ich vierzehn war.«

»War sie krank?«

Betty auf dem Sofa im Wohnzimmer in Lyckebo. *Das Licht, Charline. Das Licht tut so weh.*

»Ja, sie war krank.«

»Wie schrecklich«, meinte Greger. »Und dein Vater? Hast du gar keinen Kontakt zu ihm?«

»Er hat keine Rolle gespielt. Er war nur …«

Charlie verstummte. Sie wollte nicht an Bettys Lüge festhalten, er wäre nur ein Unbekannter auf der Durchreise gewesen, ein guter Mann, der einfach nichts von ihrer Existenz wusste.

»Mein Vater war ein Mistkerl.«

»Wie ging es dann mit dir weiter, nachdem deine Mutter gestorben war?«

»Pflegefamilie.«

Greger sah sie an, als erwarte er sich noch mehr Informationen. Doch so viel gab es da nicht zu sagen. Es war einfach eine normale Familie gewesen, so eine, wie sie sie gern mit Betty gehabt hätte.

»Und du?«, fragte sie stattdessen. »Erzähl mal von dir.«

»Ich bin in Oskarshamn aufgewachsen.«

»Oskarshamn«, wiederholte Charlie. »Damit verbinde ich nur das Kernkraftwerk.«

»Da bist du nicht die Einzige«, meinte Greger lächelnd. »Mein Vater hat dort gearbeitet. Er hat dort Unmengen von Bildschirmen überwacht, sein ganzes Arbeitsleben lang. Kannst du dir einen schlimmeren Job vorstellen, als den ganzen Tag vor Monitoren zu hocken und darauf zu warten, dass etwas Schreckliches passiert?«

»Ja.«

»Was?«

»Ich kann mir schlimmere Jobs vorstellen.«

»Für meinen Vater war es jedenfalls irgendwann die Hölle.«

»Warum?«

»Ihm ist ein Fehler unterlaufen, sodass ein Reaktor abgeschaltet werden musste. Nicht für lange, doch der finanzielle Schaden war enorm. Es war egal, dass alle zu ihm sagten, er solle sich keine Vorwürfe machen. Er konnte es nicht abhaken, weshalb …« Greger trank einen Schluck Bier. »Er wusste, was es für Kosten verursacht hatte, den Reaktor abzuschalten, und sie waren höher als sein gesamtes Gehalt, seit er mit achtzehn Jahren dort angefangen hatte. Es wäre billiger für das Unternehmen gewesen, wenn es ihn nicht gegeben und er in seinem ganzen Leben keinen Handschlag getan hätte. Und bei solchen Gedanken ist es nicht verwunderlich, dass er depressiv wurde.«

Charlie nickte.

»Er hat sich nie davon erholt«, fuhr Greger fort. »Er konnte mit seinem Fehler nicht abschließen, bis meine Mutter es nicht mehr ausgehalten und ihm gesagt hat, sie würde ihn verlassen, wenn er nicht endlich damit aufhört.«

»Und?«, fragte Charlie. »Hat er damit aufgehört?«

»Nein. Und dann wurde es noch schlimmer.«

»Sie haben sich scheiden lassen?«

Greger schüttelte den Kopf.

»Er … er konnte einfach nicht damit leben. Als ich eines Tages nach Hause kam, da …«

»Ich verstehe«, sagte Charlie. »Du musst nichts sagen.«

Sie wollte ihm von der Nacht erzählen, in der sie Betty gefunden hatte. Von den Fliegen im Zimmer, dem Geruch nach Blut und Tod. Sie wollte von der Panik erzählen, den sinnlosen Wiederbelebungsversuchen. Sie wollte sagen, dass sie wusste, wie man sich dabei fühlte. Doch da war der Augenblick schon vorbei.

»Wie alt warst du da?«, fragte sie.

»Sechzehn«, antwortete Greger. »Zwei Tage vorher war ich sechzehn geworden.«

»Darf ich fragen, wie du damit umgegangen bist? Wie du es geschafft hast weiterzumachen?«

»Ich habe einfach weitergeatmet. Sonst nichts.«

»Das ist aber nicht so leicht, wie es klingt.«

»Ich habe ja auch nicht gesagt, dass es leicht war«, entgegnete Greger. »Nur dass ich es getan habe. Und du? Wie hast du weitergemacht?«

»Genauso.« Charlie trank ihr Glas aus. »Genau das.«

Kapitel siebenundzwanzig

Sie geht barfuß die Stufen vom See hinauf, über Wurzeln und Kiefernnadeln. Betty ruft, dass das Essen fertig ist. Doch als sie zum Haus kommt, ist niemand dort. Die Küche ist leer, das Wohnzimmer ebenfalls. Es riecht nach Eisen. Sie geht die Treppe hinauf, das ganze Obergeschoss ist ein Hühnerstall, in den der Fuchs eingefallen ist. Überall liegen Federn und halb aufgefressene Hühnerkadaver, überall ist Blut.

Was habe ich dir gesagt, Liebling? Habe ich dir nicht gesagt, dass man ihnen das Wilde nicht austreiben kann? Habe ich nicht gesagt, dass das alles in einer Katastrophe endet?

Sie rennt aus dem Haus, zurück in den Garten. Am Waldrand stehen drei gesichtslose Männer, einer neben dem anderen. Sie dreht sich um, sieht hinab aufs Gras, und da sind sie, die Kinder. Der Junge ist in der Erde versunken, das Mädchen liegt noch auf dem Boden, Schlingpflanzen winden sich um den kalten Körper. Sie reißt und zerrt an den Stängeln. Und wieder hört sie Bettys Stimme: *Du musst sie mit den Wurzeln ausreißen, Liebling, sonst kommen sie immer wieder zurück. Alles ist vergeblich, wenn du sie nicht mit den Wurzeln ausreißt.*

Nach Luft schnappend wachte Charlie auf. Es war vier Uhr morgens.

Ihr letzter Albtraum dieser Art war schon eine ganze Weile her. Normalerweise suchten sie sie heim, wenn sie gestresst war. Die Träume spielten immer in Gullspång, in Lyckebo, Betty kam darin vor, manchmal war sie am Leben, manchmal schon tot. Meistens war es Sommer, früher Morgen oder Nacht, Nebel lag über den Wiesen, das Gras war taufeucht. Immer hatte sie das Gefühl von einer bevorstehenden Katastrophe, von Untergang, von Panik. Die gesichtslosen Männer waren allerdings neu. Es war egal, dachte sie, wie gut sie tagsüber alles verdrängen konnte, wenn es nachts mit doppelter Wucht zurückkehrte.

Alles kommt zurück.

Ihr Kopf schmerzte zu sehr, um wieder einschlafen zu können. Jeder Pulsschlag hämmerte gegen ihre Schläfen. Schließlich stand sie auf und holte eine Sobril und zwei Ipren-Schmerztabletten aus ihrer Tasche. Wenn sie nicht noch ein paar Stunden Schlaf bekam, würde sie nicht klar denken können.

Als sie drei Stunden später aufwachte, waren Kopfschmerzen und Müdigkeit verschwunden, und das Sobril hatte die Panik vorübergehend in Watte gepackt.

Heute lösen wir den Fall ganz bestimmt, dachte sie, als sich ihr Handy mit einem Anruf von Stina meldete.

»Wir haben gerade einen Hinweis reinbekommen«, sagte die Ermittlungsleiterin. »Ich glaube, Byle wurde gefunden.«

Ein Mann in Forstarbeiterkleidung mit einem aufgeregten Jagdhund an der Seite, den er wiederholt zur Ruhe ermahnte, begrüßte Charlie und zwei Mitarbeiter der Spurensicherung, Christoffer und Filip, auf seinem Hof in Väse, knapp fünfundzwanzig Kilometer von Karlstad entfernt. Er stellte sich als Åke Eriksson vor und erzählte, wie seine Hündin vom Hof weggelaufen und mit einer blutigen Schnauze zurückgekommen sei. In der Überzeugung, der Hund hätte irgendein Tier erlegt, folgte er ihm zurück in den Wald. Da hatte er die Leiche gefunden.

»Ist es weit von hier?«, fragte Christoffer.

Er und Filip waren eher der schweigsame Typ. Auf der zwanzig Minuten langen Autofahrt von Karlstad nach Väse hatten sie kaum etwas gesagt. Vielleicht musste man so sein, oder man wurde so, dachte Charlie, wenn man sich jeden Tag mit solchen Dingen beschäftigte.

»Ja, ein, zwei Kilometer sind es schon«, antwortete Åke und deutete in den Wald. »Und es ist kein schöner Anblick«, fügte er hinzu, während sie sich auf den Weg machten. »Ich habe schon mein ganzes Leben lang mit Kadavern und toten Tieren zu tun und bin wirklich hart im Nehmen, aber eine menschliche Leiche ist doch noch mal etwas ganz anderes.«

Er duckte sich unter einem Kiefernzweig hindurch, während der Hund vorausrannte.

»Sie müssen ihn anleinen«, bemerkte Christoffer.

»Natürlich«, sagte Åke. »Spana!«, rief er. »Hierher!«

Innerhalb weniger Sekunden war der Hund zurück und ließ sich widerstandslos anleinen.

Charlies Puls schlug immer schneller, je weiter sie in den Wald hineinkamen. Sie ließ den Blick über die moosbewachsenen Steine und die Kiefern und Fichten schweifen. Leichter Morgennebel stand noch über dem Boden.

Das sind die Elfen, Liebling. Die Elfen tanzen.

Plötzlich blieb der Hund stehen, stellte die Ohren auf und begann, dumpf zu knurren.

»Wittert sie ein Tier?«, fragte Charlie.

»Hier knurrt sie immer«, antwortete Åke, »keine Ahnung, warum.«

Sie gingen weiter. Die Bäume lichteten sich, ein Hochsitz war zu sehen.

»Er liegt dort drüben«, sagte Åke und deutete in die entsprechende Richtung.

Der Mann war ganz in Schwarz gekleidet und lag unter dem Hochsitz auf dem Boden. Neben ihm lag ein Elchstutzen. In seiner Brust klaffte eine Schusswunde. Tiere hatten sich an ihm gütlich getan, und ein schwerer Leichengeruch hing in der Luft.

Die Techniker der Spurensicherung zogen ihre weiße Schutzkleidung über und näherten sich dem Tatort. Charlie verfolgte ihre Arbeit vom Rand aus. Sie sah die zwei unterschiedlichen Gesichtshälften, eine dunkler, die andere farblos. Es bestand kein Zweifel, dass sie Pascal Byle gefunden hatten.

»Ist das ein Brief?«, rief sie und unterdrückte den Impuls, zur Leiche zu gehen und das aus der Hosentasche ragende Blatt Papier herauszuziehen.

»Das ist Byle, nicht wahr?«, sagte Åke hinter ihnen. Er war in einigem Abstand stehen geblieben und hielt seinen kläffenden Hund fest an der Leine.

»Kennen Sie ihn?«, fragte Charlie.

»Wir waren in derselben Jagdgruppe, hatten privat

aber keinen Kontakt. Himmel… Dass er keinen anderen Ausweg gesehen hat…« Er schüttelte den Kopf.

Bei der von Stina einberufenen Besprechung bestätigte Charlie, dass es sich bei dem Toten um Pascal Byle handelte und es allem Anschein nach Selbstmord war. Ein Schuss mit dem Jagdgewehr.

»War er möglicherweise schon vor Beatrices Verschwinden tot?«, fragte Greger.

»Das können wir noch nicht sagen«, erklärte Stina. »Wir müssen auf den Bericht der Rechtsmedizin warten.«

»So, wie die Leiche aussah, würde ich vermuten, dass er schon tot war«, meinte Charlie.

Ihr war schwindelig, ihre Finger kribbelten, sie spürte einen Druck im Kopf. Rasch setzte sie sich, trank etwas Wasser und versuchte sich zu konzentrieren.

»Wenn wir die Bestätigung bekommen, dass Byle vor mehr als drei Tagen gestorben ist, können wir ihn ausschließen«, sagte Stina. »Wodurch wir wieder am Anfang unserer Ermittlungen wären. Das wäre einerseits ein Rückschlag, andererseits wollen wir hoffen, dass Byle als Täter ausscheidet, denn wenn er Beatrice tatsächlich entführt haben sollte, dann ist sie sehr wahrscheinlich auch nicht mehr am Leben, oder? Charlie, du kannst vielleicht noch mal zusammenfassen, worauf wir uns konzentrieren müssen, während wir auf die Obduktionsergebnisse warten?«

»Klar.«

Charlie stand auf.

»Ist alles in Ordnung?«, fragte Stina.

»Ja«, sagte Charlie. Dann wurde sie ohnmächtig.

Kapitel achtundzwanzig

Charlie stand in ihrem Hotelzimmer unter der Dusche, lehnte die Stirn an die Fliesen und ließ das dampfend heiße Wasser mit geschlossenen Augen über ihren Körper strömen.

Sie war früher schon öfter ohnmächtig geworden, wahrscheinlich wegen ihres zu niedrigen Blutdrucks, doch jetzt war es ihr zum ersten Mal bei der Arbeit passiert.

Sie schämte sich, auch wenn sie nichts dafürkonnte. Sich unfreiwillig aus der Welt zu verabschieden, war einfach beschämend. Sie musste wieder an die Nacht denken, die aus ihrer Erinnerung gelöscht war.

Der gesichtslose Mann. Wer war er? Was hatte er mit ihr gemacht? Wie sollte sie damit umgehen, vielleicht nie eine Antwort auf ihre Fragen zu bekommen? Sie schloss die Augen und versuchte, ihn sich vorzustellen. Die Lederjacke, ein Körperumriss … und dann nichts mehr.

Sie dachte daran, was Anders einmal gesagt hatte – dass sie alle Männer, die sie mit nach Hause nahm, in der Polizeidatenbank überprüfen sollte und dass sie früher oder später einen echten Verrückten aufgabeln würde. Sie hatte ihn ausgelacht und geantwortet, dass sie eine ziemlich gute Intuition habe. Doch wie viel nutzte einem das, wenn man bewusstlos war?

Die anderen hatten darauf bestanden, dass sie sich eine

Weile ausruhte und nicht gleich zurück aufs Revier hetzen sollte. Doch wie sollte sie sich ausruhen, wenn sie immer noch ein Kind zu retten hatten?

Sie stellte das Wasser ab, wickelte sich ein Handtuch um den Kopf und das andere um den Körper. Als sie aus dem Badezimmer kam und ihr Blick auf das ordentlich gemachte Bett und die sauberen Oberflächen fiel, dachte sie an die Küche von Charlotte und David Jolander. Die Arbeitsfläche war alles andere als sauber gewesen. Außerdem hatte der typische Geruch nach Reinigungsmittel gefehlt. Wie hatte ihr das entgehen können? Wieso war ihr nicht aufgefallen, dass das Haus nicht frisch geputzt gewesen war?

Sie rief Greger an.

»Solltest du dich nicht ausruhen?«, bemerkte er.

»Das Haus war nicht geputzt«, platzte sie heraus. »Bei Jolanders. Amina kann nicht dort gewesen sein und sauber gemacht haben. Charlotte hat ihr damit ein falsches Alibi gegeben.«

»Die Putzfrau?«, fragte Greger nach.

»Ich fahre sofort hin und rede noch mal mit ihnen. Sagst du Stina Bescheid?«

Bevor Greger Einwände erheben konnte, hatte sie das Gespräch schon beendet.

Die Tochter der Jolanders öffnete die Tür. Sie trug einen grünen Sportanzug mit schwarzer Strumpfhose.

»Sie waren schon mal hier«, sagte sie zur Begrüßung.

»Das ist richtig«, bestätigte Charlie. »Sind deine Mutter oder dein Vater zu Hause?«

Das Mädchen schüttelte den Kopf. Ihr Vater sei in seinem Arbeitszimmer und dürfe nicht gestört werden.

»Und deine Mutter?«

»Die ist einkaufen.«

»Meinst du, sie kommt bald zurück?«, fragte Charlie.

»Glaube schon. Wie heißen Sie denn?«

»Charlie«, stellte sich Charlie vor und streckte die Hand aus.

»Mika«, antwortete das Mädchen und schüttelte die angebotene Hand. »Das ist auch ein Jungsname.«

»Nein, das ist ein Name, der auf alle passt. Wie Charlie.«

»Worüber wollen Sie mit meiner Mutter sprechen?«

»Ach, Verschiedenes.«

»Und was?«

»Das ist ein Geheimnis.«

Mika überlegte. »Ich kann gut Geheimnisse bewahren«, sagte sie schließlich.

»Das ist toll.« Charlie lächelte.

»Ich sage nie was weiter, wenn ich es versprochen habe. Letztes Jahr hat Love ein Fahrrad zum Geburtstag bekommen. Ich habe es schon viel früher gewusst, und er hat mich gekitzelt und so, aber ich habe nichts verraten.«

»Super.«

David kam die Treppe hinunter und sah die beiden an der Tür. Er bat Mika, hinauf in ihr Zimmer zu gehen. Als sie außer Hörweite war, sagte er zu Charlie, sie habe mit seiner Tochter hoffentlich nicht über Beatrice gesprochen.

»Natürlich nicht«, antwortete Charlie.

»Was wollen Sie dann hier? Hat sich etwas Neues ergeben?«

»Nein, ich würde nur gern mit Ihnen oder Ihrer Frau reden. Darf ich reinkommen?«

Sie hatten sich gerade hingesetzt, als Davids Telefon

klingelte. Er entschuldigte sich, ein wichtiges Gespräch, das er annehmen müsse. Nachdem er hinausgegangen war, kam Mika herein.

»Alles in Ordnung?«, fragte Charlie.

»Ich wollte Ihnen nur mein Zimmer zeigen«, sagte das Mädchen. »Ich habe einen neuen Schreibtisch bekommen und …«

»Gerne.«

»Dann los.«

Charlie folgte Mika die Treppe hinauf nach oben, wo sie in einen großen, hellen Raum mit weißen Sofas und einem großen, gebogenen Flachbildschirm an der Wand kamen.

»Das ist Loves Zimmer«, sagte Mika und deutete auf eine offene Tür. Charlie sah einen schwarzen Ledersessel mit hoher Rückenlehne an einem Schreibtisch, auf dem ein großer Monitor stand.

Das nächste Zimmer gehörte Mika. Sie traten in eine rosa Plüschwelt voller Stofftiere, Puppen und Prinzessinnenkleider.

»Das ist aber ein schönes Zimmer«, lobte Charlie. »Du magst Rosa, was?«

Mika nickte.

»Sehr, sehr hübsch.«

Charlie ging zum Schreibtisch, über dem eine große Pinnwand hing, an der Postkarten, Bilder von kleinen Kätzchen und ein Schwarz-Weiß-Foto hingen, das ein Mädchen mit einem dicken Zopf zeigte, in den kleine Blumen eingeflochten waren. Das Bild war von schräg hinten aufgenommen.

»Bist du das?«, fragte Charlie.

»Ja.«

»Eine wunderhübsche Frisur.«

»Das ist kein normaler Zopf«, erklärte Mika, »sondern ein Fischgrätenzopf.«

»Das sieht richtig toll aus.«

»Danke schön.«

Charlies Blick fiel auf einen Bilderrahmen auf dem Fensterbrett. Das Foto zeigte eine breit lächelnde Mika, die aufrecht dasaß und ein Baby im Arm hielt.

»Das sind Beatrice und ich«, sagte Mika. »Meine Babyfreundin. Sie ist süß, nicht wahr?«

»Sehr süß«, bestätigte Charlie.

»Jetzt ist sie größer. Sie kann sogar schon sprechen. Love sagt, dass sie es nicht kann, dass ich das nur erfunden habe, aber ich habe selbst gehört, wie sie schon ganz viel gesagt hat.«

»Was denn zum Beispiel?«, fragte Charlie.

»Mama, Papa, schau, Lampe … und Tschüss. So macht sie dann …« Mika winkte sich selbst mit der linken Hand zu. »Tüüüs!«

Charlie hörte, wie die Haustür geöffnet wurde. Sie ging nach unten und traf auf Charlotte Jolander.

»Ihre Tochter hat mich hereingelassen«, erklärte sie. »Ich hätte noch ein paar Fragen.«

Sie setzten sich in die Küche, die dieses Mal geputzt war. Die Arbeitsfläche glänzte in der Sonne, die durch die Fenster fiel.

»War Amina da?«, fragte Charlie.

»Ja, vor ein paar Stunden.«

»Aber am Samstag war sie nicht hier, oder?«

»Doch«, antwortete Charlotte und sah Charlie direkt in die Augen.

»Und Sie verwechseln ganz sicher nicht die Tage?«

»Was spielt das für eine Rolle?«, fragte Charlotte. »Amina würde niemals ...«

»Es ist unwichtig, was sie Ihrer Meinung nach könnte oder nicht«, unterbrach Charlie sie. »Ich will nur wissen, ob sie am Samstag hier war. Charlotte?«, sagte sie, als sie keine Antwort erhielt. »Sie wissen doch sicher, was es bedeutet, jemandem ein falsches Alibi zu geben.«

Charlotte nickte.

»Sie war hier, aber nicht die ganze Zeit«, gestand sie schließlich. »Sie kam um acht und hat sich um das Obergeschoss gekümmert, dann ist sie wieder gefahren.«

»Wie spät war es da?«, fragte Charlie.

»Etwa neun. Vielleicht kurz vorher.«

Charlie dachte an die Entfernung zwischen den beiden Häusern, die höchstens einen Kilometer betrug.

»Hat Amina ein Auto?«, fragte Charlie.

»Nein. Sie kommt immer mit dem Bus.«

»Weshalb musste sie früher gehen?«

»Sie wollte sich mit einem Freund treffen, der ... ihre Hilfe benötigte.«

»Ein Freund?«

»Ja, jemand, der mit ihr zusammen die Ausbildung macht.«

»Und warum haben Sie das nicht gleich gesagt?«

»Weil Amina mich gebeten hatte, nichts zu verraten.«

»Amina hat Sie also gebeten zu sagen, sie wäre die ganze Zeit hier gewesen und hätte gearbeitet, falls jemand fragen sollte?«

»Ja, aber ich hätte das nie versprochen, wenn ich ihr nicht hundertprozentig vertrauen würde.«

Seltsam, dachte Charlie, dass es Menschen gab, die

länger als zehn Jahre auf der Welt waren und anderen Menschen immer noch hundertprozentig vertrauten.

»Amina ist nicht fähig, jemandem wehzutun«, fuhr Charlotte fort.

»Das können Sie nicht wissen«, sagte Charlie. »Wissen Sie, wie dieser Freund heißt?«

»Leider nein. Sie verschwenden Ihre Zeit, wenn Sie Amina verdächtigen!«, rief Charlotte Charlie nach, die aufgestanden war und zur Haustür ging.

Sobald Charlie die Autotür hinter sich geschlossen hatte, rief sie Amina an. Diese meldete sich nach dem vierten Klingeln und klang außer Atem.

»Hier spricht Charlie Lager von der Polizei. Wir waren kürzlich bei Ihnen. Ich muss mit Ihnen sprechen. Sind Sie zu Hause?«

»Nein, bei der Arbeit.«

»Und wo?«

Amina gab ihr die Adresse.

»Und bei welchem Namen soll ich klingeln?«, sagte Charlie.

»M. Svedin«, antwortete Amina.

»Sind Sie bei Madelene Svedin?«

»Ja.«

Kapitel neunundzwanzig

Amina öffnete die Wohnungstür und schüttelte auf Charlies Frage, ob sie hereinkommen dürfe, den Kopf. Das sei gegen die Regeln.

»Unter den gegebenen Umständen gelten diese Regeln nicht«, sagte Charlie. »Außerdem ist es gegen das Gesetz, ein falsches Alibi anzugeben. Entweder lassen Sie mich jetzt also rein, und wir unterhalten uns in der Wohnung, oder Sie kommen mit mir aufs Revier.«

»Dann kommen Sie«, antwortete Amina. »Ich muss es Ihnen erklären.«

Gemeinsam gingen sie durch einen engen Flur in eine kleine Küche. An einer Wand hing ein Bild von Selma Lagerlöf als junge Frau und an einer anderen ein Zitat von ihr: *Wie viel häufiger sticht man sich an einer Rose, als dass man sich an einer Brennnessel brennt.*

»Sie putzen anscheinend bei einigen von Gustavs Bekannten«, sagte Charlie.

»Ja, das ergibt sich so«, sagte Amina. »Also, dass man weiterempfohlen wird.«

Sie setzten sich an den kleinen Tisch. Aminas Blick flackerte nervös.

»Was haben Sie während der Zeit gemacht, in der Sie angeblich bei Jolanders gearbeitet haben?«

»Ich habe mich mit Kasim getroffen, einem Freund.«

»Und warum haben Sie das nicht gleich gesagt?«

»Sie verstehen nicht. Eine verheiratete Frau und ein Mann dürfen keine Freunde sein, nicht so wie bei Ihnen in Schweden. Wir machen gemeinsam die Ausbildung. Kasim hat im Krieg seine Frau und seinen Sohn verloren. Wir helfen einander, wenn wir es allein nicht mehr schaffen. Und am Samstag, als ich bei Charlotte war, hat er mir geschrieben … Ich hatte Angst, dass er sich etwas antun könnte. Ich musste mich mit ihm treffen.«

»Das hätten Sie uns sagen sollen«, erwiderte Charlie. »Von Anfang an.«

»Ja«, gab Amina zu. »Es tut mir sehr leid.«

»Wie heißt Kasim mit Nachnamen?«

»Fardosa. Kasim Fardosa.«

»Könnte ich seine Nummer haben?«

»Ja, aber er ist gerade zu seinen Verwandten in Dänemark gefahren. Ich erreiche ihn auch nicht. Ich mache mir Sorgen, dass er … dass es ihm nicht so gut geht.«

»Ich brauche trotzdem seine Nummer«, sagte Charlie.

»Natürlich.«

Amina holte ihr Handy aus der Tasche und las laut Kasims Telefonnummer vor.

»Und können Sie mir die Nachricht zeigen, die er geschrieben hat?«, fragte Charlie.

»Ich habe sie gelöscht«, antwortete Amina. »Ich wollte nicht, dass Jamal sie sieht.«

»Ist er eifersüchtig?«

»Nein, aber das sähe nicht gut aus. Ich habe Kasim angerufen, als ich auf dem Weg zu ihm war. Das ist sicher gespeichert.«

Sie rief die Anrufliste auf und bewies Charlie, dass ihre Angaben korrekt waren.

»Bitte entschuldigen Sie«, wiederholte Amina. »Was passiert jetzt? Mit mir, meine ich?«

»Wir werden Ihre Angaben überprüfen.«

»Wollen Sie noch etwas wissen?«, fragte Amina und sah sich um. »Ich muss jetzt weitermachen.«

Vom Flur aus warf Charlie einen Blick durch die halb offene Tür ins Schlafzimmer. Ihr Puls beschleunigte sich, als sie am Fußende des Doppelbetts eine weiße Babywiege sah.

Sara

Marianne war mit Picco zu ihrer alten, kranken Mutter gefahren, die eigentlich im Sterben lag, sich aber wohl doch am Leben festklammerte, weil Marianne nicht zurückkam. Emelie und Frans vertraten sie.

Während Mariannes Abwesenheit gingen wir jede Nacht in den Keller. Wir sprachen nicht mehr so viel über uns, sondern lasen meistens die Briefe der früheren Patienten.

Orvar schrieb, dass er überwacht wurde, dass überall Abhöranlagen installiert waren und sich giftiger Rauch in den Lüftungsrohren befand. Vivianne flehte mit zittriger Schrift und ohne Zwischenräume zwischen den Worten verschiedene Familienmitglieder an, sie nach Hause zu holen: *bitteholtmichheim.*

Und dann war da die Mutter, die an ihre Tochter schrieb. Sie war die fleißigste Briefeschreiberin, und auch wenn sie zwischendurch von Mäusefamilien in Menschenkleidern oder Oberärzten auf Schwänen erzählte, waren ihre Texte so wahrhaftig, voller Trauer und Sehnsucht nach ihren Töchtern.

»Hört euch das hier an«, verkündete Lo und las laut vor.

Wir saßen auf der Bank beim Pavillon, und ich sagte zu Flora, schau, da kommt sie. Da kommt meine Tochter. Und dann … sah ich das Kind auf deinem Arm. Du hattest deine Schwester dabei. Deine Schwester war zurückgekommen.

Ich wollte dich nicht erschrecken. Ich wollte dir das Baby nicht wegnehmen. Ich wollte sie doch nur kurz halten. Davon hatte ich so lange geträumt.

»Sie halluziniert«, sagte Nicki. »Also, das kann doch alles nicht sein, sie hat ja geschrieben, dass das Baby gestorben ist.«

»Jetzt unterbrich mich doch nicht dauernd, verdammt«, schimpfte Lo. »Lass mich fertig lesen.«

»Klar doch. Ich finde nur, dass das komisch ist. Mach weiter.«

Ich sagte zu Flora, dass ich wohl Hilfe bräuchte, weil ich euch so deutlich sah, dass ich einfach nur zu euch laufen und euch berühren wollte. Doch Flora sah euch auch. Sie sah euch so klar und deutlich wie ich.

Ich wollte dich nicht erschrecken. Ich hatte mich nur so gefreut, dass meine beiden Mädchen gekommen waren. Davon hatte ich jeden Tag geträumt, seit … einer Ewigkeit. Ich wollte dir das Baby nicht wegnehmen, ich wollte sie nur ein bisschen halten. Aber dann kam Edenstam und eine ganze Armee von Pflegern packte mich und brachte mich von euch fort.

»Scheiße«, sagte Lo und stand auf. »Wie kann man so was nur tun?«

»Gehst du?«, fragte ich.

Lo antwortete, sie bräuchte eine Pause und dass ich weiterlesen könne, wenn ich wollte.

Ich nahm den Brief.

Edenstam sagt, dass es wohl eine Weile dauern dürfte, bis du wiederkommst. Er sagt, der Besuch war ein Rückschlag für meine Genesung. Und das Foto, das ich von euch bekommen habe, darf ich nicht behalten, weil es mich zum Weinen bringt. Deshalb schicke ich es zurück. Ich wusste nicht, was ich sonst damit hätte tun sollen.

»Wie traurig.«

Lo war ein wenig herumgelaufen und stand jetzt hinter mir.

»Darf ich mal sehen?«, fragte sie, als ich das Foto aus dem Umschlag zog.

Ich gab es ihr, ohne einen Blick darauf zu werfen.

»Mutter und Tochter, steht hier«, sagte Lo. »Vielleicht war das nicht ihr Kind, sondern ihre… Enkelin? Das würde erklären…«

»Wir wollen es auch sehen«, verlangte Nicki. Das Foto wurde von einer zur anderen gereicht. Als es bei mir ankam, sah ich, dass es in einem wild wuchernden Garten aufgenommen worden war und eine junge Frau mit einem Säugling im Arm zeigte.

»Sie kann nicht die Mutter sein, oder?«, fragte Nicki und beugte sich zu mir. »Sie sieht ja selbst noch wie ein Kind aus.«

»Gar nicht«, entgegnete Lo. »Sie sieht wie eine Mutter aus. Das sieht man am Blick.«

»So was sieht man doch nicht am Blick?«, meinte Nicki.

Lo gab keine Antwort.

Ich fragte, ob alles in Ordnung sei, und sie sagte, dass überhaupt nichts in Ordnung sei, wenn man von seiner Familie weggerissen wurde. Niemandem von uns ginge es gut.

Ich nickte, denn da hatte sie wohl recht.

»Ich fahre bald zu ihr«, sagte Lo. »Ich organisiere mir einen Wagen und fahre zu meiner Mutter. Wer kommt mit?« Sie sah sich im Kreis um.

»Ich«, sagte ich. »Ich muss sie ja schließlich kennenlernen.«

»Danke«, erwiderte Lo. »Auf dich kann man sich verlassen.« Sie sah wieder zu dem Stapel mit Briefen. »Warum haben diese Idioten ihre Post nicht abgeschickt? Wie schwer kann es denn sein, Briefe von jemandem aufzugeben, der völlig von der Außenwelt abgeschnitten ist?«

»Vielleicht hatten sie einen Grund dafür?«, sagte ich.

»Was denn für einen Grund?«, entgegnete Lo. »Was steht denn schon Gefährliches in den Briefen? Die Tochter hätte das hier lesen müssen. Hast du eine Kippe, Nicki?«

Nicki reichte ihr eine Schachtel Marlboro.

Lo zündete sich eine Zigarette an und machte drei tiefe Lungenzüge.

»Eine Mutter darf nicht von ihrem Kind getrennt werden«, sagte sie. »Das ist gegen das Naturgesetz. Gegen einfach alles.«

Ich dachte an meine eigene Mutter, die kein Problem damit zu haben schien, den Naturgesetzen zu trotzen.

Man könne sie aber letztendlich nie ganz voneinander trennen, fuhr Lo fort. Denn irgendwo gehörten sie immer zusammen, Mutter und Kind. Selbst wenn Raum und Zeit sie voneinander trennten, waren sie immer eins, daran konnte niemand etwas ändern.

Kapitel dreißig

Madelene Svedin saß in einem Verhörraum auf dem Revier. Charlie stellte fest, dass sie jetzt dem Bild entsprach, wie sie sich in den sozialen Medien präsentierte. Verschwunden war die mädchenhafte junge Frau mit Zöpfen und historischem Gewand. Jetzt trug sie hautenge Jeans und war sorgfältig geschminkt.

Sie wollte weder Tee noch Kaffee, sondern nur wissen, warum man sie herzitiert hatte.

»Ich war heute bei Ihnen zu Hause, um mit Amina zu sprechen«, sagte Charlie. »Und da habe ich zufällig die Babywiege im Schlafzimmer gesehen.«

»Ist das verboten?«, erwiderte Madelene. »Eine Wiege zu Hause zu haben?«

»Nein, aber in Anbetracht der Tatsache, dass Beatrice verschwunden ist und dass Sie, soweit wir wissen, keine Kinder haben, verstehen Sie vielleicht, warum wir fragen müssen.«

Madelene sah aus dem Fenster und holte tief Luft, bevor sie sich wieder zu Charlie wandte.

»Ich war schwanger«, gestand sie.

Charlie wartete, dass sie weitersprach.

»Meine Mutter hat mir die Wiege vorbeigebracht, nachdem ich es ihr erzählt habe«, fuhr Madelene fort. »Sie hatte ihr Haus verkauft und keinen Platz mehr dafür.«

»Was ist dann passiert?«, fragte Charlie. »Mit dem Baby…?«

»Eine Fehlgeburt. Vor zwei Wochen habe ich es verloren.«

»Das tut mir leid.«

»Kein Problem.«

Doch Charlie sah Madelene an, dass es das sehr wohl war.

»Wie weit waren Sie?«

»In der vierzehnten Woche.«

»Und wie hat Gustav auf die Schwangerschaft reagiert?«

»Woher wissen Sie, dass er der Vater war?«, fragte Madelene mit harter Stimme.

»Das weiß ich nicht, ich nehme es nur an.«

»Er hat negativ auf die Nachricht reagiert, weil er sich ganz sicher war, nicht der Vater zu sein.«

»War das möglich?«

»Ja, ich habe mich auch ein paarmal mit einem anderen Mann getroffen.«

»Und woher wissen Sie dann, von wem das Kind war?«

»Zuerst wusste ich es nicht«, sagte Madelene. »Aber dann hat Gustav erzählt, dass er unfruchtbar ist und keine Kinder bekommen kann.«

Nachdem Madelene das Revier verlassen hatte, teilte Charlie Greger die Neuigkeiten mit und sagte, sie müssten noch einmal zu den Palmgrens fahren.

»Wolltest du dich nicht ausruhen?«, meinte er.

»Das habe ich doch.«

»Das war ganz schön heftig, als du einfach umgekippt bist.«

»Ich habe niedrigen Blutdruck«, antwortete Charlie. »Das war nicht das erste Mal.«

Greger sah sie an, als erwartete er noch weitere Erklärungen. Er wirkte besorgt. Charlie wandte den Blick ab. Es war unangenehm, vor allen die Kontrolle zu verlieren, und noch unangenehmer war ihr diese Fürsorge, um die sie nicht gebeten hatte.

»Wenn es dich beruhigt, darfst du fahren«, sagte sie und ließ die Autoschlüssel klirren, als sie in Richtung Ausgang ging.

Bei den Palmgrens öffnete ihnen David Jolander die Haustür. Er sah müde aus.

»Kommen Sie rein«, sagte er. »Ich wollte gerade gehen.«

Frida und Gustav saßen so weit wie möglich voneinander entfernt auf dem großen Sofa im Wohnzimmer.

Fridas Haare waren ungekämmt, ihre Augen gerötet. In der Hand hielt sie immer noch die Schmusedecke.

Charlie las sowohl Hoffnung als auch Angst in ihren Blicken, als sie und Greger eintraten.

»David hat uns hereingelassen«, sagte sie. »Wir haben keine Neuigkeiten über Beatrice, aber wir müssten trotzdem noch einmal mit Ihnen sprechen.«

»Ist er es?«, fragte Gustav. »Pascal? Die Leiche, die man gefunden hat?«

»Dazu können wir leider im Moment nichts sagen.«

»Warum sind Sie dann hier?«

»Ich komme gleich zur Sache.« Charlie sah Gustav direkt an. »Sind Sie Beatrices leiblicher Vater?«

»Was meinen Sie damit?«, fragte Gustav.

»Uns liegen Informationen vor, dass Sie unfruchtbar sind.«

»Wer hat das gesagt?«, fragte Frida. »Darüber haben wir mit niemandem gesprochen.«

»Es stimmt also?«, hakte Greger nach.

Frida sah zu ihrem Mann.

»Ja«, bestätigte Gustav. »Es stimmt.«

»Wer hat Ihnen das erzählt?«, wollte Frida wissen.

»Das ist leider vertraulich«, erwiderte Charlie.

»Aber …«

Frida wandte sich an Gustav.

»Und wem hast *du* es erzählt?«

»Die Quelle ist im Moment nicht wichtig«, sagte Charlie. »Wir müssen aber wissen, wer Beatrices leiblicher Vater ist.«

»Wir kennen seinen Namen nicht«, antwortete Frida. »Ich habe mich in einer Klinik in Russland einer künstlichen Befruchtung unterzogen. Der Samenspender ist anonym.«

Charlie und Greger tauschten einen Blick. Vielleicht dachte er dasselbe wie sie, nämlich dass es sehr seltsam war, dass das Ehepaar das nicht schon früher erwähnt hatte.

Gustav ergriff das Wort und erzählte von ihren jahrelangen Versuchen, schwanger zu werden, und dass sich schließlich, als sie sich für eine IVF-Behandlung entschieden hatten, seine Unfruchtbarkeit herausgestellt hatte.

»Verstehen Sie, was das für ein Gefühl ist?« Er sah von Greger zu Charlie. »Verstehen Sie, wie es ist, nicht bekommen zu können, was für alle anderen selbstverständlich ist?«

Charlie hätte am liebsten erwidert, dass es längst nicht für alle selbstverständlich war, doch Gustav wirkte so aufgebracht wegen dieser Ungerechtigkeit, dass er ihre Bemerkung sicher nicht gut aufnehmen würde.

Anspruchsdenken, dachte Charlie. Dieser Mann glaubte, einen Anspruch auf alles zu haben.

Kapitel einunddreißig

Es war nach sechs Uhr abends, als sie wieder im Wagen saßen. Die Sonne schien noch und tauchte die Umgebung in warmes Frühlingslicht. In wenigen Wochen würden die Kirschbäume in Lyckebo blühen. Charlie sah sie vor sich, dazu Betty in ihrem Kleid, die Musik, die aus dem offenen Küchenfenster klingt. Betty, die sie auslacht, weil sie weder den Takt noch den korrekten Abstand einhalten kann. *Aus dir wird nie eine Tänzerin, Charline.*

Sie ließ erneut Greger fahren, da ihr Kopf wieder schmerzte und die Wirkung der Sobril schon vor langer Zeit nachgelassen hatte.

»Wie geht's?«, fragte Greger.

»Alles in Ordnung.«

Charlie sah aus dem Fenster auf die Buschwindröschen, die am Wegesrand blühten. Sie sah ein kleines Mädchen mit pummeligen Händen vor sich, wie es sich bückt und einen Strauß ohne Stängel pflückt, den es seiner Mutter überreicht.

»Alles, was wir jetzt gerade erfahren«, fuhr sie fort, »scheint eine Bedeutung zu haben.«

»Sehe ich genauso«, meinte Greger. »Aber wie die Palmgrens schon sagten, ein anonymer Samenspender wird kaum etwas mit Beatrices Verschwinden zu tun haben.«

»Und wenn sie lügen? Wenn es gar keinen anonymen oder überhaupt keinen Samenspender gab?«

»Sie haben uns doch die Dokumente gezeigt.«

»Die können auch gefälscht sein«, wandte Charlie ein. »Frida könnte auch einen anderen gehabt haben.«

»Glaubst du nicht, dass sie uns das erzählt hätte? Ich meine, was ist eine Affäre gegen ein entführtes Kind, und sie hätte ja auch eigentlich nichts zu verlieren. Wenn Gustav unfruchtbar ist, dann sollte er es ja auch wissen, und warum dann Dokumente fälschen? Das käme mir irgendwie übertrieben vor.«

»Das stimmt.«

Charlie lehnte den Kopf an den Fensterrahmen und dachte an alle Spuren, löchrige Alibis, Vergangenheiten mit dunklen Flecken und Geheimnissen, ein Durcheinander aus toten Kindern, Liebhaberinnen und Fehlgeburten.

»Beatrice kam also mittels einer Samenspende auf die Welt«, sagte Stina.

Das Ermittlungsteam hatte sich im Besprechungsraum zu einem letzten Austausch für den Tag versammelt.

»Warum haben sie uns das nicht eher gesagt?«

»Weil sie dachten, es hätte vielleicht nichts mit der Sache zu tun«, meinte Charlie.

»Sie hätten es aber trotzdem nicht verschweigen dürfen«, bemerkte Roy.

»Ich sage ja auch nicht, dass es richtig war, sondern was meiner Vermutung nach ihr Motiv war. Ein anonymer Samenspender aus Russland, der nicht einmal von Beatrices Existenz weiß. Das ist ja wirklich ein wenig weit hergeholt.«

»Aber es ist auf jeden Fall seltsam, dass sie nichts gesagt haben«, beharrte Roy.

Stina berichtete, man sei weiterhin mit der Überprüfung aller Hinweise aus der Öffentlichkeit beschäftigt. Antonsson warne aber davor, sich allzu große Hoffnungen zu machen, da seiner Meinung nach nichts davon besonders vielversprechend sei.

»Liegen die DNA-Ergebnisse schon vor?«, fragte Charlie. »Und was ist generell mit den Spuren vom Kinderwagen?«

»Ich habe noch nichts aus dem Labor gehört«, antwortete Roy.

»Ruf da sofort mal an«, bat Stina ihn. »Und mach ihnen klar, dass es eilt.«

»Warum sollte ihnen das nicht klar sein?«, entgegnete Roy.

»Es schadet nichts, sie noch einmal daran zu erinnern.«

Roy nickte, nahm sein Handy und ging aus dem Zimmer.

»Und was machen wir mit Madelene Svedin?«, fragte Charlie. »Wir haben schließlich nur die Fehlgeburt und die Wiege, mehr nicht.«

»Gustav Palmgren hat mit ihr Schluss gemacht, und sie hat kein Alibi«, sagte Greger.

»Das ist trotzdem zu wenig«, meinte Stina. »Ich habe übrigens bei diesem Kasim angerufen, ihn aber auch nicht erreicht.«

»Laut Amina ist er zu Verwandten nach Dänemark gefahren. Es geht ihm psychisch sehr schlecht«, erklärte Charlie.

»Ich weiß, ich habe mit einem seiner Ausbilder gesprochen.«

»Und wenn die beiden unter einer Decke stecken?«, überlegte Greger. »Ich meine, wenn Kasim das Kind bei sich hat …« Er sah von Charlie zu Stina.

Charlie nickte.

»Wir müssen die dänischen Kollegen einschalten, damit die ihn ausfindig machen.«

»Und was ist mit Byle?«, fragte Greger. »Haben wir schon was von der Spurensicherung und der Gerichtsmedizin?«

»Gleich erfahren wir mehr«, antwortete Stina.

Zehn Minuten später standen Christoffer und Filip vor den Whiteboards im Besprechungszimmer. Die Gerichtsmedizin hatte sie informiert, dass es sich mit größter Wahrscheinlichkeit um Selbstmord handelte. Den genauen Todeszeitpunkt habe man nicht bestimmen können, ging aber von mindestens fünf Tagen aus, die Byle bereits tot gewesen war. Außerdem wusste man den Zeitpunkt, an dem sein Handy ausgeschaltet worden war. Bei Beatrices Verschwinden war er sehr wahrscheinlich bereits tot.

»Und was ist mit dem Zettel aus seiner Hosentasche?«, fragte Charlie.

»Dazu wollten wir gerade kommen. Es handelt sich um einen Brief. Wir haben ihn eingescannt, damit ihr ihn alle lesen könnt«, sagte Christoffer und schaltete den Beamer ein.

Der Brief war eine Seite lang und an einigen Stellen wegen der Feuchtigkeit schwer zu entziffern.

An Gurra und David, lautete die Überschrift.

Darauf folgten wirre Anschuldigungen, wie die beiden Pascals Fähigkeiten ausgenutzt und ihn dann erpresst hätten, aus der Firma auszuscheiden. Dieser Brief sei quasi der erhobene Zeigefinger aus dem Jenseits.

Er würde ihnen niemals vergeben.

Sie weint die ganze Zeit. Manchmal schläft sie ein, und dann wacht sie wieder auf, wird unruhig und zappelt, und alles fängt wieder von vorne an. Ich wiege sie, rede mit ihr, füttere sie, singe ihr vor. Ich singe vom Mond und den Sternen, die aufgegangen sind, und wie still die Welt doch ist.

Doch sie ist alles andere als still, sie weint und beklagt sich.

Sie hat es warm, sie ist satt und frisch gewickelt, und trotzdem … Sie lässt sich einfach nicht beruhigen.

Du Wolf, du Wolf, komm nicht hierher. Mein Kind bekommst du nie mehr.

Doch das ist unmöglich. Ich kann sie nicht beschützen, nicht vor ihnen, nicht vor mir. Und langsam wird mir klar, was ich eigentlich schon die ganze Zeit gewusst habe, nämlich, dass diese Geschichte kein gutes Ende haben wird.

Kapitel zweiunddreißig

Sie waren erst nach elf Uhr abends wieder im Hotel. Charlie hatte zuvor ein längeres Telefonat mit Challe geführt und ihn auf den neuesten Stand gebracht. Seine Überlegungen und Fragen halfen ihr normalerweise, die Ermittlungsergebnisse zu sortieren, doch dieses Mal war sie nach dem Gespräch nur frustriert.

»Sollen wir vor dem Schlafengehen noch ein Glas trinken?«, fragte Greger in der Hotellobby.

Charlie nickte. Sie gingen zur Bar, die jedoch schon geschlossen war.

»Willst du mit zu mir kommen?«, fragte Greger. »Wir können die Minibar plündern.«

Charlie rang mit sich und überlegte, was sie wollte und was sie aber eigentlich tun sollte.

»Ich muss nur noch schnell einen Anruf erledigen«, sagte sie. »Dann komme ich nach.«

»Klar.«

Greger gab ihr die Zimmernummer und trat in den Aufzug.

Ich gehe einfach in mein Zimmer, dachte Charlie, als sie auf die Treppe zulief. Doch auf ihrem Stockwerk angekommen, übernahmen ihre Füße die Führung.

Greger öffnete eine Flasche Rotwein mit Schraubverschluss aus der Minibar, füllte zwei Gläser zur Hälfte und gab ihr eins.

Charlie konnte sich nicht entscheiden, wo sie sich setzen sollte. Das Bett erschien ihr zu … intim und das Sofa zu klein. Greger löste das Problem, indem er sich auf den Teppich setzte und sich mit dem Rücken gegen die Wand lehnte. Sie tat es ihm nach.

»Verdammt«, sagte er. »Wir drehen uns im Kreis.«

»Das stimmt.«

»Sag, dass wir den Fall lösen werden.«

»Das werden wir«, antwortete Charlie.

»Du klingst nicht besonders überzeugend.«

»Wie soll ich das auch sein?«

»Also, was glaubst du, was passiert ist?«, fragte Greger.

»Ich glaube gar nichts, weil ich kaum einen klaren Gedanken fassen kann.«

»Geht mir genauso.«

»Fass noch mal alles für mich zusammen. Von Anfang an.«

Charlie trank einen Schluck Wein und schloss die Augen, als Greger zu sprechen begann. Er wollte zuerst auf Gustav eingehen, doch Charlie bat ihn, mit Beatrice anzufangen.

Also erzählte er von Beatrices Verschwinden, von den Spuren, die ins Leere liefen. Dann kam er zu Gustav, seiner Untreue, den Gerüchten über seine rücksichtslosen Geschäftsmethoden, wie er Pascal Byle behandelt hatte, aber auch wie sehr er sich um sein Kind sorgte. Danach fasste Greger zusammen, was sie über Frida wussten. Ihre Kindheit und Jugend in einem Alkoholikerhaushalt, der drogenabhängige Bruder, ihr psychischer Zustand in der letzten Zeit, zu dem es widersprüchliche Aussagen gab. Und dann die nicht zu leugnende Tatsache, dass sie allein mit Beatrice zu Hause gewesen war, als das Kind verschwand.

Greger verstummte kurz und referierte dann die gemeinsame Lüge des Ehepaars, oder besser gesagt, das Verschweigen der Wahrheit, dass Gustav nicht der biologische Vater war.

Warum hatten sie diese Information unterschlagen? Weil sie geglaubt hatten, es sei nicht von Bedeutung? Oder gab es noch einen anderen Grund? Besonders merkwürdig erschien ihr Verhalten, nachdem das Geheimnis nach Entnahme und Analyse der DNA-Proben sowieso gelüftet worden wäre. Die Laborergebnisse standen zwar noch aus, doch es war nur eine Frage der Zeit, bis sie bestätigen würden, dass Gustav nicht der leibliche Vater war. Allerdings standen die Eltern natürlich unter Schock, und da handelte man nicht immer logisch.

Greger ging die Menschen im Umkreis von Frida und Gustav durch: Amina, die selbst ihre Kinder verloren und falsche Angaben zu ihrem Alibi gemacht hatte. Sie kannte den Tagesablauf der Familie und hatte mehrfach auf Beatrice aufgepasst, um Frida zu entlasten. Und dann war da noch Madelene, die verschmähte Liebhaberin, ihre Fehlgeburt und Gustavs Aussage, sie habe die Familie bedroht, was sie selbst allerdings abstritt.

Eine halbe Stunde später hatten sie die Minibar leer getrunken, und als Greger fragte, ob sie in ihrem Zimmer weitermachen sollten, ertappte Charlie sich bei dem Gedanken, vielleicht ihren Seelenverwandten unter den Kollegen getroffen zu haben. Allerdings wusste sie nicht, ob sie das gut oder beängstigend finden sollte.

»Wollen wir nicht den Aufzug nehmen?«, fragte Greger, als Charlie auf die Treppe zusteuerte.

»Es sind doch nur zwei Stockwerke.«

»Hast du Platzangst?«, fragte Greger lächelnd.

»Kann sein.«

»Dann musst du dich der Angst stellen. Na los, komm schon.«

Er streckte ihr die Hand hin, die Charlie seufzend ergriff. Sobald sie allerdings in der Aufzugkabine standen und sich die Türen schlossen, schnürte sich ihre Kehle zu.

»Geht doch, oder?«, sagte Greger.

Charlie schüttelte den Kopf. Sie hatte das Gefühl, gleich ohnmächtig zu werden.

»Ganz ruhig. Wir sind gleich da. Dir passiert nichts.«

Charlie konnte nicht antworten. Alles hatte sich verkrampft – ihre Gedanken, die Gesichtsmuskeln, der ganze Körper. Erst als sich die Türen ein paar Sekunden später öffneten, hatte sie wieder die Kontrolle über sich.

»Tut mir leid«, entschuldigte sie sich. »Ich weiß nicht, was gerade los war.«

»Ich muss mich entschuldigen«, erwiderte Greger. »Ich wusste nicht, dass deine Angst so schlimm ist.«

»Kein Problem.« Charlie öffnete die Zimmertür mit der Schlüsselkarte und hoffte, dass die Minibar aufgefüllt worden war, was der Fall war. Sie machte sich nicht erst die Mühe, Gläser zu holen, sondern schraubte eine Flasche direkt auf, trank einen großen Schluck und reichte sie an Greger weiter.

»Schon komisch«, meinte er. »Du wirkst so tough, deshalb war ich nicht darauf vorbereitet, dass dir ein Aufzug solche Angst macht.«

»Ich schätze, ich bin voller Gegensätze. Schau«, sagte

sie und hielt ihm ihre Hand hin. »Ich zittere immer noch.«

Er nahm sie zwischen seine Hände und hielt sie fest. Dann sah er ihr in die Augen.

»Nein«, flüsterte Charlie, als er sie an sich zog. »Das sollten wir nicht tun.«

Doch als Greger zurückwich, folgte sie ihm und legte ihm die Arme um den Hals. Sie küssten sich, erst vorsichtig, tastend, als würden sie sich gleich wieder voneinander lösen, doch dann immer leidenschaftlicher.

Sara

»Schau mal«, sagte Lo.

Sie hielt einen Bund Autoschlüssel in der einen und ihr Handy in der anderen Hand. Langsam zeigte sie mir drei Fotos, die in dem großen Fernsehzimmer im Erdgeschoss aufgenommen worden waren. Frans und Emelie nackt auf dem Sofa. Frans saß mit in den Nacken gelegtem Kopf und geschlossenen Augen da, Emelie rittlings auf ihm. Das nächste Bild war fast identisch, und auf dem dritten sah man ihre roten, erschrockenen Gesichter, nachdem man sie entdeckt hatte.

»Ach, du Scheiße«, erwiderte ich. »Ach du verdammte Scheiße.«

»Nicki hat sie auf frischer Tat ertappt«, berichtete Lo triumphierend. »Jetzt hat Mariannes kleine Assistentin nichts mehr herumzuerzählen.«

Ich konnte den Blick nicht von den beiden nackten Menschen lösen.

»Was meinst du, wollen wir eine Spritztour mit Frans' Auto machen?«, sagte Lo und klirrte mit dem Schlüsselbund.

»Fahren wir zu deiner Mutter?«

»Das würde ich gern«, antwortete Lo. »Das Problem ist nur, dass ich sie nicht erwische. Sie wohnt mal hier, mal da. Und bis Stockholm ist es ganz schön weit. Wir können ja einfach ein bisschen herumfahren, weil's… cool ist. Willst du mitkommen? Wir können sofort losfahren.«

»Aber willst du dir nicht erst was anziehen?«

»Was denn? Bin ich nicht hübsch genug?«

Lo drehte sich um die eigene Achse.

»Ich dachte, das wäre ein Nachthemd.«

»Sowohl als auch«, sagte Lo. »Und das Beste ist, ich habe noch eins, das fast genauso aussieht.«

»Frieren wir uns da nicht den Hintern ab?«, fragte ich, während ich mir Los zweites Nachthemd überstreifte.

»Wir ziehen doch Jacken an. Los jetzt.«

Wir gingen hinaus. Nebel waberte über den Kieswegen.

»Du oder ich?«, fragte Lo, als wir vor Frans' Volkswagen standen.

»Ich kann fahren.«

»Wow. Das wusste ich nicht.«

»Das kann ich schon lange.«

Trotzdem war Lo schwer beeindruckt, als ich aus der Allee bog. Dass ich so gut fahren konnte, obwohl ich erst fünfzehn war… Wer hatte es mir beigebracht?

»Ein Typ von zu Hause«, sagte ich und dachte an die Fahrstunden, die Jonas mir auf dem Fußballplatz hinter der Feuerwehr gegeben hatte. Nachdem Papa gestorben war, war ich sogar tagsüber in unserem alten Volvo unterwegs.

»Und von wem hast du es gelernt?«, fragte ich, denn Lo hatte sicher auch keine Stunden in einer Fahrschule genommen.

»Von einer Bekannten in einem anderen Heim. Sie hat mir auch beigebracht, wie man ein Auto kurzschließt, aber mit einem Schlüssel geht es leichter.«

Lo beugte sich vor und tippte auf der Stereoanlage herum.

»Was machst du da?«, fragte ich.

»Über Bluetooth mein Handy anschließen«, erklärte Lo. »Hör mal!«

Sie drehte die Lautstärke höher und sang mit.

Night is warm the city roars
Traffic, bars and open liquor stores
Woken by the stellar sky
And a streak of faintly, grey street light
What you don't have
You cannot lose

Ich warf ihr einen Blick zu. Sie sah glücklich aus.

»Wohin bringst du mich?«, fragte sie, als ich an der nächsten Kreuzung links abbog.

»Nach Hause. Wir fahren in meine Heimatstadt.«

»Stadt?«, sagte Lo, als wir durch das Zentrum von Gullspång rollten. Es war dunkel, weil nur wenige Straßenlaternen funktionierten.

»Es ist eine Ortschaft. Keine richtige Stadt.«

»Aber es wirkt so ausgestorben. Bist du sicher, dass du richtig gefahren bist?«

»Ich habe hier mein ganzes Leben gewohnt. Ich verfahre mich nicht.«

»Hier ist ja alles tot«, sagte Lo. Sie drückte die Stirn ans Beifahrerfenster und sah hinaus.

»Es sieht aus, als ob… Als hätten sie alles geschlossen und wären dann abgehauen.« Lo deutete auf die mit Brettern vernagelten Schaufenster eines früheren Geschenkeladens. »Und ich wollte doch Party machen.«

»Das werden wir auch. Dahinten ist ein Pub.«

»Kaum zu glauben. Was zum Teufel ist das denn?«, fragte Lo, als wir am Schmelzwerk vorbeikamen.

Ich wurde langsamer und blickte an dem riesigen rostigen Gebäude empor. Die Straßenlaterne davor brannte und warf geisterhafte Schatten auf die Fabrik.

»Gea«, antwortete ich. »Ein altes Schmelzwerk.«

»Was ist ein Schmelzwerk?«

Ich erzählte ihr von dem Eisen, den Öfen, den Güterzügen, die früher bis direkt an die Fabrik gefahren waren. Irgendwann in der Mittelstufe hatten wir angefangen, dort nach der Schule herumzuhängen. Wir stürzten von den Rohren, rissen uns die Kleider an rostigen Kanten auf und fanden Gerümpel, das wir in den Öfen verbrannten, um uns warm zu halten.

»Hier ist es«, sagte ich, als wir beim Pub angelangt waren. Die Fenster waren erleuchtet, und auf der Treppe vor dem Eingang rauchten ein paar Leute.

»Aber da kommen wir doch nicht rein?«, fragte Lo.

Ich antwortete, doch, das sei kein Problem, das hier sei kein normaler Pub.

»Aber die Altersgrenze ist doch überall in Schweden gleich?«

»Ja, aber hier hält man sich nicht so genau daran. Hier kennt jeder jeden …«

»Ich bin wirklich am falschen Ort groß geworden«, sagte Lo. »Hier wäre ich glücklicher gewesen.«

Sei dir da mal nicht so sicher, dachte ich.

Ich begrüßte die Raucher auf der Treppe, einige Männer, die in der Fabrik arbeiteten. Ihre Blicke auf unsere nackten Beine entgingen mir nicht.

Im Eingang blieb ich kurz stehen und atmete den vertrauten Geruch nach Bier und Party ein. Ich zeigte Lo, wo wir unsere Jacken hinhängen konnten. Aus der Damentoilette drang Gelächter.

»Ich bin mir ganz sicher«, sagte Lo, »dass es mir hier gefallen wird.«

Janis stand auf der Bühne und sang Papas Lieblingslied.

In Wermeland – ja, da will ein Nest ich mir
bauen,
und leben dort, schlicht und zufrieden.
Der Stille zu lauschen, zu atmen, zu schauen,
was Wald, Tal und Höhen darbieten.
Die Bäche, sie singen ihr liebliches Lied –
mit ihm will ich einmal entschlafen in Fried'
und ruhen in Wermelands Erde.

»Was ist das denn für eine Beerdigungsmusik?«, fragte Lo.

»Ganz ruhig. Später kommt was anderes. Einmal am Abend singt sie das Lied.«

»Warum?«

»Weil es das Värmlandlied ist.«

»Sind wir denn noch in Värmland?«

»Nein.«

»Und wo zur Hölle sind wir dann?«

»In Västergötland.«

»Ich kapiere gar nichts mehr«, sagte Lo. »Aber egal. Jetzt will ich was zu trinken.«

Wir gingen auf die Bar zu, wurden aber nach ein paar Metern von Lasse Smed aufgehalten, einem von Papas Saufkumpanen.

»Ach, du bist's, Sara«, sagte er. »Plankan und ich haben uns gerade gefragt, wann du wohl zurückkommst.«

Er zeigte zu Plankan, der mir ein zahnloses Lächeln zuwarf. Er sah nicht so aus, als hätte er sich irgendetwas gefragt.

»Ich bin nur kurz zu Besuch«, antwortete ich.

»Du bist ganz schön dürr geworden«, sagte Lasse und kniff mich in den nackten Oberarm. »Die sind doch wohl nett zu dir, da, wo du jetzt bist? Oder soll ich mit Sten-Henrik und Plankan mal dort vorbeischauen und ein Wörtchen mit denen reden?«

»Ich gebe Bescheid, falls das nötig sein sollte.«

»Wir kommen sofort. Du musst nur den Hörer abheben, und wir kommen und retten dich. Das weißt du, Sara. Für Svenkas Mädchen tun wir alles.«

»Danke. Das ist gut zu wissen.«

Lasse lächelte breit. Er schien nicht zu verstehen, dass er niemanden retten konnte, nicht einmal sich selbst.

»Kennst du alle hier?«, fragte Lo, als wir an der Bar saßen und ich der Frau zunickte, die den Kiosk in der Ortsmitte betrieb.

»Zumindest die Gesichter«, sagte ich. »So viele sind wir hier ja nicht.«

Ich verstummte, als Jonas aus der Küche kam. Er blieb abrupt stehen, als er mich sah.

»Bist du zurück?«, fragte er.

»Nur zu Besuch.«

»Ich habe mal angerufen, aber …«

»Ich weiß«, sagte ich. »Es war nur ein bisschen viel.«

»Willst du uns nicht vorstellen?«, schaltete sich Lo ein.

»Jonas«, sagte ich. »Das hier ist Lo.«

Die beiden begrüßten einander.

»Also, was hätten die Damen denn gern?«, fragte Jonas und trocknete sich die Hände an dem Geschirrtuch ab, das in seinem Hosenbund steckte.

»Das Übliche«, antwortete ich.

Lo fragte, was das Übliche sei, und Jonas erklärte, das seien Lakritzshots.

»Nein«, lehnte Lo ab, »die sind so schnell ausgetrunken.«

»Die hier nicht.«

Ich nickte Jonas zu, der ein halbes Glas für mich gefüllt hatte.

»Kommt ihr später noch mit zu Valls?«, fragte er. »Ich bin um elf fertig und fahre dann hin.«

»Was ist Valls?«, fragte Lo.

»Da, wo alle sind«, antwortete Jonas.

Wir nahmen unsere Gläser mit den Lakritzshots und setzten uns an den einzigen freien Fenstertisch. Ich sah mich im Raum um. Vor sieben Monaten war ich zuletzt hier gewesen, doch es kam mir viel länger vor. Alles war noch wie früher und trotzdem anders. Papa fehlte. Er stand nicht mehr an der Bar und gab Runden aus mit Geld, das er nicht hatte. Er würde auch nicht spätnachts vollgepinkelt ins Haus torkeln und alles vollkotzen.

Die Zeiten waren vorbei.

Kapitel dreiunddreißig

Charlie wachte allein in ihrem Hotelbett auf. Erst nach ein paar Sekunden erinnerte sie sich an die Nacht, den Wein, Greger. Sie wartete auf das vertraute Gefühl von Angst und Panik, doch es stellte sich nicht ein.

Es war halb acht Uhr morgens. In einer halben Stunde sollten sich alle auf dem Revier treffen. Sie setzte sich auf und merkte, dass es ihr gut ging und der Kater entweder später oder gar nicht kommen würde.

Sie ging hinunter in den Speisesaal, um sich einen Kaffee und etwas Obst zu holen. Greger saß bereits dort.

»Alles okay?«, fragte er.

»Klar.«

Sie konnte ihm kaum in die Augen sehen. Alles, was sich gestern so richtig angefühlt hatte, war jetzt… Ja, was eigentlich? Peinlich? Wurde sie dadurch angreifbar? Oder war es einfach das, wozu sie es machte: ein schöner Moment. Es musste keine Probleme nach sich ziehen, solange beide damit zufrieden waren.

Auf dem Weg zum Revier sprach Greger das Thema an.

»Was passiert ist«, sagte er und starrte auf die Straße. »Ich meine, gestern Nacht. Das war …«

»Es war, was es war«, unterbrach ihn Charlie.

Sie wusste, dass es zum Problem werden würde, wenn

er weitersprach. Wenn er andeutete, dass er dieses neuartige Gefühl zwischen ihnen weitererforschen wolle, bekäme sie Panik, und wenn er das Gegenteil sagte, wäre sie beleidigt. Und jetzt mussten sie sich auf etwas anderes konzentrieren als die Analyse, was zwischen ihnen passiert war und warum. Es war einfach geschehen.

Charlie betrachtete das Whiteboard mit den Namen und Fotos. Die Ermittlungen schienen immer weiter in die Breite, aber nicht in die Tiefe zu gehen.

Byles Name konnte von der Liste der Verdächtigen gestrichen werden. Stina hatte mit Antonsson gesprochen, über die Hotline waren auch keine neuen Hinweise hereingekommen. Die meisten Anrufer teilten mit, wie unsympathisch Gustav Palmgren sei. Es wurde immer offensichtlicher, wie allgemein unbeliebt er war. Jemand hatte behauptet, Frida sei seiner Ansicht nach keine liebevolle Mutter, da sie das Baby in einem Café in seinem Wagen habe schreien lassen. Ein Medium hatte sich gemeldet und von dunklem Wasser und weiten Feldern gesprochen.

»Also nichts Neues?«, fasste Charlie zusammen.

»Ich finde es nicht unwichtig, dass Frida das Baby hat schreien lassen, statt es auf den Arm zu nehmen«, ließ sich Roy vernehmen. »Eine Mutter verhält sich doch nicht so, oder?«

Er sah Stina an, als ob er für seine Schlussfolgerung gelobt werden wollte, doch diese schüttelte nur den Kopf und sagte, dass die meisten Eltern ihre Kinder schon mal schreien ließen, bevor sie sie auf den Arm nahmen. Das sei vollkommen menschlich.

Höchste Priorität hatte, Aminas Freund Kasim Fardosa in Dänemark aufzuspüren, sowohl für eine Bestätigung ihres Alibis, als auch um auszuschließen, dass sich Beatrice in seiner Gewalt befand. Sie mussten außerdem herausfinden, ob Madelene Svedin mit ihrer Behauptung wegen Fridas schlechter psychischer Verfassung recht hatte. Leider war Frida mittlerweile immer schweigsamer in den Gesprächen mit der Polizei, und aus den ihr am nächsten stehenden Menschen, Gustav und dem Ehepaar Jolander, hatten sie auch nicht viel herausbekommen.

»Wir können Amina noch etwas mehr unter Druck setzen«, sagte Charlie. »Sie putzt das Haus, hat schon auf Beatrice aufgepasst und verbringt viele Stunden in der Woche dort. Sie muss einfach mehr wissen.«

»Ein schöner Tag heute«, bemerkte Greger auf der Fahrt nach Kronoparken.

»Mhm«, erwiderte Charlie.

Sie hatte bisher kaum auf das Wetter geachtet, doch als sie jetzt sah, wie die Sonne auf das hellgrüne Laub der Birken schien, musste sie zustimmen. Sie dachte an Beatrice. Würde sie ihren ersten Frühling erleben? Würde sie ihre Füße in den See tauchen können, im Sand spielen, erste wacklige Schritte im Gras machen?

»Glaubst du, dass wir Amina zum Reden bringen?«, fragte Greger.

»Ich weiß es nicht. Sie ist ihren Arbeitgebern gegenüber sehr loyal.«

»Du klingst resigniert.«

»Das bin ich auch.«

Doch sie war nicht nur resigniert. Das Gefühl der Zuversicht, das sie gestern Morgen noch verspürt hatte, war von Machtlosigkeit, Frustration und wachsender Angst abgelöst worden, dass sie den Fall nie lösen würden. Sie wusste, dass ein letzter Rest Hoffnung und die Ungewissheit das Schlimmste für Eltern waren. Und dann war da der Gedanke, der immer im Hintergrund lauerte: falls sie es nicht schon wussten.

Sie zeigte Greger, wo er abbiegen und parken sollte. Amina öffnete die Tür, bevor sie die Klingel gedrückt hatten.

»Kommen Sie rein«, sagte sie.

Sie gingen in die Küche und setzten sich. Dieses Mal bot ihnen Amina keinen Tee an. Jamal kam kurz herein und begrüßte die Polizisten, ging dann aber wieder.

»Wir müssten noch einmal mit Ihnen über Gustav und Frida sprechen.«

»Ach ja?«

»Und es ist wichtig, dass Sie uns dieses Mal die Wahrheit sagen, verstehen Sie?«

»Ja.«

»Wie ging es Frida in letzter Zeit?«, fragte Charlie. »Vor Beatrices Verschwinden. Haben Sie eine Veränderung bemerkt, haben sie und Gustav gestritten? Oder irgendetwas anderes?«

Amina schüttelte den Kopf und sagte, darauf habe sie bereits geantwortet.

»Amina«, sagte Charlie. »Wir versuchen, ein Baby zu finden. Beatrice. Denken Sie bitte noch einmal gründlich nach.«

Amina wandte den Blick ab und sah auf ihre rissigen Hände. Sie sahen schlimmer aus als bei ihrem ersten Besuch, dachte Charlie. Sie musste an den Wunden gekratzt haben.

»Frida ging es nicht so gut«, gestand Amina schließlich. »Aber ich glaube nicht …«

»Wie hat sich das geäußert?«, fragte Greger. »Wie haben Sie gemerkt, dass es ihr nicht gut ging?«

»Ich weiß nicht.«

Aminas Telefon klingelte. Sie hob es hoch und sah Charlie fragend an, die nickte.

Amina meldete sich und sprach dann rasch in ihrer Muttersprache weiter. Sie klang aufgebracht, aber vielleicht lag das auch an der Sprachmelodie.

Charlies Blick wanderte wieder zu dem Foto der drei toten Töchter. Es war schwer zu begreifen, dass keine mehr am Leben war.

Amina beendete das Gespräch.

»Wie haben Sie gemerkt, dass es ihr nicht gut ging?«, wiederholte Greger seine Frage.

»Sie hat viel geweint, und … sie nimmt Tabletten, um schlafen zu können. Und manchmal nimmt sie sie auch am Tag. Mehr habe ich nicht bemerkt.«

»Woher wissen Sie das mit den Tabletten?«, fragte Charlie.

»Ich putze«, antwortete Amina. »Dabei lernt man Menschen kennen, und Frida war ja die ganze Zeit zu Hause. Ich habe gesehen, wie sie Tabletten nimmt und dann müde wird. Sie schläft sehr viel und hört nicht immer, wenn Beatrice weint. Sie will sicher nicht, dass …«

Amina verstummte.

»Ich fühle mich schrecklich, weil ich Ihnen das erzähle.«

»Es ist gut, dass Sie uns einweihen«, sagte Charlie.

»Sie hat sehr viel geweint«, fuhr Amina fort. »Ich glaube, weil sie nachts keinen Schlaf bekommt. Beatrice ist oft nachts wach. Und einmal …« Amina sah zu dem

Foto ihrer Töchter. »Einmal hat sie sie geschüttelt. Sehr fest geschüttelt. Ich glaube nicht, dass sie es mit Absicht getan hat, aber … Das habe ich jedenfalls gesehen.«

Charlie und Greger tauschten einen Blick.

»Müssen Sie das Frida sagen?«, fragte Amina. »Sie wird wissen, dass ich es Ihnen erzählt habe.«

Tränen liefen ihre Wangen hinab.

»Bitte entschuldigen Sie, aber das alles erinnert mich so an …«

Wieder sah sie zu dem Bild ihrer Töchter.

»Ich werde sehr traurig.«

Als sie über den Parkplatz gingen, quietschte etwas hinter ihnen. Charlie erkannte den kleinen Jungen auf seinem Dreirad von ihrem ersten Besuch wieder. Hinter ihm lief das Mädchen, das seine Schwester zu sein schien. Sie trug ein etwa einjähriges Kind auf der Hüfte und sagte etwas auf Polnisch zu dem Jungen auf dem Fahrrad. Wahrscheinlich sollte er anhalten, was er aber nicht tat.

Das Mädchen sah zu Charlie.

»Er darf hier nicht Fahrrad fahren«, erklärte sie in perfektem Schwedisch. »Aber er hört nicht.«

Geübt setzte sie das kleine Kind auf die andere Hüfte.

»Wegen der Autos«, fuhr sie fort. »Sie sehen ihn nicht, wenn sie rückwärts rausfahren. Er ist so klein.«

»Ist das dein Bruder?«, fragte Charlie.

Das Mädchen nickte.

»Wie heißt er?«

»Dobry.«

»Dobry«, sagte Charlie zu dem Jungen, der überrascht anhielt und sich umdrehte. »Du darfst hier nicht Dreirad fahren. Die Autos könnten dich überfahren.«

Die Unterlippe des Jungen begann zu zittern. Er drehte das Dreirad um, schob sich wild mit den Füßen an, bis er seiner Schwester fast gegen das Bein fuhr, und brach dann in Tränen aus.

Das Mädchen versuchte, den kleinen Bruder, das Dreirad und das zappelnde Kleinkind vom Parkplatz zu bringen.

»Sollen wir dir helfen?«, fragte Greger.

»Echt?«, sagte das Mädchen. »Könnten Sie das Dreirad nehmen?«

Die Kinder wohnten zwei Häuser von Amina und Jamal entfernt. Das Mädchen bedankte sich für die Hilfe. Charlie und Greger wollten gerade gehen, als eine Frau aus dem Haus kam und das Mädchen anschrie.

»Wir haben ihr nur mit den Kindern geholfen«, sagte Charlie. »Die Kleinen haben geweint.«

»Wer sind Sie?«, wollte die Frau wissen.

»Wir sind von der Polizei«, erklärte Charlie. »Der Junge ist auf dem Parkplatz Dreirad gefahren, und Ihre Tochter war mit der Kleinen beschäftigt, weshalb wir alle nach Hause gebracht haben.«

»Wer hat die Polizei gerufen? Waren das die Nachbarn?«, fragte die Frau aufgebracht und deutete auf Aminas Haustür. »Glauben Sie ihr nicht. Glauben Sie ihr kein Wort. Fragen Sie sie stattdessen, was sie mit meiner Tochter gemacht hat.«

»Was hat sie denn getan?«, erkundigte sich Charlie.

»Sie hat sie gestohlen«, antwortete die Frau. »Sie hat mein Kind aus dem Wagen genommen.«

Sie blickte auf das Baby, das die größere Tochter ihr mittlerweile übergeben und das sich im Arm der Mutter beruhigt hatte.

»Was meinen Sie damit?«

»Was ich gesagt habe. Meine Tochter lag in ihrem Wagen hier vor dem Haus, und dann hat Amina sie mitgenommen.«

Amina sah den Polizisten verwundert entgegen.

»Gibt es ein Problem?«, fragte sie.

»Wir haben mit Ihrer Nachbarin gesprochen«, erklärte Greger. »Sie sagt, Sie hätten ihre Tochter aus ihrem Kinderwagen gestohlen.«

»Nein.« Amina riss die Augen auf. »Nein, nein, nein!«

Jamal erschien hinter ihr.

»Was ist jetzt schon wieder los?«, fragte er.

»Die Kleine hat geweint«, erzählte Amina. »Sie hat geweint und die Decke weggestrampelt und gefroren. Ich habe geklingelt, und als niemand aufgemacht hat, habe ich sie mitgenommen. Es war Winter. Ich wollte nicht, dass sie erfriert. Ich wollte doch nur, dass sie nicht erfriert.«

»Und wie lange war das Kind bei Ihnen?«

»Ich weiß es nicht... Eine Viertelstunde vielleicht, zwanzig Minuten. Dann habe ich draußen Schreie gehört; die Nachbarin hatte entdeckt, dass das Kind weg war, und da bin ich sofort hinausgegangen und habe versucht, ihr alles zu erklären.«

»Und wo war die Mutter?«, fragte Charlie. »Warum war das Kind überhaupt allein im Freien?«

»Darauf hat sie mir keine Antwort gegeben«, sagte Amina. »Sie hat mich nur angeschrien, dass sie die Polizei rufen will.«

»Aber das hat sie nicht gemacht?«

»Nein, weil ich gesagt habe, in dem Fall würde ich

auch die Polizei rufen und erklären, dass sie ihr Kind im Winter allein draußen gelassen hat. Sie hat dann gesagt, dass alles ein Missverständnis ist und nie wieder passieren wird, und ich soll mich nicht in ihr Leben einmischen. Und dann …«

»Und dann?«, drängte Greger.

»Hat sie viele böse Sachen zu mir gesagt.«

»Zum Beispiel?«

»Schlimme Sachen. Dass es nicht ihre Schuld ist, dass meine Töchter tot sind, dass ich mich von ihren Kindern fernhalten soll.«

Amina begann zu weinen.

Vielleicht sagte sie die Wahrheit, dachte Charlie, aber sie hat schon wegen ihres Alibis gelogen. Und ein fremdes Kind mitgenommen.

»Ihr war kalt«, fuhr Amina fort. »Das Baby hat gefroren, und niemand hat die Tür aufgemacht. Was sollte ich denn tun?« Sie sah zu Jamal, der ihr beschützend den Arm um die Schultern legte.

»Könnten wir kurz allein mit Ihnen reden?«, fragte Charlie.

Amina sagte etwas auf Arabisch zu ihrem Mann, der antwortete und den Kopf schüttelte.

»Er will mich nicht mit Ihnen allein lassen«, sagte Amina.

»Dann müssen wir Sie mit aufs Revier nehmen«, erklärte Greger.

Jamal lenkte ein, zog sich Schuhe an und sagte, er würde einen Spaziergang machen.

»Amina«, sagte Charlie, nachdem sie sich an den Küchentisch gesetzt hatten. »Haben Sie uns wirklich alles erzählt?«

Amina sagte etwas Unverständliches. Tränen liefen über ihre Wangen und tropften auf die Tischplatte.

»Was war das?«, fragte Charlie. »Reden Sie mit mir.«

»Meine Töchter«, flüsterte Amina. »Meine Töchter.«

Kapitel vierunddreißig

Mehr war aus Amina nicht herauszubringen. Sie hatte das Kind der Nachbarin mitgenommen, weil es gefroren und geweint und weil niemand auf ihr Klingeln hin die Tür geöffnet hatte. Amina hatte sie auch durch die Wohnung gehen lassen, in der es keine Anzeichen dafür gab, dass hier ein Säugling untergebracht gewesen war.

Bei der Teambesprechung auf dem Revier war allen der Frust über die mangelnden Ermittlungsfortschritte anzumerken.

»Wir holen sie her«, sagte Roy. »Also wirklich. Sie kennt den Tagesablauf der Familie, hat bei ihrem Alibi gelogen und ein Nachbarskind an sich genommen. Was brauchen wir denn noch?«

»Ein Motiv«, meinte Charlie.

»Verrückte brauchen kein Motiv.«

»Sie ist nicht verrückt«, erwiderte Charlie. »Sie ist vom Krieg traumatisiert, steht unter Schock und hat Angst, aber sie ist nicht verrückt.«

»Bist du jetzt auch Psychologin?«, fragte Roy herausfordernd.

»Nein, aber ich habe viel Erfahrung mit Verrückten.«

»Es reicht. Bleiben wir bei der Sache«, schaltete sich Stina ein.

»Klar, ignorieren wir einfach, wie verrückt es ist, ein fremdes Kind mitzunehmen«, sagte Roy.

»Es wäre verrückter, das Kind nicht ins Warme zu bringen«, entgegnete Greger.

»Warum hat sie dann nicht das Jugendamt informiert?«

»Ich glaube, Amina hat kein großes Vertrauen in Behörden und die Polizei«, sagte Charlie. »Das kann wichtig sein.«

»Und wenn Beatrice bei ihr ist, kann es gefährlich werden, Amina herzubringen. Wir sollten sie besser beschatten lassen.«

»Das machen wir.«

Stinas Handy klingelte.

»Aminas Mann ist hier«, berichtete sie, nachdem sie das Gespräch beendet hatte. »Jamal ist am Empfang und will mit einem von uns reden.«

Jamal stand vor dem Empfang.

»Amina will nur die Familie schützen. Sie hat nichts damit zu tun, dass Beatrice verschwunden ist«, sagte er.

»Wer dann?«, fragte Charlie.

Sie und Greger gingen durch die Schranke zu Jamal, der zurückwich, als ob ihn ihre Nähe beunruhigte.

»Ich weiß es nicht«, antwortete er. »Ich weiß nicht, wer dafür verantwortlich ist, aber nicht Amina. Sie liebt Kinder.«

»Haben Sie jemand anderen in Verdacht?«, fragte Greger.

Jamal schüttelte den Kopf, schien jedoch zu zögern.

»Jamal?«, hakte Charlie nach. »Wenn Sie etwas wissen, müssen Sie es uns sagen.«

»Ich weiß nicht«, begann er langsam. »Aber ich habe etwas bei Gustav und Frida gesehen …«

Er wirkte gequält.

»Und was?«, fragte Charlie.

»In ihrem Garten hat jemand gegraben und dann die Erde wieder glatt gestrichen.«

»Wann ist Ihnen das aufgefallen?«, fragte Charlie.

Ihr Puls beschleunigte sich.

»Am Tag, bevor das Kind verschwunden ist.«

»Am Freitag? Und da haben Sie es zuerst gesehen?«

»Vorher habe ich es jedenfalls nicht bemerkt. Ich habe nicht darüber nachgedacht, aber jetzt …«

»Haben Sie oder Amina Beatrice an dem Tag gesehen?«, fragte Greger.

»Nein, Amina hat an dem Tag nicht gearbeitet, und ich habe sie nicht gesehen.«

»Haben Sie das Ihrer Frau erzählt?«, fragte Charlie.

»Nein, weil ich nicht weiter darüber nachgedacht habe. Erst als sie das von Frida erzählt hat, was sie auch Ihnen gesagt hat. Vorher hat sie es nicht erwähnt. Sie mag Frida sehr, sehr gern. Ich weiß nicht, ob … Aber auf jeden Fall hat da jemand gegraben.«

»Wo im Garten ist die Stelle?«

»Unter dem großen Baum, der am nächsten am Wasser steht.«

Gustav kam ihnen entgegen, als sie in die Einfahrt einbogen. Er bat sie, sich ruhig zu verhalten, weil Frida im Bett lag und sich ausruhte.

»Wir haben keine neuen Erkenntnisse«, sagte Greger nach der Begrüßung. »Aber man hat uns erzählt, dass in Ihrem Garten kürzlich gegraben wurde. Stimmt das?«

Gustav bestätigte das. Fridas Katze war überfahren worden, und sie hatten sie am Tag vor Beatrices Verschwinden bestattet. Er hatte das übel zugerichtete Tier vorne an der Straße gefunden, doch das alles war dann in den Hintergrund getreten.

»Das verstehe ich«, sagte Charlie und sah zu Greger. »Wir müssen uns allerdings persönlich davon überzeugen und uns die Katze ansehen«, fuhr sie fort. »Einfach nur, um …«

»Himmel noch mal«, unterbrach Gustav sie. »Was glauben Sie eigentlich?«

»Wir glauben gar nichts«, erwiderte Charlie. »Bei unserer Arbeit geht es nicht um Glauben, sondern um Beweise. Deshalb müssen wir überprüfen, ob Ihre Angaben stimmen.«

»Na gut. Graben Sie ruhig. Verschwenden Sie damit Ihre Zeit, statt meine Tochter zu finden. Hinter dem Haus stehen Spaten. Na los, machen Sie schon.«

»Ich verstehe, dass Sie aufgebracht sind«, sagte Charlie, »aber …«

»Hören Sie auf herumzureden, und machen Sie Ihre unglaublich wichtige Arbeit.«

Gustav stapfte davon und schlug die Haustür hinter sich zu.

»Wir müssen die Spurensicherung herholen«, meinte Greger.

»Wir können auch selbst graben. Ich habe Handschuhe im Wagen«, erwiderte Charlie.

»Ich weiß nicht.«

»Wollen wir ihnen wirklich einen Großeinsatz zumuten?« Charlie nickte Richtung Haus.

»Na gut. Hol die Handschuhe.«

Neben einer Eiche am äußersten Rand des Gartens war eine einen Meter lange Stelle nackter Erde im Gras zu erkennen.

Ganz schön tief für eine Katze, dachte Charlie, nachdem sie schon eine Weile gegraben hatten. Hoffentlich liegt Beatrice nicht hier. Hoffentlich endet es nicht so.

»Ich habe was gefunden«, verkündete Greger und stieß mit dem Spaten dagegen. »Eine Holzkiste.«

Einige Minuten später hatten sie die Kiste aus der Erde gehoben. Charlie kam sie groß genug vor, um darin ein kleines Kind unterzubringen.

Die Kiste war mit zwei Riegeln verschlossen, die sich leicht öffnen ließen. Der Deckel knarzte leise, als Greger ihn aufklappte.

Der vertraute Geruch schlug ihnen entgegen, an den man sich nie gewöhnen würde. Charlie atmete durch den Mund und sah nach unten. Zwei gelbe Katzenaugen starrten sie mit leerem Blick an.

Sara

Micke, der Polizist, war auch im Pub, weshalb ich nicht mit dem Auto zum alten Dorfladen fahren wollte. Er hatte viel Geduld mit mir und meinen illegalen Ausflügen am Steuer gehabt, und ich wollte mein Glück nicht herausfordern.

»Da bekommt man ja Todesangst«, sagte Lo, als wir wieder am Schmelzwerk vorbeikamen.

»Das ist doch nur eine alte Fabrik«, erwiderte ich und fing sie auf, als sie auf dem unebenen Weg stolperte.

Sie war ganz schön betrunken. Ich auch.

»Warum ist es überall so verdammt dunkel?«, beschwerte sich Lo. »Warum funktionieren die Straßenlaternen nicht?«

»Weil es sich nicht lohnt, sie zu reparieren.«

»Und jetzt geht es auch noch bergauf.«

Lo seufzte. Wir hatten das Kraftwerk von Gullspång passiert und waren den Abhang hinunter an der Fabrik vorbeigelaufen. Links von uns waren der Fluss, die Dammschleusen und der Wasserfall. An der Brücke wollte Lo eine Pause machen. Wir zündeten uns Zigaretten an, und Lo beugte sich über das Geländer.

»Das Wasser ist pechschwarz.«

»Das ist es bei Tageslicht auch«, erklärte ich. »Weil es so tief ist.«

»Bin ich nur besoffen, oder sehe ich da wirklich Strudel?«

»Du bist besoffen«, bestätigte ich. »Aber die Strudel sind trotzdem da. Die Schleusen sind offen.«

Ich deutete Richtung Wasserfall, wo die Umrisse der Schleusen im Mondlicht zu erkennen waren.

»Ist der See da zu Ende?«

Ich nickte.

»Und was kommt danach?«, fragte Lo. »Was kommt hinter dem Ende?«

»Ein Wasserfall.«

»Kann man hier überhaupt baden?«

Ja, könne man, sagte ich, wenn die Schleusen geschlossen waren. Und dass wir früher von der Brücke gesprungen wären.

»Das muss doch lebensgefährlich sein«, erwiderte Lo.

Sie wollte offensichtlich noch eine Weile auf der Brücke bleiben, da sie ihre Kippe ins Wasser schnippte und sich eine neue Zigarette anzündete.

Ich dachte an die Geschichten von den alten Fischereigestängen auf dem Grund, mit denen wir uns immer gegenseitig Angst eingejagt hatten. An der Wasseroberfläche waren sie nicht zu sehen, doch wenn man von der Brücke sprang, konnten sie einen Menschen aufspießen.

Papa hat darüber immer gelacht. Er hatte die Geschichten als Kind auch schon gehört. Sie wurden wohl von Generation zu Generation weitergegeben, aber das waren nur Märchen. Woher sollten die Stangen in dem scheißtiefen Fluss denn kommen? Wer hätte die da aufstellen sollen und wie? Und all die Jugendlichen, die seit Jahrzehnten von der Brücke hüpfen … War es nicht seltsam, dass bisher noch nie jemand aufgespießt worden war?

Natürlich hatte er recht, trotzdem musste ich jedes Mal daran denken, wenn ich auf das Geländer kletterte und mich abstieß.

Es stimmte, was Papa gesagt hatte – bisher war niemand aufgespießt worden. Der Fluss hatte aber auf andere Weise Menschenleben gefordert. Viele einsame Angler und Betrunkene waren von der Strömung mitgerissen worden. Ich ließ mir von Lo eine neue Zigarette geben, sah auf das Wasser und dachte an Annabelle, an den Sommer, in dem der ganze Ort getrauert hatte.

»Was ist das denn?«, fragte Lo, nachdem wir den letzten Hügel hinaufgegangen waren. »Was für ein Spukhaus.«

Ich betrachtete die weiße Fassade von Valls Dorfladen, von der die Farbe abblätterte, und die spinnwebartigen Vorhänge in den Fenstern. So viel hatte sich hier abgespielt.

Lo hatte recht. Es war ein Spukhaus.

Der hämmernde Bass aus Svantes Stereoanlage dröhnte bis auf die Straße.

»Zieh die Schuhe aus«, sagte ich in der Diele.

Ich ging vor Lo die Treppe hoch und warnte sie vor der Stufe, in der ein Brett fehlte.

»Ist dein Freund schon hier?«, fragte sie.

»Ich habe keinen Freund.«

Als Erstes sahen wir im ersten Stock ein Mädchen, das bäuchlings auf dem Boden lag.

»Lebt sie?«, fragte Lo.

Ich ging näher und erkannte Rebecka Gahm. Sie kippte

nach viel Alkohol eigentlich nicht weg, aber jetzt war es doch passiert. Ich hielt meine Hand vor ihren Mund und spürte leichte Atemzüge.

»Sie atmet«, meinte ich. »Hilf mir mal, sie woanders hinzulegen, damit nicht alle über sie drübertrampeln.«

Wir schoben Rebecka an die Wand.

»Oho, was für ein vornehmer Besuch!«

Ich sah auf. Svante musterte mich mit provozierendem Blick. Schon bereute ich, dass wir hergekommen waren.

»Sexy, die Nachthemden«, bemerkte er.

»Das sind Kleider«, korrigierte ihn Lo.

»Und wer bist du?«, fragte er.

»Und selbst?«

»Svante«, stellte er sich vor. »Svante Linder.«

Er sagte es, als sei es eine Beleidigung, dass Lo den Namen nicht kannte.

»Wohnst du hier?«, fragte Lo.

Svante lachte. »Nein.«

»Wer wohnt dann hier?«

»Niemand. Alle. Und du?«

»Ich wohne mit Sara zusammen.«

»Dann seid ihr also abgehauen?«, meinte Svante. »Seid ihr kleine Ausreißerinnen?«

»Lass das«, wehrte ich seine Hand auf meiner Schulter ab.

»Warum bist du immer so böse in letzter Zeit?«, fragte er. »Ich habe keine Ahnung, was ich dir getan habe.«

Ich dachte an alles, was er mir angetan hatte, die Drinks, die er mir ausgegeben hatte, als ich noch nicht einmal ein Teenager war, an all die Male, die er mich benutzt hatte, alles, was er mir gegeben hatte, ohne das ich besser dran gewesen wäre.

»Wo sind die anderen?«, fragte ich.

»Ein paar sind in der Küche und oben auf dem Dachboden«, sagte Svante. »Die anderen sind draußen im Garten. Benjamin hat ein Wildschwein geschossen, das er jetzt zu grillen versucht. Es ist ja so verflucht nass, deshalb haben sie ein paar Stühle aus der Küche geholt und sie mit Grillanzünder übergossen. Jetzt haben wir ein vernünftiges Feuer.«

Ich ging mit Lo durch die große Terrassentür nach draußen. Im Garten standen meine ganzen Partyfreunde im Schein des Feuers, als wäre ich nie weg gewesen. Da war Benjamin mit seinen ungekämmten Haaren und dem roten Gesicht, Jonas, der versuchte, alle von den Flammen fernzuhalten, und ein paar laut lachende jüngere Mädchen.

Ich wusste nicht, ob ich froh oder traurig war, alle wiederzusehen. Sie erinnerten mich an die Welt, die ich zurückgelassen hatte, die nie wieder wie früher sein würde. Ich wusste nicht, ob ich erleichtert oder niedergeschlagen sein sollte.

Lo ging schwankend zu den anderen und sagte zu Jonas, er solle noch mehr Grillanzünder nachgießen, sonst würde das Feuer bald ausgehen. Jonas gehorchte, und die Flammen schlugen hoch in den Himmel.

Ich weiß nicht, wie lange ich so dastand, doch irgendwann kam Rebecka nach draußen und stellte sich neben mich. Sie sagte nichts dazu, dass ich wieder da war; vielleicht war sie auch zu betrunken, um daran zu denken, dass ich ja eigentlich gar nicht mehr hier wohnte.

»Krasses Feuer, was?«, sagte sie. »Das krasseste Feuer, das ich je gesehen habe.«

Ich nickte. Heute würde keiner mehr Wildschwein

essen, weil die Flammen sich bereits in das Fell gefressen hatten und das Tier lichterloh brannte.

»Erzähl«, sagte Jonas, als alle wieder im Haus waren und wir auf dem Boden in dem Raum neben dem Wohnzimmer saßen. Er musste fast schreien, weil Svante die Musik lauter gedreht hatte. »Wie geht es dir?«

»Schon okay«, antwortete ich. »Aber ich will von da weg und mich um mich selbst kümmern.«

»Das wirst du auch bald.«

Jonas hatte zwei Zigaretten angezündet und gab mir eine. Mein Blick lag auf seiner Hand. Ich dachte an all die Male, die er vorsichtig meinen Körper gestreichelt hatte.

»Ich weiß nicht«, sagte ich und nahm einen Lungenzug. »Ich weiß nicht, ob ich die Nerven dafür habe.«

»Die hast du«, beruhigte mich Jonas. »Du bist der stärkste Mensch, den ich kenne.«

»Alle anderen, die du kennst, sind ja auch mehr oder weniger Idioten.«

»Stimmt.« Jonas lächelte. »Also, wann kommst du zurück?«

»Ich weiß es nicht genau.«

»Du kannst dich ja mal melden, wenn du rauskommst?«

Ich nickte. Ja, das könnte ich durchaus.

Vier Stunden später brachen wir auf. Ich sagte zu Lo, dass keine von uns den ganzen Weg zurück nach Rödminnet fahren konnte, weil wir zu betrunken waren. Wir waren am Arsch. Frans würde uns melden müssen und …

»Frans traut sich nicht zu petzen, das ist dir doch klar, oder?«, antwortete Lo.

Aber warum sollten wir denn im Wagen schlafen, fragte sie, wir könnten doch zum Dorfladen zurückgehen.

Ich dachte an all die Dinge, die mir bei Valls widerfahren waren, wenn ich dort eingeschlafen war, und sagte, ich wüsste etwas Besseres.

Kapitel fünfunddreißig

Sie legten die Kiste wieder zurück und schütteten die Grube zu.

»Nichts gefunden, was?«, ertönte eine vertraute Stimme von der Veranda, als sie zurück zum Auto gingen.

Charlie sah auf. David Jolander stand neben Frida und reichte ihr eine Teetasse. Sie hatte sich wohl lange genug ausgeruht.

»David«, sagte Charlie. »Wir müssten noch einmal kurz allein mit Frida sprechen.«

David ging wieder ins Haus, und Charlie bedeutete Greger, sich ein Stück zurückzuziehen.

»Frida …«, begann sie und zeigte auf die Rattanmöbel auf der Terrasse. »Können wir uns setzen? Ich muss Ihnen eine wichtige Frage stellen.«

Sie setzten sich. Frida wickelte sich in eine Decke.

»Ist es vorgekommen, dass Sie … Beatrice geschüttelt haben?«, fragte Charlie schließlich.

Frida schwieg und sah zu der Stelle, an der ihr Kind vor fünf Tagen verschwunden war. Oder war Beatrice immer noch hier? Im Garten? Oder im Wasser?

»Sprechen Sie mit mir«, drängte Charlie sanft.

Frida ließ die Teetasse auf den Steinboden fallen, wo sie zerschellte. Sie schien die Scherben nicht einmal zu bemerken.

»Ist alles in Ordnung?«, fragte Charlie besorgt.

Frida schüttelte den Kopf.

»Dieser Druck«, sagte sie und legte die Hand erst an den Kopf, dann an die Brust. »Es tut so weh.«

»Versuchen Sie, langsam und tief zu atmen«, sagte Charlie, als Frida immer flacher und hektischer Luft holte.

»Es geht nicht«, keuchte Frida. »Ich bekomme keine Luft.«

Charlie rief nach Greger.

»Geh rein und hol Gustav. Schnell!«

Im selben Augenblick kamen Gustav und Charlotte auf die Terrasse. Gustav knurrte etwas von Grabschändern, verstummte jedoch, als er seine schwer atmende Frau sah.

»Was ist los?«, fragte er.

»Ich glaube, wir müssen sie ins Krankenhaus bringen«, sagte Charlie.

»Ich fahre mit«, erklärte Charlotte.

Charlie sah zu Gustav, der es völlig in Ordnung zu finden schien, dass eine Freundin seine Frau begleitete und nicht er.

Im Wagen atmete Frida immer noch angestrengt. Im Rückspiegel sah Charlie, dass sie den Kopf auf Charlottes Schulter gelegt hatte und ihr etwas zuflüsterte.

»Was hast du gesagt?«, fragte Charlotte.

»Ich habe ihr nichts getan«, wiederholte Frida. »Ich liebe meine Tochter.«

Charlotte streichelte ihr über den Arm und flüsterte zurück, das wisse sie doch.

Charlie dachte an die Herkunft der beiden Frauen, an Charlottes Narben und Fridas Familiengeschichte. Vielleicht hatten beide die Dunkelheit hinter sich gelassen, doch wohin war die Reise eigentlich gegangen?

Das Geruchsgedächtnis ist wirklich phänomenal, dachte Charlie, während sie in die psychiatrische Notaufnahme gingen und der Geruch nach Desinfektionsmittel die Bilder von Johan in seinem Krankenhausbett zurückholte.

Es sieht leider nicht gut aus für Ihren Freund.

Schon nach ein paar Minuten kam ein Arzt zu ihnen in den Wartebereich.

Frida atmete etwas leichter, doch sie war kreidebleich und hielt sich die Brust.

»Per«, sagte sie, als sie den Mann sah. »Ich bekomme keine Luft.«

Charlie stellte fest, dass der Arzt kein Namensschild trug.

»Sie war früher schon mal hier«, sagte sie zu Greger, nachdem sie Frida und Charlotte im Krankenhaus zurückgelassen hatten.

»Ja, das hat man deutlich gemerkt.«

»Es stimmt also vielleicht doch, was Madelene Svedin gesagt hat. Dass Gustav ihr von Fridas psychischen Problemen erzählt hat.«

»Was machst du da?«, fragte Greger, als Charlie ihr Telefon in die Hand nahm.

»Gustav anrufen. Mir reicht es jetzt.«

Greger wollte etwas sagen, doch da meldete sich Gustav, und sie hob die Hand.

»Wie geht es ihr?«, fragte er umstandslos.

»Nicht so gut. Charlotte ist bei ihr geblieben, und ein Arzt kümmert sich um sie.«

»Gut«, antwortete Gustav. »Sie hat die letzten Tage sehr schlecht geschlafen, und jetzt ist ihr alles zu viel geworden.«

»Das ist nicht ihr erster Aufenthalt in der Psychiatrie, nicht wahr?«, bemerkte Charlie.

»Was meinen Sie?«

»Ich meine, dass sie nicht zum ersten Mal dort ist«, wiederholte Charlie. »Warum haben Sie uns das nicht erzählt, als wir nach ihrer psychischen Verfassung gefragt haben? Als ich das Thema das letzte Mal angesprochen habe, sagten Sie nur, sie sei in letzter Zeit müde gewesen.«

Gustav schwieg.

»Sie hat es nicht leicht gehabt«, antwortete er schließlich. »Aber das hat nichts mit der Sache jetzt zu tun. Ihre Eltern waren Alkoholiker, und das war richtig hart. So etwas hinterlässt seine Spuren, und ich wollte es nicht ansprechen, weil ohnehin gerade alles so schwer ist.«

Charlie dachte, dass er aber keine Skrupel gehabt hatte, die psychischen Probleme seiner Frau mit seiner Liebhaberin zu diskutieren.

»Sie würde Beatrice nie etwas tun«, fuhr Gustav fort. »Das schwöre ich. So gut kenne ich meine Frau.«

»Eines sollten Sie wissen«, sagte Charlie. »Psychische Krankheiten können die Persönlichkeit eines Menschen verändern.«

»Psychisch kranke Menschen sind hauptsächlich eine Gefahr für sich selbst«, erwiderte er. »Ich habe mit einigen Psychiatern gesprochen …«

»Das stimmt. Aber in gewissen Fällen kann es andere auch betreffen, vor allem bei einer postnatalen Depression oder Psychose.«

»Frida würde Beatrice nie etwas antun«, beharrte Gustav. »Das weiß ich. Sie müssen mir das einfach glauben.«

Genau das war das Problem, dachte Charlie, nachdem sie das Gespräch ohne weitere Erkenntnisse beendet hatten. Dass Gustav uns immer wieder bittet, ihm zu glauben, ihm zu vertrauen, und jedes Mal etwas verheimlicht.

Kapitel sechsunddreißig

Als Charlie die belegten Brote im Besprechungszimmer sah, fiel ihr ein, dass sie seit dem Frühstück nichts Vernünftiges mehr gegessen hatte.

Sie sah auf die Uhr, es war fast acht.

Man merkte allen an, dass sie fast schon die Hoffnung aufgegeben hatten. Stina stand blass vor dem Team und bat Charlie, der Runde von ihrem Gespräch mit Frida zu berichten.

»Greger und ich haben sie gerade in die Psychiatrie gebracht«, erzählte Charlie. »Nachdem wir die Katze im Garten ausgegraben hatten, bekam Frida auf einmal keine Luft mehr. Es war wohl eine Panikattacke.«

»Ich verstehe nicht, warum ihr den Garten umgraben musstet«, meinte Roy. »Habt ihr tatsächlich geglaubt, dass ihr das Kind da findet?«

»Nein, aber wir hielten es für nötig, das zu überprüfen«, erwiderte Charlie.

Greger ergriff das Wort und berichtete, dass Frida schon früher unter psychischen Problemen gelitten hatte.

»Und warum haben die Palmgrens nichts davon gesagt?«, fragte Roy.

»Ich schätze, weil man über so was nicht laut spricht«, sagte Charlie. »Und Gustav hält sich bei fast allem bedeckt.«

»Das lässt Frida auch in einem anderen Licht erscheinen«, bemerkte Stina. »Eine psychisch instabile Mutter war allein mit dem Kind, als es verschwand. Eine Mutter, die laut einer Zeugin ihr Baby geschüttelt hat. Außerdem haben wir um das Haus herum keine anderen Spuren gefunden …« Sie wandte sich an Charlie. »Glaubt ihr, ihr Zustand lässt zu, dass wir noch einmal mit ihr reden?«

»Das müssen wir«, erwiderte Charlie. »Und wir müssen sie auf die Liste der Verdächtigen setzen.« Sie nickte zu Fridas Foto auf dem Whiteboard. »Damit sich das Krankenhaus nicht auf die ärztliche Schweigepflicht berufen kann.«

»Natürlich«, sagte Stina.

Sie kamen noch einmal auf Amina zu sprechen. Sebastian und Roy hatten sich mit einigen Nachbarn in Kronoparken unterhalten, und zwei hatten unabhängig voneinander bestätigt, dass die Frau im Nebenhaus oft ihr Baby draußen im Wagen schreien ließ. Charlie verstand, warum Amina das Kind zu sich genommen hatte. Sie hätte dasselbe mit einem verzweifelten und frierenden Kind gemacht, wenn niemand die Tür öffnete.

»Kasim habe ich bisher nicht erreicht«, erklärte Stina. »Aminas Alibi. Die dänischen Kollegen werden sich melden, sobald sie ihn gefunden haben.«

»Wir müssen sie vielleicht noch mal anrufen«, sagte Charlie. »Manchmal gehen Dinge unter.«

Sie bat Stina um die Nummer des Kollegen in Kopenhagen, mit dem sie gesprochen hatte.

»Er heißt Mikael Carsten«, fügte Stina hinzu, während Charlie wählte und den Klingeltönen lauschte.

»Soll ich dänisch oder englisch sprechen?«, fragte Mikael Carsten, nachdem sich Charlie vorgestellt und den Grund ihres Anrufs erklärt hatte.

»Dänisch ist okay«, antwortete Charlie. »Wenn Sie Schwedisch verstehen. Wir haben hier eine akute Situation, da dachte ich, ich rufe besser noch einmal an.«

»Uns ist bewusst, wie dringend die Angelegenheit ist. Ich wollte mich auch gerade bei Ihnen melden.«

Er sprach schneller, und Charlie bereute, dass sie ihn nicht gebeten hatte, das Gespräch auf Englisch zu führen.

»Wenn ich alles richtig verstanden habe, befindet er sich bei Verwandten in einer Wohnung in Kopenhagen«, fasste sie zusammen.

»Genau.«

Mikael wechselte plötzlich zu Englisch und berichtete, Kasim habe Aminas Angaben bestätigt. Er hatte sie kontaktiert, weil es ihm schlecht gegangen war, und sie gebeten, zu ihm nach Hause zu kommen. Die Zeiten, die sie genannt hatte, stimmten mit Kasims Version überein. Und nein, man habe keinen Säugling in der Wohnung gefunden.

Auf dem Weg zurück ins Besprechungszimmer traf Charlie auf Roy.

»Das Labor in Linköping hat sich gerade gemeldet«, verkündete er.

»Haben sie was herausgefunden?«

»Die DNA vom Kinderwagen kann mit Frida, Gustav oder Beatrice selbst in Verbindung gebracht werden. Gustav ist tatsächlich nicht der biologische Vater.«

»Okay.«

Charlie dachte, dass Roy ein wenig zu erfreut aussah wegen etwas, das sie bereits wussten.

»Aber über Frida haben sie etwas Interessantes herausgefunden«, fuhr er fort.

»Was denn?«

»Sie ist auch nicht die leibliche Mutter.«

Sara

»Wohin fahren wir eigentlich?«, fragte Lo, nachdem wir den Ort hinter uns gelassen hatten. »Wir sind ja mitten im Wald.«

»Wart's ab.«

»Kann man hier überhaupt fahren?«, fragte sie weiter, als ich vom großen Weg abbog.

»Jetzt sind wir da.«

Das Haus mit den dunklen Fenstern wirkte geisterhaft im Mondlicht.

Es raschelte im Wald um uns herum, während wir auf die Haustür zugingen. Lo blieb dicht neben mir und fluchte, als ihre Absätze im Boden einsanken.

»Scheiße, ist das dunkel hier«, sagte sie und schaltete die Taschenlampenfunktion ihres Handys ein. In dem dünnen Lichtstrahl wirkte alles noch geisterhafter.

»Was steht da?«, fragte sie und leuchtete auf das alte Holzschild.

»Lyckebo«, sagte ich.

»Ist das dein Haus?«

»Nein, es gehört einer … Freundin.«

Ich erzählte ihr von der Polizistin mit dem Jungennamen, die in diesem Haus zusammen mit ihrer Mutter, Betty Lager, gewohnt hatte. Die laute Betty, von der Papa immer so liebevoll gesprochen hatte. *Die Frau wusste, wie man sich amüsiert.* Ich erzählte von den Feiern in Lyckebo, die tagelang gedauert und Leute aus dem ganzen Ort und sogar aus der Stadt angelockt hatten.

Dann erzählte ich von den Gerüchten, dass Bettys Geist hier spukte. Dass ein paar von Papas Kumpeln gesehen hatten, wie sie lange nach ihrem Tod hier im Garten getanzt hatte. Lasse Smed hatte in unserer Küche gesessen und geschworen, dass er Betty Lager in ihrem roten Kleid zwischen den Bäumen vor Lyckebo gesehen hatte. *Beim Grab meiner Mutter schwöre ich, dass sie da war. Betty Lager war da und hat alle zum Tanzen aufgefordert.*

»Und hier sollen wir schlafen?«, fragte Lo.

Ich sagte, das sei kein Problem, ich hätte schon Tage und Nächte hier verbracht, ohne dass etwas geschehen sei. Wir sollten mehr Angst vor den Lebenden als vor den Toten haben.

»Ich habe Angst vor den Lebenden und den Toten«, sagte Lo. »Aber klar, machen wir. Sollen wir ein Fenster einwerfen?«

»Das ist nicht nötig, hier ist ein Schlüssel.«

Wir waren bei den Paletten am Seiteneingang angekommen, und ich hob den Blumentopf und holte den Schlüssel hervor.

»Komm rein«, sagte ich.

»Mach mal Licht.«

»Hier gibt es keinen Strom.«

Ich fand die Streichhölzer auf dem Gewürzregal über dem alten Holzofen und zündete die Kerzen an, die immer noch in den Weinflaschen auf dem Küchentisch steckten. Im Korb neben dem offenen Kamin im Wohnzimmer lag noch Holz.

Ich machte ein Feuer, und wir kauerten uns nebeneinander vor den Kamin.

»Hier könnte ich wohnen«, sagte Lo und streichelte mir übers Haar. »Wir könnten zusammen hier wohnen.«

»Und was ist mit dem Salon und deiner Mutter?«

»Sie kann ja auch herkommen. Hier gehen die Leute doch sicher auch zum Friseur? Wir könnten das Haus kaufen«, fuhr Lo fort. »Wir könnten im Keller den Salon einrichten ...«

»Das Haus hat keinen Keller«, warf ich ein.

»Dann in einem der Zimmer. Führ mich doch mal rum.«

Ich zeigte ihr das Schlafzimmer im Erdgeschoss, das mit der Kindertapete mit den gelben Blumen und den feuchten Büchern in den Bücherregalen.

»War das ihr Zimmer?«, fragte Lo. »Von deiner Freundin?«

»Ja, ich glaube schon.«

Dann wollte Lo das Obergeschoss sehen. Denn das gab es doch sicher?

Ja, sagte ich, aber ich sei noch nie dort gewesen.

»Warum nicht?«

»Weil ... Man sagt, dass Betty Lager da gestorben ist.«

»Hast du Angst?«

Ich antwortete, nein, habe ich nicht, aber es fühlte sich nicht richtig an.

Doch Lo wollte unbedingt nach oben gehen. Meine Erzählungen hatten sie neugierig gemacht.

Mit zwei Kerzen gingen wir die steile Treppe hoch ins Obergeschoss. Lo war unsicher auf den Füßen.

»Hier hat auch ein Kind gewohnt«, sagte sie, als wir das Zimmer zur Linken betraten. »Hatte sie mehrere Kinder?«

»Nicht dass ich wüsste.«

»Das da ist kaputt.«

Sie beleuchtete ein paar Bretter.

»Oder man hatte angefangen, etwas zu bauen.«

Ich ging zum Fenster.

Der Himmel war sternenklar. Ich dachte an all die Male, die ich hier gewesen war, wenn es Papa richtig schlecht gegangen war. Meistens im Sommer, wenn die Sonne kaum unterging. Im Dunkeln sah alles ganz anders aus.

Als ich mich umdrehte, war Lo verschwunden.

»Lo?«, rief ich.

Keine Antwort.

Ich ging in den Flur, blieb stehen, schloss die Augen und lauschte, hörte jedoch nur meine eigenen schnellen Atemzüge.

Als ich die Augen wieder aufschlug, sah ich sie. Betty Lager, in ihrem roten Kleid, die tanzend auf mich zukam.

»Was ist denn los?«, rief Lo mir nach, als ich die Treppe nach unten stolperte. »Ich habe doch nur Spaß gemacht.«

»Lass das«, sagte ich, als sie mir nachkam und den Arm um mich legte. »Das ist nicht lustig, Lo.«

Plötzlich war ich stocknüchtern.

»Tut mir leid. Aber dieses Kleid hat etwas. Siehst du nicht, wie perfekt es mir passt?«

Sie drehte sich um die eigene Achse.

»Jetzt sag schon, dass es mir perfekt passt.«

Ich antwortete, ja, doch, aber ich fände es nicht gut, dass sie Bettys Kleid einfach genommen hatte. Das sei respektlos, und sie solle es wieder zurückhängen.

Lo seufzte und zog sich das Kleid über den Kopf.

»Und zieh dir was an«, sagte ich, »es ist schweinekalt hier drin.«

»Die Sachen liegen noch oben«, erwiderte sie.

»Dann hol sie doch.«

»Kommst du mit?«

Während Lo sich umzog, sah ich mich in dem Schlafzimmer um. Im Bücherregal unter der Dachschräge standen Bilderrahmen.

Ich schaltete die Taschenlampe an meinem Handy ein und leuchtete.

»Verdammt«, flüsterte ich. »Verdammte Scheiße.«

»Was denn?«

»Schau selbst.« Ich reichte Lo das Foto und das Telefon. »Erkennst du sie nicht?«

»Doch, doch.«

Das konnte nicht wahr sein, dachte ich, während ich das Foto von der jungen Frau mit dem Kind auf dem Arm und dem überwucherten Garten im Hintergrund betrachtete. Das Bild schien zur selben Zeit aufgenommen worden zu sein wie das, das wir in dem Brief der verzweifelten Mutter gefunden hatten. Das sie zurückschicken wollte, weil es zu sehr schmerzte, es anzusehen.

Betty Lager war die Tochter der Briefeschreiberin, und das bedeutete … Ja, das bedeutete, dass die Polizistin, die ich im Sommer von Annabelles Tod kennengelernt hatte, die Enkelin der Briefeschreiberin war.

»Wie ist sie gestorben?«, fragte Lo. »Was ist mit Betty Lager passiert?«

Wir hatten Holz im Kamin nachgelegt, und Lo lag mit dem Kopf auf meinem Schoß, während sie die Hände zum Feuer streckte.

Ich sagte, ich wisse es nicht genau, ich hätte alles, von einer Überdosis bis Selbstmord, gehört.

»Ist das nicht dasselbe?«, fragte Lo und drehte sich zu mir.

»Ja, vielleicht.«

»Und wie ging es mit der Tochter weiter?«

»Sie ist weggezogen. Was ist los?«, fragte ich, als Lo zu weinen begann.

»Das ist so schrecklich. Alles ist so schrecklich.«

Ich fand es seltsam, wegen Menschen zu weinen, die man nie kennengelernt hatte. Ich wusste nicht, was ich tun sollte, deshalb streichelte ich ihre Haare, bis das Feuer heruntergebrannt und sie eingeschlafen war.

Kapitel siebenunddreißig

Das Haus auf Hammarö war dunkel, doch bis zum nächsten Tag konnten sie nicht warten.

Charlotte Jolander öffnete die Tür.

»Warum kommen Sie so spät am Abend?«, fragte sie und zog den Morgenmantel enger um sich.

»Wir müssen mit Gustav sprechen«, erklärte Charlie.

»Er ist nicht da. Nur Frida und ich sind hier. Man hat ihr Beruhigungsmittel verschrieben und sie dann entlassen. Ich bin hiergeblieben, damit sie nicht allein ist.«

»Und wo ist Gustav?«, fragte Greger und blickte suchend über Charlottes Schulter, als traue er ihrer Aussage nicht recht.

»Er … er und David suchen nach Beatrice.«

»Jetzt?«

»Ja.«

»Wissen Sie, wohin sie gefahren sind?«, fragte Charlie.

»Nein. Sie wollten wohl ein paar Sachen überprüfen.«

»Genaueres haben sie nicht gesagt?«

Charlotte schüttelte den Kopf.

Wie seltsam, einfach aufzubrechen und draußen zu suchen, dachte Charlie. Beatrice war noch zu klein, um sich im Wald zu verlaufen. Was glaubten sie denn dort zu finden?

»Wie geht es Frida?«, fragte Greger.

»Schlecht.«

»Könnten Sie sie trotzdem wecken?«

»Sie ist gerade eingeschlafen. Ich denke, es ist das Beste, wenn sie schlafen kann. Der Arzt hat gesagt, Schlaf wäre jetzt sehr wichtig, sonst könnte ihr Zustand sich verschlechtern.«

Charlie nahm ihr Handy und rief Gustav an, doch es schaltete sich sofort die Mobilbox ein. Bei David dasselbe, als Greger es versuchte.

Charlie bat ihn, ins Wohnzimmer zu gehen und es weiter bei den beiden Männern zu versuchen. Dann wandte sie sich an Charlotte.

»Wir müssen dringend ein paar Sachen mit Frida und Gustav klären, aber da beide gerade nicht zur Verfügung stehen, können Sie uns vielleicht ein paar Fragen beantworten.«

Charlotte zögerte.

»Uns rennt die Zeit davon«, fuhr Charlie fort. »Irgendwo da draußen ist Beatrice. Lassen Sie sie jetzt nicht im Stich.«

»Ich weiß nicht, ob ich Ihnen helfen kann«, antwortete Charlotte.

»Die Ergebnisse der DNA-Proben haben gezeigt, dass Frida und Gustav nicht Beatrices biologische Eltern sind. Wussten Sie das?«

»Das müssen Sie mit Frida und Gustav besprechen.«

»Aber Sie haben mit Ihrer Familie doch zur selben Zeit in Moskau gewohnt, nicht wahr? Und hatten viel Kontakt mit den Palmgrens. Hätte Ihnen da nicht auffallen müssen, ob sie schwanger war oder nicht?«

»Wie gesagt, Sie sprechen am besten mit Frida und Gustav darüber.«

»Das ist aber gerade nicht möglich«, erwiderte Charlie.

»Und wir arbeiten gegen die Zeit. Hier passt ja offensichtlich einiges nicht zusammen, und Sie alle wissen mehr, als Sie zugeben.«

Charlotte schwieg.

»Stellen Sie sich vor, es ginge um Ihre Tochter«, fuhr Charlie fort. »Was wäre, wenn Mika betroffen wäre?«

»Ich rufe Gustav an.«

Charlotte wählte, und jetzt meldete er sich.

»Die Polizisten sind hier«, sagte Charlotte. »Ja, aber sie wollen mit dir sprechen. Ja, jetzt sofort.«

Eine Viertelstunde später war Gustav zurück. Er trug nicht den üblichen Anzug, sondern etwas, das wie Jagdkleider aussah, und seine Haare waren zerzaust.

»Wir waren draußen unterwegs und haben nach ihr gesucht«, sagte er. »Ist etwas passiert?«

»Wir haben gerade erfahren, dass auch Frida nicht die biologische Mutter von Beatrice ist«, berichtete Greger. »Könnten Sie uns das bitte erklären?«

Gustav sah zu Charlotte, als müsste sie auf die Frage antworten. Doch sie entfernte sich Richtung Diele.

»Darf ich mich setzen?«, fragte er.

Sie folgten ihm ins Wohnzimmer, das nicht mehr so aufgeräumt wie am Anfang war. Die Decken lagen nicht zu perfekten Quadraten gefaltet über den Sofa-Armlehnen, und die Kissen waren nicht mehr so sorgfältig drapiert.

»Es war eine Eizellen- *und* eine Samenspende«, gab Gustav schließlich zu.

Eine anonyme Eizellenspende war mit einer ebenso anonymen Samenspende befruchtet und Frida in die Gebärmutter eingesetzt worden.

»Das Ganze wird immer unverständlicher«, sagte Charlie. »Nicht wie Sie zu Beatrice gekommen sind«, fuhr sie fort, als Gustav die medizinische Behandlung genauer erklären wollte. »Sondern dass Sie und Ihre Frau uns sehr viele und wichtige Fakten vorenthalten haben. Und ich frage mich nach dem Grund.«

»Wir wollten nicht, dass es bekannt wird«, antwortete Gustav. »Weder die Leute hier in der Gegend noch Beatrice sollten es erfahren. Zwei anonyme Spender können doch unmöglich etwas mit der Sache zu tun haben …«

»Aber Ihnen war schon klar, nachdem wir Ihnen DNA-Proben abgenommen haben, dass es herauskommen würde, oder?«, fragte Charlie. »Warum haben Sie es uns da nicht gleich erzählt?«

»Ich weiß es nicht«, erwiderte Gustav. »Ich schätze, weil keiner von uns gerade klar denken kann.«

Kapitel achtunddreißig

Es war fast Mitternacht, als sie ins Hotel zurückkamen. Charlie hatte Stina vom Auto aus auf den neuesten Stand gebracht und von Gustavs und Davids Suche im Dunkeln erzählt sowie der Tatsache, dass Gustav das offenbar für eine bessere Idee hielt, als sich um seine Frau zu kümmern, der es sehr schlecht ging. Doch Eltern, die ein Kind verloren hatten, reagierten vielleicht nicht immer rational. Auf jeden Fall würden sie noch einmal mit den Ehepaaren Palmgren und Jolander sprechen müssen.

»Ich nehme heute besser die Treppe«, sagte Charlie auf dem Weg zu den Aufzügen.

»Ich werde dich nicht davon abhalten.« Greger lächelte. »Wann sehen wir uns morgen?«

»Ich habe zu Stina gesagt, dass wir um sieben da sind, wenn nichts Besonderes vorfällt.«

»Okay. Dann schlafen wir besser vorher noch ein wenig.«

»Ja, das ist sicher am besten«, stimmte Charlie zu.

In ihrem Zimmer nahm sie den Laptop und suchte nach Eizellen- und Samenspendern in Russland. Sie fand Artikel über glückliche Eltern, die nach vielen Jahren vergeblicher Versuche in Schweden nun ihr Glück in einem Land mit großzügigeren Gesetzen gefunden hatten. Sie las von Wunschkindern und kleinen Wundern sowie von Vätern und Müttern, die in höchsten Tönen von der Hilfe schwärmten, die ihnen endlich die Elternschaft ermöglicht hatte. Es folgten kritische Stimmen zur Problematik, die Gebärmütter armer Frauen zu kaufen, Horrorberichte von Babys, die noch im Mutterleib gestorben oder mit Behinderungen auf die Welt gekommen waren und die danach niemand mehr haben wollte. Zerstörte Leben.

Charlie loggte sich im Flashback-Forum ein und rief den Thread zu Beatrice auf.

Es waren viele neue Kommentare hinzugekommen, das meiste hirnloses Gerede. Dazwischen schrieb allerdings ein anonymer User: *Natürlich wird es problematisch, wenn man sich Frauen vom Bodensatz der Gesellschaft aussucht.*

Was meinst du damit?, fragte Justitia, ohne eine Antwort zu bekommen. Dann: *Quelle?*

Weiter unten postete ein anderer User: *Wenn ich die Polizei wäre, würde ich mal Charlotte Jolander überprüfen. Ihre Vergangenheit ist alles andere als astrein, das weiß ich genau.*

Charlie dachte an Charlotte Jolander, das schöne Haus, die Vorzeigefamilie – und die Narbe an ihrem Unterarm. Stammte die aus einem anderen Leben?

Auf Flashback trieben sich viele Wichtigtuer herum, rief sie sich in Erinnerung, und anonym konnte man alles Mögliche behaupten. Manches entsprach allerdings auch der Wahrheit. Sie klappte den Laptop wieder zu, heute würde sie nicht mehr weiterkommen. Am besten schob sie alles beiseite und gönnte ihrem Gehirn etwas Ruhe.

Doch dann konnte sie nicht einschlafen. Der Fall hatte zwar die Gedanken an die verhängnisvolle Nacht mit dem Filmriss auf Abstand gehalten, doch jetzt kehrten sie erbarmungslos zurück. Die verschiedensten Szenarien spielten sich in ihrem Kopf ab. Der Mann, inzwischen größer, stürzte sich wie ein Raubtier auf ihren nackten Körper auf dem Flurboden. Oder? Vielleicht hatte er auch nur einer hilflosen Frau nach Hause geholfen. Ein ganz normaler Mann?

Es gibt keine normalen Männer, Charline.

Die Träume kommen jetzt immer öfter. Ich trete Wasser, halte sie in meinen Armen, die vor Kälte schon ganz taub sind. Sie entgleitet mir und versinkt in der Tiefe. Trotz aller Panik kann ich jetzt durchatmen. Sie ist weg. Ich muss um nichts mehr kämpfen. Ich lasse los und folge ihr nach. Es ist vorbei.

Kapitel neununddreißig

»Wir warten nur noch auf Roy«, sagte Stina, nachdem sich alle mit einer Tasse Kaffee im Besprechungsraum niedergelassen hatten. Sie trug dieselben Kleider wie am Tag zuvor und schien vor dem Verlassen des Hauses nicht mehr in den Spiegel gesehen zu haben. Ihre Frisur war unordentlich und die Bluse so zerknittert, als hätte sie darin geschlafen.

»Es ist sieben Uhr«, sagte Charlie. »Wir müssen ohne ihn anfangen.«

Stina nickte, ging zum Whiteboard und nahm einen Stift, den sie einen Moment vor dem Foto von Beatrice in der Luft hielt, bevor sie ein Fragezeichen auf die Tafel schrieb und sich wieder umdrehte.

»Wie ihr bereits wisst, ist Beatrice nicht die biologische Tochter von Gustav und Frida. Angeblich haben sie in Moskau eine Eizellen- und eine Samenspende bekommen. Beide Spender sind anonym. Die Palmgrens wollten es vor den Leuten und vor Beatrice geheim halten.«

Charlie dachte an das Gedicht, das sie in Beatrices Zimmer gelesen hatte. *Du lachendes Bündel mit sonnengebleichtem Haar, wie kommst du in meine Arme?*

Roy kam herein und entschuldigte sich flüsternd für die Verspätung.

»Und gestern«, fuhr Stina fort, »haben wir außerdem

erfahren, dass Frida Palmgren mehrfach wegen psychischer Probleme in Behandlung war. Charlie hat zudem einiges über Charlotte Jolander herausgefunden.«

Stina nickte Charlie zu.

»Also, gefunden habe ich eigentlich nichts, nur eine Aufforderung gelesen, dass wir ihre Vergangenheit überprüfen sollten, weil diese wohl nicht so astrein ist, wie sie zu sein scheint. Doch sie ist nicht in der Datenbank. Weiß von euch jemand etwas über Charlotte?«

»Ursprünglich ist sie, glaube ich, aus Stockholm«, sagte Roy. »Über ihren Hintergrund weiß ich nichts.«

Auch niemand sonst aus dem Team konnte weiterhelfen.

»Ich habe zufällig eine Narbe an ihrem Handgelenk gesehen, wie von einer Schnittwunde«, sagte Charlie. »Ich habe das Gefühl, sie könnte es früher tatsächlich schwer gehabt haben.«

»Mir ist nicht klar, wo da die Verbindung zu unserem Fall sein soll«, erwiderte Roy.

»Ich habe ja auch nicht gesagt, dass es eine Verbindung gibt. Aber es schadet nichts, mal mit ihr zu reden. Das kann ich gern übernehmen.«

Charlotte hatte vorgeschlagen, sich im King Creole in Haga zu treffen. Das Café sah genauso aus, wie der Name vermuten ließ, eine einzige Hommage an Elvis Presley.

Charlotte hatte für sie beide Kaffee geholt. Charlie trank einen Schluck, während sie sich in dem mit zu vielen Möbeln eingerichteten Raum umsah. Überall starrte ihr Elvis' lasziver Blick entgegen.

»Mir gefällt es hier«, sagte Charlotte, »und normalerweise ist hier auch nicht so viel los, sodass man sich in

Ruhe unterhalten kann.« Sie trank von ihrem Kaffee und fluchte, als sie etwas auf ihren Pullover verschüttete.

Charlie beobachtete ihre nervösen Bewegungen.

»Wie geht es Ihnen?«, fragte sie.

»Ehrlich gesagt, beschissen«, antwortete Charlotte. »Die letzten Tage waren furchtbar, und es scheint ja noch kein Ende in Sicht zu sein. Beatrice ist schon so lange verschwunden, und es fühlt sich an, als … dürfte man keine Hoffnung mehr haben.«

Sie senkte den Blick.

»Nein, das stimmt nicht.«

»Woher wollen Sie das wissen?«

»Ich muss es so sehen. Ich würde mir nie verzeihen, wenn ich nicht alles versucht hätte, um sie zu finden«, sagte Charlie. Sie tauschten einen Blick, und Charlie versuchte, in der anderen Frau dasselbe Gefühl zu erwecken.

»Ich habe kaum geschlafen, seit sie weg ist«, erzählte Charlotte. »Die Gedanken rasen die ganze Zeit, doch sie führen nirgendwohin.«

Charlie nickte.

»Sie sind doch ursprünglich aus Stockholm, nicht wahr?«, wechselte sie das Thema und bemerkte, wie sich Charlottes Gesichtsausdruck veränderte.

»Ja, warum fragen Sie?«

»Ich versuche nur, mir ein Bild von allem zu machen. Erzählen Sie mir doch bitte ein wenig über sich und Ihren Hintergrund.«

»Aber warum denn?« Charlotte lehnte sich zurück, als wolle sie so viel Abstand zwischen sich und Charlie und ihre Frage bringen wie möglich. »Haben Sie mit jemandem gesprochen?«

»Ist das wichtig?«

»Es ist nur … Man wird wohl ein wenig paranoid, schätze ich.« Charlotte faltete eine Papierserviette in der Mitte. »Ich wollte mein früheres Leben einfach nur vergessen, doch das ist nicht so leicht, wenn einen immer jemand oder etwas daran erinnert.«

»Niemand will Ihr Leben zerstören, und alles, was Sie sagen, bleibt bei der Polizei«, versicherte ihr Charlie.

Solange Sie Beatrice nichts angetan haben, fügte sie im Stillen hinzu.

»Ich war drogenabhängig«, gestand Charlotte mit leiser Stimme und sah sich unruhig um. »Als Teenager hat es schon angefangen«, fuhr sie fort. »Weil … weil es mir damit gut ging. Erst war es nur an den Wochenenden. Ich rauchte ein bisschen was, nahm manchmal Amphetamine. Man glaubt ja, dass man das Niveau immer halten kann, nicht so wie alle anderen ist und …«

Eine junge Frau mit blondierten Haaren unterbrach sie und jammerte mit schriller Stimme, wie schrecklich und unwirklich doch alles sei. Wie es Frida ginge? Und ob Charlotte sie von ihr grüßen und umarmen würde? So ein absoluter Albtraum.

Ein Klischee jagte das andere, aber was sollte man auch sagen?, dachte Charlie. Was konnte man denn anderes tun, als sein Bedauern auszusprechen und über die verrückte Welt mit ihren verrückten Bewohnern zu schimpfen.

»Himmel«, sagte Charlotte, nachdem die Frau zurück an ihren Tisch gegangen war. »Plötzlich haben Gustav und Frida ganz viele Freunde. Aber das ist in einer solchen Situation wohl so. Wo waren wir?«

»Bei den Drogen«, half Charlie ihr auf die Sprünge. »Sie glaubten, Sie seien anders …«

»Ja, und ich hatte natürlich unrecht, weil ich genau wie alle anderen war. Leider merkt man das erst, wenn es zu spät ist und man schon in der Scheiße steckt. Und die Grenzen werden ständig nach hinten verschoben. Man redet sich ein, dass man nichts Stärkeres als Gras nimmt und niemals Kokain, und dann sagt man sich, okay, Kokain schon, aber niemals Heroin und bloß keine Spritzen, und dann sitzt man eines Tages auf einer öffentlichen Toilette und bricht jedes verdammte Versprechen, das man sich je gegeben hat…«

Charlie nickte. Über gebrochene Versprechen sich selbst gegenüber wusste sie alles.

»Die Sucht«, fuhr Charlotte fort, »ist stärker als die Liebe, als die Lebenslust, als alles. Ich weiß noch, dass mir alle anderen sogar leidtaten, die keine Drogen nahmen, mit ihren langweiligen Jobs und den langweiligen Familien. Ihr Leben wirkte so… leer.« Sie lachte auf. »Aber ich werde niemals so ein selbstherrlicher Ex-Junkie, der sich selbst auf die Schulter klopft und sich für etwas Besseres hält als die, die es nicht geschafft haben. Oft ist es einfach nur Glück. Ich glaube nicht, dass ich ohne Gustav heute noch am Leben wäre.«

»Gustav?«

»Ja. Er hat mich als Rezeptionistin in einer seiner Firmen angestellt. Ich war ein halbes Jahr clean gewesen und kurz davor, wieder rückfällig zu werden, weil es so schwer war, sich anzupassen. Doch dann habe ich Gustav kennengelernt, und er hat mir einen Job angeboten.«

»Wie kam das? Ich meine, sind Sie ihm zufällig auf der Straße begegnet?«

»Er war in Stockholm, und wir haben uns über… gemeinsame Freunde kennengelernt. Ist das denn wichtig?«

Charlie schüttelte den Kopf, während sie gleichzeitig dachte, wie unwahrscheinlich es war, dass ein erfolgreicher Geschäftsmann und eine drogensüchtige junge Frau gemeinsame Freunde hatten, wenn es dabei nicht um Drogen oder Sex ging.

»Aus irgendeinem Grund habe ich zu ihm gesagt, dass ich die Nase voll von Stockholm habe«, fuhr Charlotte fort. »Dass ich irgendwo anders neu anfangen wollte, und da hat er mir Arbeit und Unterkunft angeboten.«

»Das ist... aber nett von ihm«, meinte Charlie.

»Und so habe ich dann David kennengelernt.« Sie trank einen Schluck Kaffee. »Jetzt kennen Sie meine Geschichte. Was für eine Aschenputtelstory, oder?«

Charlie nickte.

»Es wäre mir sehr recht, wenn Sie darüber nicht mit David reden würden«, sagte Charlotte. »Er weiß nichts davon, und auch sonst wissen nur wenige Bescheid, und ich möchte nicht, dass sich das ändert.«

»Weiß David wirklich gar nichts?«

»Ein bisschen was schon, aber ich habe es so dargestellt, dass ich nur gelegentlich auf Partys mal was genommen habe. Weder er noch Gustav wissen, wie abhängig ich war. Sie haben es aber offensichtlich trotzdem herausgefunden.«

»Wie würde er es aufnehmen, wenn er es erfährt?«, fragte Charlie.

»Nicht so gut, schätze ich. Für ihn ist der äußere Anschein wichtig. Ich... ich habe versucht, mich diesem Bild anzupassen.«

»Das klingt anstrengend.«

Charlotte nickte.

»Glauben Sie, dass es Frida genauso geht? Mit Gustav?«

»Ich will nicht über ihre Ehe sprechen.« Charlotte trank noch einen Schluck Kaffee. »Aber es gibt doch das Sprichwort: Wer des Geldes wegen heiratet, weiß, worauf er sich einlässt. Das können sowohl ich als auch Frida unterschreiben.«

»Können Sie das genauer erklären?«

»Es ist doch allseits bekannt, dass man Männern mit Macht und Geld nicht trauen kann, vor allem nicht, wenn sie charmant und es gewohnt sind, immer ihren Willen zu bekommen.«

»Charlotte«, sagte Charlie. »Haben Sie mir wirklich alles erzählt, was Sie über mögliche Gründe für Beatrices Verschwinden wissen?«

»Das klingt, als glaubten Sie, ich hätte etwas damit zu tun«, erwiderte Charlotte aufgebracht, dann senkte sie die Stimme. »Ich habe vielleicht Drogen genommen, aber das Kind meiner Freunde zu entführen, ist ja wohl noch mal etwas völlig anderes. Ich bin selbst Mutter. Ich finde es beleidigend, als Verdächtige behandelt zu werden.«

»Ich verdächtige Sie nicht«, entgegnete Charlie. »Ich habe nur das Gefühl, dass Sie mehr wissen, als Sie sagen. Vielleicht weil Sie jemanden schützen wollen oder weil Sie glauben, es sei unwichtig. Wie das mit dem falschen Alibi für Amina, weil Sie beschlossen haben, dass sie unschuldig ist.«

»Das ist sie auch.«

Beide schwiegen. Charlotte betrachtete ihren Ehering. Ihre Nägel waren hellrosa lackiert, und an ihrem Handgelenk trug sie ein goldenes Armband. Charlie war keine Expertin für Schmuck, Kleider und Taschen, doch alles an Charlotte wirkte teuer. Sie versuchte, sich diese Frau auf irgendeiner schmutzigen Toilette mit abgebundenem Arm vorzustellen, was ihr kaum gelang.

»Ich will nur nicht, dass Sie Ihr Leben lang etwas bereuen«, sagte sie. »Dass Sie gezwungen sind, mit dem Wissen zu leben, dass Sie ein Kind hätten retten können. Ich will, dass Sie jetzt damit herausrücken, bevor es zu spät ist.«

Charlotte hob den Blick.

»Was, wenn es das bereits ist?«

Sara

Lo rannte nackt durch den Garten, wie eine Verrückte sprang sie zwischen Büschen, Bäumen und dem kopflosen Engel herum. Ich hastete zu Nickis Zimmer.

»Lo«, sagte ich atemlos, »ich glaube, sie ist verrückt geworden.«

Nicki stand auf und stürzte zum Fenster.

»Verstehe«, sagte sie, als ich in die betreffende Richtung deutete. »Verdammt, was ist da los?«

Lo verschwand hinter einem Baum, und wir entdeckten sie erst nach einer Weile wieder. Sie sah aus wie die Waldnymphe aus dem Märchen, das Papa mir früher immer vorgelesen hatte.

»Wir müssen die Angestellten wecken«, sagte Nicki.

»Die sind schon wach, schau.«

Marianne, Frans und einige andere kamen aus dem Gebäude und versuchten, Lo zu packen. Doch sie war zu schnell und entwischte ihnen immer wieder. Wenn das alles nicht so beunruhigend gewesen wäre, hätte ich gelacht.

»Wir müssen rausgehen«, sagte ich.

Nicki griff nach meinem Arm und meinte, wir sollten besser im Haus bleiben.

»Wir müssen doch wissen, was mit ihr los ist. Komm schon.«

Ich dachte, Marianne würde uns wieder zurückschicken, doch sie schien erleichtert, uns zu sehen.

»Nicki und Sara«, sagte sie, »könnt ihr versuchen, mit ihr zu reden?«

»Was ist passiert?«, fragte Nicki.

»Das darf ich leider nicht …«

»Wenn wir ihr helfen sollen, müssen wir wissen, warum sie hier herumrennt wie ein wildes Tier«, erwiderte Nicki. »Also, was ist los?«

»Donna ist gestorben. Ihre Mutter.«

Drei Tage später war Lo weg. Keiner wusste, wohin sie verschwunden war. Marianne hatte die Polizei gerufen, doch die schienen das Ganze nicht ernst zu nehmen.

»Warum finden die sie nicht?«, fragte ich panisch, nachdem Lo einen Tag weg gewesen war. Ich hatte das Gefühl, ohne sie nicht weiterleben zu können.

»Die Polizei kümmert sich um andere Sachen«, sagte Marianne. »Sie nehmen das Verschwinden eines fast volljährigen Mädchens nicht ernst. Außerdem ist Lo schon früher weggelaufen und immer wieder zurückgekommen.«

»Aber sie ist völlig verstört«, entgegnete ich. »Sie steht unter Schock, haben Sie das der Polizei gesagt? Dass ihre Mutter gerade gestorben ist?«

»Ja, das habe ich ihnen alles mitgeteilt.«

»Wo war sie denn sonst, wenn sie weggelaufen ist?«, fragte ich.

Marianne antwortete, sie wisse es nicht, aber sie glaube, dass Lo wohl herumgefahren sei und versucht habe, ihre Mutter zu finden.

»Wusste sie denn nicht, wo ihre Mutter wohnt?«

»Nein. Donna hat immer wieder woanders gewohnt.«

An diesem Abend legte ich mich nach dem Essen in Los Bett und atmete den Duft ihres Haarsprays in ihrem Kissen ein. Als ich mich zur Wand drehte, sah ich ein Buch aus der Spalte zwischen Matratze und Bettrahmen ragen. Los Notizbuch. Das sollte ich nicht, dachte ich, als ich es herauszog. Doch dann erinnerte ich mich an Los Worte. Wenn man im Heim Rödminnet etwas für sich selbst haben wollte, musste man es wegsperren. Ich hatte das Gefühl, ich sollte das Buch finden. Ich schlug die erste Seite auf und begann zu lesen: *Eine Erfolgsgeschichte.*

Da ist sie dann also letztendlich doch, dachte ich, während ich mit klopfendem Herzen umblätterte. Los Geschichte.

Auf der nächsten Seite klebte ein Foto, Donna in einem Krankenhausbett mit einem neugeborenen Baby im Arm. Das musste Lo sein. Donna war hübsch und lächelte, doch ihre Zähne schienen zu einem älteren Menschen zu gehören. Sie erinnerten mich an meinen Vater.

Ich zögerte, bevor ich erneut umblätterte. Sollte ich mich nicht mit Los kurzem Bericht zufriedengeben, dass man sie wegen Missverständnissen getrennt hatte? Wie es gewesen wäre, wenn das Jugendamt nicht alles kaputt gemacht hätte? Doch wie sollte das gehen, nachdem jetzt die ganze Wahrheit vor mir lag?

Mama, stand auf der nächsten Seite. *Mama, das ist roter Lippenstift, hohe Absätze, der Duft nach Blumen und Seife. Glattes Haar, weiche Haut und Lachen. Ich höre ihr Herz schlagen, wenn ich auf ihrem Schoß sitze und mich an sie lehne.*

Ein Strich mitten auf der Seite, gefolgt von einem anderen Bild.

Mama, das ist Trauer und Enttäuschung. Blaue Lip-

pen, Schreie und Weinen. Entschuldige, entschuldige, entschuldige. Ein Körper auf nackten Beinen.

Kryptisch, dachte ich, als ich weiterlas. Die nächsten Zeilen waren voller seltsamer Tiraden und unverständlicher Wörter. Zuerst schien es ein Tagebuch zu sein, um auf der nächsten Seite in Erinnerungsfetzen und lose Gedanken überzugehen. Manche Seiten waren zusammenhängender. Lo schrieb von Donna, von ihrer Liebe zu ihrer Mutter, von der Trauer, dass die Drogen wichtiger als alles andere waren, von dem Einschnitt, von dem sie mir so viel erzählt hatte. *Sie haben mich völlig ohne Grund mitgenommen.*

Doch in dieser Version gab es einen Grund: Drogen und Vernachlässigung. Es war trotzdem schrecklich zu lesen, wie die Leute vom Jugendamt Los Finger aus Donnas gebogen und sie aus der Wohnung getragen hatten. Sie hatte um sich getreten, gebissen und geschlagen, doch sie war nur ein kleines Mädchen gegen viele Erwachsene. Donna war auf den Balkon gerannt, und Lo und die Sozialarbeiter hatten gesehen, wie sie aufs Geländer kletterte, im achten Stock, und geschrien hatte, sie würde springen, wenn sie ihre Tochter nicht zurückbekäme. Nicht einmal das hatte Wirkung gezeigt. Donna war nur nach hinten auf den Balkon gekippt, und danach hatte Lo sie viele Jahre nicht mehr gesehen.

Pflegefamilie Nummer eins, stand auf der nächsten Seite, gefolgt von einer Beschreibung der Familie mit vier Pflegekindern und Eltern, die für Kinder nichts übrigzuhaben schienen. *Wir durften nur etwas sagen, wenn man uns direkt angesprochen hatte, und keine Widerworte geben. Wir haben gelernt, die Betten wie beim Militär zu machen und nicht zu weinen, wenn uns etwas wehtat oder wir enttäuscht waren. Dadurch sollten wir das entwickeln, was sie für das Wichtigste bei einem Menschen hielten: einen starken Charakter. Und vielleicht hat mir dieser Charakter sogar geholfen, als ich zu Pflegefamilie Nummer zwei kam.*

Ich las weiter von Familien, die im besten Fall lieblos und im schlimmsten gewalttätig gewesen waren. Und dann war ich beim ersten Heim angelangt, in das man Lo eingewiesen hatte.

Sie haben gesagt, dort würde alles gut werden, dass ich mit Fachleuten reden würde, die mir helfen könnten. Doch ich habe mit keinem einzigen von diesen Fachleuten gesprochen. Da ging es mir dann richtig schlecht. Ich habe mich so einsam gefühlt, als ob mich niemand lieb hätte, als ob mich niemand auffangen würde, wenn ich stürzte. Weil ich nicht mehr an den Gruppenaktivitäten teilnahm, hat man mich bestraft, und da bin ich wütend geworden, und dann hat man mich in eine Isolierzelle gebracht und festgeschnallt. Und dann … dann habe ich nichts mehr gefühlt.

Ich legte das Notizbuch weg, kletterte nach unten und ging zum Fenster. Sonnenlicht fiel auf die Büsche und den kopflosen Engel. Ich dachte an das, was Nicki gesagt hatte, als ich den fehlenden Kopf kommentierte: *Aber Flügel hat sie, auch wenn das ziemlich sinnlos ist, wenn man nicht sieht, wohin man fliegt.*

Ich dachte an all die Male, die Lo auf der Bank vor der Statue gesessen und auf ihre Mutter gewartet hatte, die nie kam.

Widerwillig legte ich mich wieder auf Los Bett und las weiter, denn ich hatte das Gefühl, dass das Schlimmste noch bevorstand. Ich bereute, dass ich das Buch überhaupt aufgeschlagen hatte, doch jetzt konnte ich es auch nicht mehr zuklappen und weglegen.

»Was machst du denn da?«

Ich zuckte zusammen, weil ich nicht gehört hatte, dass jemand ins Zimmer gekommen war.

»Das ist ihr Notizbuch, nicht wahr?«, fragte Nicki, die auf meinem Bett stand und mich ansah.

»Hau ab.«

Doch Nicki kletterte zu mir nach oben, legte sich neben mich und wollte auch lesen. Es sei ja wohl nur recht und billig, Los Geschichte zu hören, nachdem sie selbst uns alles über sich verraten hatte. Mehrmals sogar.

Ich seufzte, und Nicki legte sich neben mir auf Los Kissen zurecht. Ich blätterte zu der Seite, auf der ich aufgehört hatte zu lesen.

Mama hat gesagt, dass ich nicht mehr in ein Heim oder zu einer Pflegefamilie musste. Ich würde von jetzt an bei einem guten Menschen wohnen, der sie liebte. Sie wollte sich um mich kümmern, und ich würde bei ihrer Familie wohnen dürfen. Sie würde mich nie schlecht behandeln, weil sie eine von uns war. Dort wäre ich sicher und gut aufgehoben.

»Das klingt doch gut«, meinte Nicki.

»Einen Haken gibt es bestimmt«, sagte ich. »Warum ist sie denn sonst hier gelandet?«

»Stimmt auch wieder. Lies weiter.«

»Mach die Augen zu.«

Ich ertrug Nickis Starren nicht länger.

Dort wäre ich sicher und gut aufgehoben, und vielleicht wurde deshalb später alles so furchtbar. Wenn man glaubt, man ist sicher, entspannt man sich, und wenn man sich entspannt, merkt man erst zu spät, dass etwas nicht in Ordnung ist. Ich spürte nicht, wie die Flammen an meinen Füßen leckten.

Im nächsten Absatz stand nichts mehr über die Flammen, sondern Lo erzählte von den Kindern.

Das Mädchen mochte ich am liebsten. Sie hat mich ein bisschen an mich selbst erinnert, als ich klein war, oder zumindest so, wie ich mir vorstelle, gewesen zu sein, wenn Mama gesund gewesen wäre.

»Jetzt ist doch wohl nicht Schluss, oder?«, sagte Nicki. »Es kann doch nicht zu Ende sein, nachdem es noch nicht mal richtig angefangen hat?«

»Nein«, erwiderte ich. »Es gibt zwei Teile. Hier steht Teil zwei.«

»Dann lies doch.«

Ich blätterte um und las weiter.

Teil zwei: Die Hölle

Ans andre Ufer komm ich, euch zu führen
In ew'ge Finsternis.

»Was schwafelt sie da?«, fragte Nicki.

Ich sagte ihr, sie solle still sein und die Geschichte fertig anhören, die sie unbedingt hatte erfahren wollen.

Dann las ich von der großen, glitzernden Stadt, hell erleuchteten Straßen und dunklen Gassen, von der Sprache, die am Anfang so fremd und dann immer vertrauter geklungen hatte.

Drei Seiten später verstand ich, warum Lo diesen Teil »Die Hölle« genannt hatte, denn in einer Nacht ein Spalt in der Tür, ein Blick.

Es geschah so plötzlich. Ich konnte nicht glauben, dass er das tat. Wenn ich mich nicht bewege, dachte ich. Wenn ich einfach nur still daliege, wird nichts passieren. Ich dachte an einen Pflegebruder von früher, an die Mäuse, die er ins Terrarium seiner Boa gesetzt hatte. Wie sie erstarrt vor Angst dagesessen hatten. Sie wussten, dass sie bei der geringsten Bewegung verschlungen werden würden. So ging es mir jetzt. Doch es half nichts, flach zu atmen und ganz still dazuliegen. Er drehte mich auf den Rücken, schob das Nachthemd hoch, zog mir die Unterhose herunter und drang in mich ein.

Es ist nicht passiert, dachte ich am nächsten Morgen. Der Familienvater, der seiner Frau einen Kuss gab und die Milch aufwischte, die seine Tochter verschüttet hatte … Er war doch nicht fähig, ein Mädchen ins Kissen zu drücken und … Das war unmöglich.

»Was für ein beschissener Psychopath«, fluchte Nicki, setzte sich auf und schlug mit der Hand auf die Matratze. »Weinst du?«

»Fummel nicht an mir rum«, sagte ich, als sie mir die Haare aus dem Gesicht strich.

»Dann lies weiter.«

»Ich muss mich kurz ausruhen.«

Ich legte das Notizbuch beiseite.

Als ich die Augen schloss, sah ich Svantes dämlich grinsendes Gesicht vor mir. *Entspann dich, das ist doch schön. Spürst du es nicht? Spürst du nicht, wie schön das ist?*

Nicki konnte nicht länger warten und nahm das Buch. Abgehackt las sie weiter. Ich hörte mit wachsendem Ekel von den nächtlichen Besuchen, bei der Familie, in der sie doch sicher und gut aufgehoben sein sollte.

Ich bringe seine beiden Seiten nicht zusammen. Am Tag ist er der erfolgreiche Familienvater, aber nach Sonnenuntergang wird er ein Höllenwesen.

Kapitel vierzig

Charlotte wollte nicht länger im Café bleiben, weshalb sie hinunter zu einem Kanal gingen und sich auf eine Bank am Wasser setzten.

»Ich habe noch eine Freundin in Stockholm«, sagte sie. »Eigentlich wollte ich den Kontakt zu allen abbrechen, nachdem ich hierhergezogen war, aber sie hatte mir das Leben gerettet. Ich hatte mir absichtlich eine Überdosis verpasst, weil ich keine Kraft mehr zum Weitermachen hatte. Sie ist in meine Wohnung eingebrochen und hat mich gerettet. Wir sind dann zusammen clean geworden, doch sie hatte leider einen Rückfall.«

Charlie nickte. Sie wollte keine unnötigen Fragen stellen, sondern Charlotte einfach erzählen lassen.

»So geht es den meisten«, fuhr Charlotte fort. »Dass sie rückfällig werden. Deren Geschichten hört man jedoch selten, da Schwerstabhängige oder Tote ja keine Stimme haben. Das sind nicht diejenigen, die in Talkshows sitzen oder mit Jugendlichen in der Schule reden.«

Worauf will sie hinaus?, fragte sich Charlie.

»Sie hatte ein Kind«, erzählte Charlotte weiter und sah zum Wasser. »Eine Tochter. Ich will mir gar nicht vorstellen, was das Mädchen alles mitgemacht hat. Alle schienen vergessen zu haben, dass da dieses Kind war. Ich auch. Wir haben einfach weitergemacht.«

»Und was ist dann passiert?«, fragte Charlie, nachdem Charlotte längere Zeit geschwiegen hatte.

»Das Kind wurde ihr weggenommen. Ich verstehe, warum das nötig war, aber es war trotzdem schrecklich. Aus der Ferne habe ich ein wenig verfolgt, was aus dem Mädchen wurde. Sie wurde von einer Pflegefamilie zur nächsten geschickt, von einem Heim ins andere, und sie kam immer schlechter zurecht, stürzte immer mehr ab, und da habe ich mich beim Jugendamt gemeldet und gesagt, sie könne bei uns wohnen. Ich dachte, das Leben würde einfacher für sie werden, wenn sie bei jemandem war, der sie verstand. Bei jemandem, dem sie wirklich wichtig war. Also haben David und ich sie zu uns genommen. Sie war mit uns in Moskau.«

Charlottes Handy klingelte. Sie sah aufs Display und drückte den Anruf weg.

»Und wie hat das funktioniert?«, fragte Charlie.

»Gut. Am Anfang war es wirklich gut. Die Kinder haben sie geliebt, David und ich auch. Man merkte ihr natürlich an, was sie erlebt hatte. Man muss schon riesiges Glück haben, um in einer Pflegefamilie zu landen, die sich kümmert, und das Glück hatte sie bisher nicht gehabt.«

Charlie nickte und sprach der Familie einen stummen Dank aus, bei der sie selbst gelandet war, für die Geborgenheit, die Regeln, die Aufmerksamkeit.

»Aber wir konnten darüber reden«, sagte Charlotte. »Wir kamen uns wirklich nahe.«

»Und dann?«

»Gab es Probleme. Sie war schwanger und wusste nicht, wer der Vater war. David und ich haben versucht, mit ihr über eine… Abtreibung zu sprechen, sie war ja schließlich erst sechzehn und hatte es schon so nicht leicht…«

»Was geschah dann?«

»Sie hat es behalten.«

»Und…?

»Frida und Gustav hatten schon lange vergeblich versucht, ein Kind zu bekommen. Sie hatten es sogar mit einer Leihmutter versucht, doch die hatte eine späte Fehlgeburt. Die beiden waren verzweifelt, weshalb… weshalb wir beschlossen, dass die beiden Beatrice adoptieren sollten.«

Charlie ging im Kopf die dieser Enthüllung vorhergegangenen Lügen durch. Samenspende, Eizellenspende, anonyme Spender. Ihr Gesicht glühte vor Wut.

»Warum haben Sie und Ihr Mann nichts gesagt?«

»Wir haben es Gustav und Frida versprochen. Niemand sollte je erfahren, dass Beatrice nicht ihr leibliches Kind ist. Nicht einmal Beatrice, wenn sie größer ist.«

»Wo ist ihre leibliche Mutter?«

»In einem dieser Heime für Mädchen, die etwas mehr Hilfe im Leben benötigen. Es heißt Rödminnet. Gustav und Frida hielten es für unnötig, das alles wieder aufzurühren, weil sie ja wie gesagt in dem Heim ist.«

»Wie heißt das Mädchen?«, fragte Charlie.

»Lo. Lo Moon.«

Kapitel einundvierzig

Charlie eilte zurück zum Auto und rief innerhalb weniger Minuten schon zum zweiten Mal im Heim Rödminnet an. Wieder schaltete sich der Anrufbeantworter ein. Dieses Mal hinterließ sie eine Nachricht mit ihrem Namen und ihrem Dienstgrad und bat darum, so schnell wie möglich von der Heimleitung zurückgerufen zu werden.

Charlie kannte Rödminnet, die ehemalige Nervenheilanstalt. Sie erinnerte sich an die Geschichten, die sie als Kind in Gullspång gehört hatte.

Und da sollte sie also sein, Lo Moon, Beatrices leibliche Mutter. Zum ersten Mal in den Ermittlungen waren sie auf jemanden mit einem echten Motiv gestoßen.

»Die Dokumente aus Russland sind gefälscht«, sagte Charlie zehn Minuten später im Besprechungsraum auf dem Revier, wo Stina das Team rasch zusammengerufen hatte.

»Beatrice kam nicht durch künstliche Befruchtung auf die Welt, sondern sie hat eine Mutter hier in Schweden. Sie heißt Lo Moon.«

»Und wo ist sie gerade?«, fragte Greger.

»Im Heim Rödminnet. Dort sind Teenagermädchen mit Problemen untergebracht. Es ist nur fünfzig Kilometer von hier entfernt. Ich habe dort angerufen und eine Nachricht hinterlassen.«

»Aber wieso haben Gustav und Frida das für sich behalten?«, sagte Stina. »Wie kann es wichtiger sein, das Geheimnis zu wahren, als das eigene Kind zu retten?«

»Vielleicht, weil sie überzeugt sind, dass Lo im Heim ist, und glauben, dass sie nicht dafür verantwortlich sein kann«, vermutete Charlie. Ihr Handy klingelte. »Moment, das ist jemand von Rödminnet.«

Sie ging in den Flur, um ungestört zu telefonieren.

Die Anruferin stellte sich als Marianne Rehn vor, die Heimleiterin. Charlie sagte sofort, sie müsse mit einer gewissen Lo Moon sprechen, die im Heim untergebracht war.

»Sie ist nicht mehr hier«, antwortete Marianne.

»Wo ist sie dann?«

»Das wissen wir nicht. Sie ist vor … bald einer Woche weggelaufen.«

»Hatten Sie seither Kontakt mit ihr?«

Charlie versuchte, ruhig zu sprechen.

»Nein, wir haben es versucht, sie aber nicht erreicht. Wir haben mit der Polizei von Kristinehamn gesprochen. Darf ich fragen, worum es geht?«

»Um das vermisste Baby«, antwortete Charlie ohne nähere Erklärung.

Sie ging davon aus, dass der Fall mittlerweile weithin bekannt war.

»Aber was hat Lo damit zu tun?«, fragte Marianne.

»Sie ist die leibliche Mutter des Kindes.«

Marianne schwieg.

»Sie irren sich«, erwiderte sie schließlich. »Lo hat keine Kinder.«

»Doch, anscheinend schon. Und ich müsste mit Ihnen vor Ort im Heim sprechen.«

»In einer halben Stunde leite ich eine Gesprächsgruppe.«

»Das wird warten müssen.«

Kapitel zweiundvierzig

Charlie hatte Stina überzeugt, dass sie den Besuch im Heim Rödminnet allein erledigen konnte. Es sei unnötig, mit mehreren Ermittlern hinzufahren, da Lo nicht dort war. Greger würde mit Roy nach Hammarö hinausfahren und das Ehepaar Palmgren mit den neuen Erkenntnissen konfrontieren.

Die Frau, die Charlie begrüßte, erinnerte sie an eine Leiche; vielleicht wegen der bleichen, bläulichen Hautfarbe oder des hellen Lippenstifts. Sie hatte schon so viele tote Menschen gesehen, da reichte das, um in ihrer Vorstellungskraft aus Lebenden Tote zu machen.

»Mir liegen keine Informationen vor, dass Lo ein Kind auf die Welt gebracht haben soll«, erklärte Marianne Rehn, nachdem sie Charlie in ihr Büro geführt hatte. Zu ihren Füßen saß ein seltsamer Hund, der Charlie an die Inzestkatzen in Lyckebo erinnerte.

»Lo hat vor neun Monaten in Russland ein Kind bekommen«, berichtete Charlie. »Das Kind, das jetzt verschwunden ist. Beatrice.«

»Ich verstehe nicht«, sagte Marianne. »Wir haben ihre Akten, und darin steht nichts von einem Baby.«

»Das wurde auch nicht in den Akten vermerkt.«

»Aber Lo hat nie etwas von einem Kind gesagt. Wir haben sehr viele Therapiegespräche geführt…«

»Ich bin nicht hier, um herauszufinden, warum sie es Ihnen nicht erzählt hat«, unterbrach Charlie die Heimleiterin. »Wir müssen sie so schnell wie möglich finden. Haben Sie eine Ahnung, wo sie sein könnte?«

Marianne schüttelte den Kopf. Los Mutter war gerade gestorben, und sie wusste von keinen weiteren Verwandten. Sie hatte sich bereits bei den früheren Pflegefamilien, von denen sie Kontaktdaten hatte, gemeldet, doch niemand hatte von Lo gehört. Vor ein paar Tagen hatte allerdings ein Mann angerufen und nach ihr gefragt, jedoch aufgelegt, nachdem er von ihrem Verschwinden erfahren hatte.

»Haben Sie die Nummer gespeichert?«

»Sie war unterdrückt.«

»Hat Lo Freundinnen hier?«, fragte Charlie. »Jemanden, der ihr nahesteht?«

»Ja, mit Sara teilt sie sich ein Zimmer. Ich habe schon mit ihr gesprochen, und sie sagt, dass sie nichts weiß. Was aber nicht die Wahrheit sein muss. Die Mädchen hier schweigen eisern, um sich gegenseitig zu schützen.«

Sie schüttelte den Kopf, als wäre es schlecht, seinen Freunden gegenüber loyal zu sein.

»Aber Sie können gerne versuchen, mit ihr zu reden«, schlug Marianne vor. »Vielleicht versteht sie den Ernst der Situation, wenn die Polizei die Fragen stellt.«

An den Wänden des langen Flurs hingen gerahmte Schwarz-Weiß-Fotos. Charlie erhaschte im Vorbeigehen einen Blick auf Arztkittel und Menschen mit Sonnenhüten, die aufgereiht nebeneinanderstanden.

Saras Zimmer lag im zweiten Stock. Auf dem Weg dorthin kamen sie an einer Fensternische vorbei, in der ein Mädchen mit dunklem, wildem Haar zusammengekauert saß.

»Geh da weg, Nicki«, wies Marianne sie zurecht. »Du weißt ganz genau, dass wir hier nicht im Fenster sitzen.«

Nicki seufzte und sprang aus der Nische. Als Charlie sich ein paar Sekunden später noch einmal umdrehte, saß sie schon wieder an ihrem Platz.

»Hier ist es«, sagte Marianne im zweiten Stock.

Sie klopfte zweimal kurz und öffnete die Tür.

»Lasst mich in Ruhe«, ertönte eine Stimme.

»Die Polizei ist hier«, verkündete Marianne. »Komm vom Bett runter und zieh dir um Himmels willen etwas über das Nachthemd.«

»Das ist ein Kleid.«

Charlie kam die Stimme bekannt vor, doch erst als sie das Mädchen in dem schwarzen Negligé sah, wurde ihr klar, wen sie vor sich hatte. Wie sie rauchend auf dem Sprungturm in Gullspång gesessen hatte, das Haus mit der Weihnachtsdekoration im Fenster im Sommer. Dunkle Augen, die noch dunkler geworden waren, dachte Charlie, als sie Sara Larsson anblickte.

Kapitel dreiundvierzig

»Papa ist doch gestorben«, antwortete Sara auf die Frage, wie sie hier im Heim gelandet war.

Das wusste Charlie. Sie wusste, dass Svenka Larssons Körper nach vielen Jahren Alkoholmissbrauch aufgegeben hatte, aber ein toter Elternteil war normalerweise kein ausreichender Grund, an einen Ort wie diesen hier geschickt zu werden.

»Ich muss mit dir über Lo Moon reden«, sagte Charlie. »Weißt du, wo sie ist?«

Sara schüttelte den Kopf.

»Ich will sie nicht nur um ihrer selbst willen finden.«

»Geht es um das Baby?«

»Ja. Wenn du also etwas weißt, wo sie sein könnte, musst du es mir unbedingt erzählen.«

»Ich weiß nichts«, erwiderte Sara. »Wenn ich etwas wüsste, würde ich es erzählen. Aber wenn Sie sie besser kennenlernen wollen, sollten Sie das hier lesen.« Sie ging zum Bett und holte ein Notizbuch unter dem Kissen hervor. »Lo wird mich umbringen, aber da muss ich dann durch.«

»Ist das ein Tagebuch?«

»Das ist eine Erfolgsgeschichte«, erklärte Sara und reichte ihr das Buch. »Und ich glaube leider, dass sie wahr ist.«

Charlie überflog ein paar Seiten.

»In Teil zwei steht das Wichtigste«, sagte Sara. »Da schreibt sie von dem Baby.«

Charlie blätterte an Erinnerungen an schreckliche Pflegefamilien und Gewalt und Machtmissbrauch in Erziehungsheimen vorbei. Dann: *Teil zwei: Die Hölle.*

Ans andre Ufer komm ich, euch zu führen

In ew'ge Finsternis.

Lo schrieb von der Liebe zu den Kindern, dem Gefühl, dass Charlotte wie eine Schwester für sie war, der Aufregung, in einem fremden Land zu leben. *Ich will die Sprache lernen. Fließend Russisch zu sprechen wäre der Wahnsinn.*

Charlie überflog die Seiten und merkte, wie sich der Ton änderte. Sie las von nächtlichen Besuchen, den Begegnungen im Dunkeln mit dem Menschen, der sich in ein wildes Tier verwandelt hatte.

Sie sah Sara an.

»Ist der Ehemann der Vater von Los Kind?«

»Ja. Das ist er.«

Charlie stand im Flur und rief Stina an. Sie betrachtete ein Schwarz-Weiß-Foto von Frauen in hellen Kleidern und mit leeren Blicken.

»David Jolander ist der Vater«, sagte sie, als sich Stina meldete.

»Woher weißt du das?«

»Ich habe Los Aufzeichnungen vor mir liegen«, antwortete Charlie und las den Eintrag zu einem nächtlichen Besuch vor. »David hat Lo vergewaltigt. Er ist der Vater.« Dann las sie eine weitere Stelle vor. »›Es ist für alle das Beste, und ich bekomme eine Entschädigung. Ich bekomme so viel Geld, dass Mama und ich einen Salon aufmachen können. Und später, wenn wir alles organisiert haben, hole ich sie zurück.‹«

»Stina?«, fragte Charlie. »Bist du noch dran?«

»Ja. Es ist nur so schwer zu begreifen. Wie furchtbar.«

»Wir müssen Lo Moon finden«, sagte Charlie.

»Ich lasse David sofort herbringen. Und die anderen drei auch.«

»Ich glaube nicht, dass sie wissen, wo Beatrice ist«, meinte Charlie. »Sonst hätten sie sie schon längst gefunden. Aber wir müssen sie natürlich jetzt unter Druck setzen, vor allem David.«

Während des Gesprächs blätterte sie weiter in Los Buch, das sie aufs Fensterbrett gelegt hatte. Ein Wort sprang ihr ins Auge, und sie erstarrte.

Sie legte rasch auf und ging zurück ins Zimmer.

»Sara«, sagte sie. »Wart ihr in Gullspång? In Lyckebo?«

Kapitel vierundvierzig

Das Zentrum von Gullspång mit seiner Hauptstraße voller Schlaglöcher lag genauso verlassen da, wie Charlie es in Erinnerung hatte. Geschlossene Läden, alte, sich ablösende Plakate an der Plakatwand, die älteren Männer in zu dünner Kleidung auf der Säuferbank vor dem ICA-Supermarkt. Sie dachte daran, wie sie Betty immer nachgerufen hatten. *Du siehst heute ganz bezaubernd aus, Betty. Und seht euch die Kleine an. Sie wird ihrer Mutter immer ähnlicher.*

Sie fuhr an den beiden Pizzerien vorbei, der einen ausgebrannten und der anderen, die noch in Betrieb war, und versuchte sich auf das vorzubereiten, was sie in Lyckebo erwarten könnte. War Lo Moon dort mit Beatrice untergetaucht? Würde sie auf Bettys Platz auf der Vordertreppe sitzen und mit dem Baby auf dem Arm in die Frühlingssonne blinzeln?

Lyckebo, dachte Charlie, als sie den Wagen an dem Schild abstellte, auf dem Zeit, Witterung und Wind den Namen fast unleserlich gemacht hatten. Habe ich hier nicht schon genug Trauer und Verlust erlebt? Kannst du mir wenigstens dieses eine Mal ein gutes Ende bescheren?

Die Holzschaukel an den verfaulenden Seilen schwankte leicht im Wind. Charlie blickte zu den Fenstern mit den Spitzengardinen hoch. Nichts bewegte sich. Sie ging zur Hausseite. Der Schlüssel lag an seinem üblichen Platz unter dem Blumentopf neben den Paletten an der Tür. Als sie ihn ins Schloss schob, hörte sie etwas hinter sich.

Sie wirbelte herum und starrte in zwei gelbe Katzenaugen. Ein paar Schrecksekunden lang glaubte sie, der Katze aus dem Garten der Palmgrens gegenüberzustehen. Doch dieses Tier hier war wild, das Fell verfilzt, der Blick hungrig. Wahrscheinlich ein Abkömmling all der Katzen, die früher bei ihr und Betty gewohnt hatten. Die nie sterilisiert worden waren und sich ungehindert vermehrt hatten.

Als sie die Haustür öffnete, huschte das Tier durch den Spalt. Charlie rief ins Haus hinein und lauschte, doch sie hörte nur das dumpfe Knacken und Knarzen, das sie aus ihrer Kindheit kannte.

Ihr Telefon klingelte, und ihr Herzschlag beschleunigte sich. Es war Greger. Sie drückte auf die automatische Antwort »Kann ich später anrufen?« und machte ein paar Schritte in das Haus hinein. Ihr Haus.

Hier sind alle willkommen, Lahme und Sieche, Verlorene und Betrunkene, Menschen und Tiere.

Charlie sah die Feiernden mit ihren verwirrten Hunden vor sich, wie sie im Garten herumstolperten, und dachte, dass man manchmal nur schwer Mensch von Tier hatte unterscheiden können.

In der Küche fand sie die Katze, die Milch aus einer alten Zuckerschale schleckte.

Irgendwer hatte ihr Milch gegeben. Jemand war hier gewesen. Sie beugte sich hinunter und roch an der Flüssigkeit. Wie alt sie wohl war?

Charlie richtete sich auf und ging weiter ins Wohnzimmer mit dem staubigen Klavier.

Wünsch dir was, Liebling. Egal was, nur nichts Trauriges.

Die Katze war ihr nachgelaufen und sprang routiniert auf das mottenzerfressene Sofa, auf dem Betty ihre dunklen Phasen verbracht hatte.

Mach das Licht weg, Liebling. Dieses ganze Licht tut so weh.

Und dort auf dem Tisch lag etwas, das nicht ins Bild passte. Charlie trat näher. Ein Schnuller. Ihre Hand zitterte, als sie ein unbenutztes Tempotaschentuch aus der Jackentasche zog und den Schnuller vorsichtig darin einwickelte.

»Hallo?«, rief sie wieder.

Stille.

Sie ging die Treppe ins Obergeschoss hinauf. Auf halber Höhe blieb sie stehen und lauschte erneut. Nichts. Im Flur tanzte der Staub in den Sonnenstrahlen, die durchs Dachfenster hereinfielen. Nach links ging das Zimmer ab, in dem Johan hatte wohnen sollen. Charlie blickte zu dem halb fertiggestellten Bett, das Mattias angefangen hatte zu bauen, zu den Autos, die Betty an die Wände gemalt hatte und die jetzt von der Sonne ausgeblichen waren.

Sie wollte nicht in Bettys Schlafzimmer gehen, doch sie musste es tun. Die Tür knarzte, als sie sie aufschob und über die hohe Schwelle trat. Sie sah zum Schminktisch, zum Bett und zum Fenster, von dem aus man den Erdkeller und die große Eiche sehen konnte.

Etwas stimmte nicht. Die Stange mit den Kleidern unter der Dachschräge. Etwas fehlte: Bettys rotes Kleid.

Charlie ging durchs Zimmer und schob die alten, verstaubten Pelze zur Seite, doch das Kleid war nicht da. Sie war sich sicher, dass es bei ihrem letzten Besuch noch dort gewesen war. Trog ihre Erinnerung sie?

Nein. Sie hatte hier gestanden und es angesehen. Da war sie sich ganz sicher.

Nachdem sie den Schlüssel wieder an seinem üblichen Platz versteckt hatte und zum Wagen gegangen war, rief sie Greger an.

»Wie kommt sie bitte in das Haus, in dem du aufgewachsen bist?«, fragte er, nachdem sie alles erzählt hatte.

»Sara, Los Freundin, ist aus Gullspång. Ich kenne sie von früheren Fällen, und sie durfte sich nach Lyckebo zurückziehen, wenn es bei ihr zu Hause zu schlimm wurde. Vor ein paar Wochen ist sie mit Lo dorthin gefahren.«

»Und jetzt glaubst du, dass Lo wieder dorthin zurückgekehrt ist?«

»Irgendjemand war auf jeden Fall hier«, sagte Charlie. »Und wenn man den Schnuller berücksichtigt und dass Lo das Versteck des Schlüssels kannte …«

Sie fuhr rückwärts den grasüberwachsenen Pfad entlang und warf einen letzten Blick auf das Haus.

Ich habe zu wenig geschlafen, dachte sie, als sie ein Gesicht in einem der Fenster zu sehen glaubte. Schließlich hatte sie das Haus abgesucht, niemand war dort.

»Habt ihr David abgeholt?«, fragte sie.

Greger bestätigte das. Beide Ehepaare befanden sich auf dem Revier.

»Und was sagen sie?«

»Dass man eine Übereinkunft zum Besten aller Beteiligten getroffen habe und sie zuerst nicht geglaubt hatten, dass Lo Beatrice mitgenommen hatte. Sie dachten, sie wäre im Heim, und wollten die Geschichte nicht wieder aufwühlen. Die Adoption war ja nicht direkt gesetzeskonform abgelaufen. Vor ein paar Tagen hatte Gustav trotzdem beschlossen, das zu überprüfen, und erfuhr dabei, dass sie geflohen war. Seither hatte er selbst nach ihr gesucht.«

»Was zum Teufel haben die sich nur dabei gedacht?«, fluchte Charlie.

»Ich verstehe es auch nicht«, sagte Greger. »Ich meine, wie hätten sie das denn später erklären wollen?«

»Sie sind es offenbar gewohnt, mit allem durchzukommen. Habt ihr David mit den Vergewaltigungen konfrontiert und mit der Tatsache, dass er der Kindsvater ist?«

»Stina ist gerade bei ihm.«

»Lasst nicht locker«, sagte Charlie. »Moment, Sara ruft gerade an, da muss ich rangehen.«

Sie drückte Greger weg.

»Sara?«, meldete sie sich. »Ist etwas passiert?«

»Es geht um Lo!«, rief Sara. »Sie ist hier.«

»Und Beatrice? Hat sie das Kind bei sich? Sara?«

Die Verbindung brach ab.

Kapitel fünfundvierzig

Die Autos vor ihr schienen mit angezogener Handbremse zu fahren. Charlie verfluchte die vielen Kurven, die ein Überholen unmöglich machten. Sie wünschte, sie hätte einen Wagen mit Blaulicht. Greger und das Team waren auf dem Weg von Karlstad, doch wahrscheinlich würde sie vor ihnen vor Ort sein.

Als sie Sara anrief, war besetzt, stattdessen wählte sie die Nummer des Heims. Die Leiterin Marianne meldete sich. Sie hatte Lo nicht gesehen, aber gerade erfahren, dass jetzt auch Sara verschwunden war.

»Suchen Sie nach ihnen«, drängte Charlie.

»Ich gebe sofort allen im Haus Bescheid.«

»Aber seien Sie vorsichtig«, warnte Charlie. »Ich bin in einer halben Stunde da.«

Nachdem sie aufgelegt hatten, rief Sara zurück. Sie klang außer Atem und panisch.

»Lo hat sich hinter dem Haus mit mir getroffen, um sich zu verabschieden«, erzählte sie. »Ich habe versucht, sie zum Bleiben zu bewegen, aber sie ist weggelaufen. Bitte, kommen Sie schnell.«

»Hatte sie das Kind dabei?«

»Ja! Das Baby ist bei ihr.«

Sara sagte noch etwas, doch ihre Stimme war zu erstickt, um es zu verstehen.

»Sara«, sagte Charlie. »Versuch, ruhig zu bleiben. Weißt du, wo Lo jetzt ist?«

»Sie ist über das Feld hoch in den Wald gerannt, und ich bin ihr nach, aber gestolpert, und jetzt sehe ich sie nicht mehr. Sie ist weg.«

»War das gerade eben?«

»Ja!«

»Hast du eine Ahnung, was ihr Ziel sein könnte?«

»Ich habe Angst, dass sie zur Irrenklippe will«, antwortete Sara. »Eine hohe Klippe, von der …«

»Lauf hin«, befahl Charlie. »Versuch, ganz ruhig mit ihr zu reden, falls sie dort ist. Ich komme gleich. Kann mir im Heim jemand den Weg zeigen?«

»Ich organisiere jemanden, der Sie erwartet. Aber nehmen Sie niemanden von den Angestellten mit.«

Sara

Lo stand am Klippenrand und hielt das Baby im Arm. Ihr Kleid, Betty Lagers rotes Kleid, flatterte im Wind.

»Bleib stehen!«, rief sie, als sie mich sah. »Bleib stehen, sonst springe ich.«

»Lo«, flehte ich, »Lo, bitte.«

Ich streckte die Hand nach ihr aus; sie zitterte. Ich bebte am ganzen Körper, und ich hatte das Gefühl, mich gleich übergeben zu müssen.

»Lo«, sagte ich wieder. »Was wird denn aus unserem Salon?«

»Nichts«, antwortete sie. »Wie soll man einen Salon eröffnen, wenn das ganze Geld weg ist? Mama hat alles für Drogen ausgegeben.«

Sie lachte. Ein lautes, hysterisches Lachen, das das Baby zum Weinen brachte.

»Du machst ihr Angst«, sagte ich. »Lo?«

Ich weinte jetzt auch.

»Mama ist tot.« Lo nahm das Kind auf den anderen Arm. »Nichts ist mehr da.«

»Deine Tochter.« Ich deutete auf das Mädchen. »Sie ist noch da, und du. Wir können neu anfangen.«

»Nein.« Lo schüttelte den Kopf. »Nein, nein, nein. Sie werden sie mir wegnehmen. Ich werde sie nie zurückbekommen.«

»Aber …«

Ich wusste nicht, was ich sagen sollte, denn Lo hatte sicher recht.

»Mama ist tot«, wiederholte sie. »Das Geld ist weg, und diese Welt ist einfach nur verlogen. Siehst du das nicht? Siehst du denn gar nichts?«

»Doch. Aber sie kann auch schön sein.«

»Sie nehmen sie mir weg. Die Geschichte wiederholt sich doch nur wieder. Sie muss hier enden.«

»Sie ist so süß«, sagte ich und sah zu Beatrice.

Der Wind zerrte an ihrer weißen Mütze mit Spitzenbesatz. Ich bewegte mich kaum merklich nach vorn.

»Bleib stehen«, warnte mich Lo und trat einen kleinen Schritt nach hinten, gefährlich nahe an die Kante. »Komm nicht näher.«

Kapitel sechsundvierzig

Nicki, das Mädchen, das in der Fensternische gesessen hatte, wartete vor dem Gebäude auf Charlie.

»Wie schnell sind Sie?«, fragte sie.

»Ziemlich schnell.«

»Gut, wir sollten uns nämlich beeilen.«

Nicki rannte los. Charlie folgte ihr zur Rückseite des Heims und auf ein Feld. Der weiche Untergrund erschwerte das Vorankommen, und Charlies Panik wurde stärker.

Nach einer gefühlten Ewigkeit kamen sie zum Waldrand, von dem aus ein schmaler, rutschiger Weg zwischen den Bäumen entlang eine Anhöhe hinaufführte.

Charlie sah sie schon aus einiger Entfernung. Das Mädchen in Bettys rotem Kleid mit dem Kind auf dem Arm stand schwankend an der Klippenkante. Der Wind zerrte am Kleid und an ihren Haaren. Sara stand einige Meter von ihr entfernt.

»Bleiben Sie stehen!«, schrie Lo, sobald sie Charlie entdeckt hatte. »Und du auch, Nicki. Kommt ja nicht näher.«

Sara drehte sich um.

»Charlie«, rief sie. »Helfen Sie uns, bitte helfen Sie uns!«

Charlie rührte sich nicht. Ihr Herz hämmerte wild vor Angst und Anstrengung. Ein einziger falscher Schritt, und alles wäre vorbei.

»Lo«, sagte sie. »Ich verstehe, dass du Angst hast, aber …«

»Ich habe keine Angst«, erwiderte Lo. »Vor gar nichts.«

»Könntest du von der Kante weggehen, damit wir reden können?«, bat Charlie.

»Es gibt nichts zu reden.«

»Aber das Baby …«

»Es gehört mir. Sie ist mein Kind.«

»Das weiß ich. Das weiß ich sehr gut. Und man hat dich sehr schlecht behandelt, Lo.«

»Hören Sie auf, mit mir zu reden, als würden wir uns kennen. Sie wissen gar nichts über mich.«

»Ich weiß, dass du es sehr schwer hattest«, antwortete Charlie. »Und ich will dir und dem Kind nur helfen.«

»Das sagt ihr immer. Ich glaube euch nicht.«

»Das verstehe ich.«

Hier stand ein Mensch vor ihr, dachte Charlie, dem es endgültig reichte, der schon genug im Leben gelitten hatte. *Es gibt eine Grenze, und wenn man die erreicht hat, führt kein Weg zurück.*

Doch das Leben durfte für dieses Mädchen einfach noch nicht zu Ende sein.

»Du glaubst mir vielleicht nicht«, fuhr Charlie fort. »Aber ich verspreche es. Ich werde dafür sorgen, dass du Hilfe bekommst.«

»Das stimmt«, bestätigte Sara weinend. »Hör auf sie, Lo, sie ist eine von uns. Sie ist das kleine Mädchen, das in Lyckebo gelebt hat. Sie hat es geschafft, sie ist eine echte Erfolgsgeschichte.«

»Die gibt es nicht«, entgegnete Lo. Sie schwankte.

»Das Leben deiner Tochter hat kaum angefangen«, sagte Charlie. »Möchtest du ihr keine Chance geben …«

»Wozu denn?«, unterbrach Lo sie. »Damit die ganze Welt auf sie scheißt, dass sie in Heime eingesperrt und von den Vätern der Pflegefamilien gevögelt wird?«

»So muss es nicht kommen«, erwiderte Charlie.

Im Hintergrund war Hundebellen zu hören.

»Kommen noch mehr?«, fragte Lo panisch.

»Ja«, antwortete Charlie. »Aber sie tun dir nichts, Lo. Sie wollen dir helfen.«

Sie überlegte, ob sie Greger schreiben und ihn bitten sollte, sich mit der Verstärkung noch zurückzuhalten, doch sie wagte es nicht, Lo aus den Augen zu lassen.

»Ich traue Ihnen nicht«, sagte Lo. »Ich glaube an gar nichts mehr.«

»Bleib stehen!«, schrie Charlie, als Sara zur Kante lief.

Doch das Mädchen gehorchte nicht und stellte sich neben Lo, die ihr das Kind übergab.

»Sie heißt Beatrice«, verkündete Lo. »Sie heißt Beatrice Lo Moon. Vergesst nie ihren Namen.«

Dann warf sie sich nach hinten.

Kapitel siebenundvierzig

Gustav und Frida Palmgren wirkten wie Fremdkörper auf den grünen Plastikstühlen im Verhörraum. Frida hielt Beatrice im Arm, die fröhlich mit der Kaninchendecke in der einen und einer kleinen Gummigiraffe in der anderen Hand brabbelte. Sie schien als Einzige im Raum unberührt von den jüngsten Ereignissen zu sein.

Das Jugendamt hatte rasch beschlossen, dass eine vorübergehende Rückführung zu den Palmgrens das Beste für das Kind war. Was danach kam, wusste niemand, doch im Moment schien Frida nichts anderes aufnehmen zu können, als dass Beatrice wieder bei ihr war. Sie ließ das Kind kaum aus den Augen.

Gustav war auch völlig auf das Baby konzentriert. Charlie musste ihn zweimal um eine Antwort bitten, bis er reagierte.

»Wir wollten unbedingt ein Kind«, sagte er und erzählte von der Sehnsucht, den vielen fehlgeschlagenen Versuchen, den geplatzten Träumen und wie sie das alles fast kaputtgemacht hatte. Wahrscheinlich sollte Charlie Verständnis und Mitgefühl empfinden, doch das konnte sie nicht. Nicht mit dem Wissen, dass eine zerschmetterte junge Frau im Leichenschauhaus den Preis für ihren Traum bezahlt hatte.

»Sie war einverstanden«, fuhr Gustav fort. »Lo wollte

es auch. Ihr war klar, dass Beatrice es bei uns besser haben würde.«

»Warum haben Sie das Kind dann nicht legal adoptiert? Und warum haben Sie ihr Geld gegeben?«, fragte Charlie.

»Weil wir das wollten. Wir wollten, dass sie ein Startkapital für den Friseursalon bekommt, von dem sie immer gesprochen hat. Wir wollten ihr ein besseres Leben ermöglichen.«

»Oder wollten Sie nur Ihr eigenes Leben verbessern und verheimlichen, dass Beatrice nicht Ihr leibliches Kind ist? Sie wollten so unbedingt ein Kind, dass Sie das Gesetz umgangen haben, und als Beatrice verschwand, haben Sie trotzdem an Ihrer Version festgehalten. Sie wollten das Ganze selbst lösen, obwohl Menschenleben auf dem Spiel standen. Dafür gibt es keine Rechtfertigung.«

»Sie haben recht«, sagte Frida, bevor Gustav etwas einwenden konnte. »Wir haben hauptsächlich an uns selbst gedacht.« Sie strich Beatrice über den Kopf. »Wir haben versucht, alles geheim zu halten, damit sie bei uns bleiben kann, wir …«

»Wussten Sie, dass David der biologische Vater ist? Dass er das Kind vergewaltigt hat, das er in seine Obhut geholt hatte, und es geschwängert hat?«

»Was sagen Sie da?«, fragte Frida.

Sie starrte Charlie ungläubig an, als erwarte sie, diese würde sofort wieder alles zurücknehmen. Dann wandte sie sich an Gustav.

»Sag, dass das nicht wahr ist.«

»Ich weiß es nicht«, antwortete Gustav.

Sein Gesicht war nicht mehr nur leicht verschwitzt, sondern knallrot und glänzte.

»Ich weiß nicht, ob es stimmt«, fuhr er fort. »Aber ich wusste vorher nichts davon, das schwöre ich dir.«

»Ich glaube dir nicht.« Frida drückte Beatrice fester an sich. »Deine Schwüre sind wertlos.«

»Frida«, flehte Gustav. »Ich wusste es nicht.«

»Das Mädchen ... Lo ... Es ist so furchtbar.« Frida schüttelte den Kopf.

Gustav schien den Tränen nahe, doch Charlie brachte es nicht über sich, etwas Beschwichtigendes zu sagen. Sie sah Lo vor sich, wie sie sich von der Klippe stürzte, sah ihren zerschmetterten Körper unten auf den Felsen liegen. Sie war das Opfer in dieser ganzen Geschichte.

»Vielleicht sollten besser Stina oder ich mit David sprechen?«, meinte Greger, als Charlie sich eine Tasse Kaffee holte.

»Warum?«

»Das ist doch ziemlich offensichtlich. Du hast gerade gesehen, wie sich ein Mädchen in dem alten Kleid deiner Mutter von einer Klippe gestürzt hat. Du hättest schon nicht mit den Palmgrens reden sollen.«

»Woher weißt du, dass das Kleid meiner Mutter gehört hat?«

»Ich habe mit Sara gesprochen.«

»Meine Mutter ist vor über zwanzig Jahren gestorben«, sagte Charlie. »Und es war nur ein Kleid.«

»Du hast etwas Traumatisches mit angesehen, Charlie«, erwiderte Greger. »Und du bist leichenblass und ...«

»Und was?«

»Du zitterst.«

Er nickte in Richtung ihrer Hand, die die Kaffeetasse umfasst hielt.

»Das gehört zu meiner Arbeit«, sagte Charlie. »Traumatische Dinge mit anzusehen. Wir können später über alles reden.«

David setzte sich Charlie und Greger gegenüber. Er trug einen geradezu obszön gut sitzenden Anzug.

Charlie dachte daran, wie Lo ihn beschrieben hatte. *Am Tag ist er der erfolgreiche Familienvater, aber nach Sonnenuntergang wird er ein Höllenwesen.*

Neben David saß sein Anwalt, der ebenso teuer gekleidet war wie sein Mandant. Nicht viele konnten so kurzfristig mit einem eigenen Anwalt aufwarten, doch David gehörte natürlich zu diesem ausgewählten Kreis.

»Mit wie vielen von Ihnen muss ich eigentlich noch reden?«, fragte er.

»Sie müssen nichts sagen«, erklärte ihm der Anwalt.

»Er hat gerade zugestimmt, mit uns zu sprechen«, betonte Charlie. »Wir wollen nur ein normales Gespräch führen.«

»Was wollen Sie denn noch wissen, was ich nicht schon längst gesagt habe?«, fragte David. »Ich habe doch zugegeben, dass ich der Vater des Kindes sein könnte.«

»Ja, Ihnen war sicher klar, dass wir einen DNA-Test machen würden«, erwiderte Charlie, »und dass es da herauskommen würde.«

»Ein uneheliches Kind ist kein Verbrechen«, warf der Anwalt ein.

»Das hat auch niemand behauptet«, entgegnete Charlie. »Aber Ihr Mandant hat wichtige Informationen vorenthalten und unsere Ermittlungsarbeit erschwert.«

»Ich wollte meine Familie nicht zerstören«, argumentierte David.

»Ein Kind wurde entführt«, sagte Greger. »Und wenn wir die Hintergründe von Anfang an gewusst hätten …«

»Dann hätte sich am Ende vielleicht keine junge Frau in den Tod gestürzt«, vervollständigte Charlie den Satz.

Damit hatte sie eine Grenze überschritten, das sah sie an Gregers Blick. Doch das war schließlich die Wahrheit. Wenn David oder einer der anderen mit ihnen gesprochen hätte, wäre Lo vielleicht noch am Leben.

»Es ist doch nicht meine Schuld, dass sie gesprungen ist«, wehrte sich David. »Es ist nie die Schuld eines anderen Menschen, wenn sich jemand umbringen will.«

Charlie sah David an und dachte an das, was Betty immer über ihren Vorgesetzten in der Fabrik gesagt hatte. *Man sieht es an seinen Augen. Sie sind tot. Er ist ein Mann ohne Seele.*

»Erzählen Sie, was in Moskau passiert ist«, forderte sie ihn auf. »Erzählen Sie, was sich zwischen Ihnen und Lo Moon abgespielt hat.«

»Was meinen Sie?«

David sah zu seinem Anwalt, der wiederholte, dass er schweigen dürfe.

»Früher oder später müssen Sie reden«, sagte Charlie.

»Wir hatten wohl so eine Art Beziehung«, antwortete David. »Das Mädchen konnte ganz schön …«

»Lo«, unterbrach Charlie ihn. »Sie hieß Lo.«

»Ja, ich weiß, wie sie hieß.«

»Reden Sie weiter«, sagte Greger.

»Sie konnte ganz schön verführerisch sein.«

Charlie verkrampfte die Hände ineinander und dachte daran, was Lo über ihr Gesicht im Kissen geschrieben hatte, das Ringen nach Luft, wie David sich in sie entleert hatte, als sei sie kein Mensch.

»Wir habe andere Informationen«, sagte Charlie.

»Ach ja?«

»Wir haben gelesen, was Lo dazu aufgeschrieben hat. Und sie scheint ganz anders aufgefasst zu haben, was zwischen Ihnen stattgefunden hat.«

Endlich, dachte sie, als sie das leichte Zucken in Davids Gesicht sah, endlich erschütterte etwas dieses selbstsichere Auftreten.

»Nun, die junge Frau ist ja nicht mehr am Leben«, bemerkte der Anwalt, lehnte sich zurück und rückte seine Brille zurecht.

»Lo«, wiederholte Charlie. »Lo Moon.«

»Ja, ich habe sie ja auch nicht anders genannt.«

»Nein, Sie haben ihren Namen überhaupt nicht genannt«, betonte Charlie. »Deshalb wollte ich Sie und Ihren Mandanten nur daran erinnern, dass sie einen Namen hatte, dass sie ein Mensch war, der …« Ihre Stimme versagte, sie trank einen großen Schluck Wasser. »Wie gesagt, wir haben ihre Aufzeichnungen«, fuhr sie fort, auch wenn ihr klar war, dass Los Erinnerungen in dieser Situation wenig Wert hatten.

Das war natürlich auch dem Anwalt klar, der jetzt überheblich lächelte und antwortete, dass die Glaubwürdigkeit eines Tagebuchs, das ein verwirrter Teenager geschrieben hatte, nicht sehr hoch sei. Das Mädchen habe außerdem eine Vorliebe für Drogen und Alkohol gehabt und sei mehrmals mit dem Gesetz in Konflikt geraten.

»Wie geht es jetzt weiter?«, fragte David. »Mit Beatrice, meine ich.«

»Die Entscheidung liegt nicht bei uns«, erklärte Greger. »Was ist?«, fragte er, als Charlie aufstand.

»Ich gehe. Die Unterhaltung ist beendet.«

Eine Journalistin trat Charlie an den Schwingtüren ins Hotel entgegen.

»Wie fühlen Sie sich?«, fragte sie. »Wie fühlt es sich an, Beatrice gefunden zu haben?«

»Sehr gut«, antwortete Charlie. »Aber wir dürfen nicht vergessen, dass heute ein anderes Leben zu Ende gegangen ist.«

»Können Sie uns dazu mehr erzählen?«, fragte die Journalistin und hielt Charlie das Mikrofon so dicht unter die Nase, dass es ihr Kinn berührte.

»Nein.« Sie wich dem Mikrofon aus. »Das kann ich nicht.«

Sie ging hinauf in ihr Zimmer. In ihrer Tasche lag das Bündel Briefe, das Sara ihr mit zitternden Händen gegeben hatte, bevor Charlie Rödminnet verlassen hatte. Die hier sind von Ihrer Großmutter, hatte sie gesagt. Sie war damals Patientin, als es eine Nervenheilanstalt war.

Charlie hatte die Briefe entgegengenommen, ohne Sara zu erklären, dass da ein Fehler vorliegen müsse. Ihre Großmutter hatte nie in Rödminnet gelebt.

Kapitel achtundvierzig

Dorothea goss die Pelargonien im Treppenhaus. Charlie nickte ihr kurz zu und wollte rasch vorbeigehen, als ihre Nachbarin ihr missbilligend mitteilte, dass eigentlich sie, Charlie, diese Woche mit Gießen dran wäre.

»Das tut mir schrecklich leid«, antwortete Charlie. »Aber ich war auf einer Dienstreise. Sie haben vielleicht von dem vermissten Baby gehört?«

»Beatrice?« Dorothea stellte die Gießkanne ab. »Ich wusste nicht, dass Sie dort waren … Wir haben den Fall jeden Tag in den Nachrichten verfolgt. Da bin ich aber froh, dass Sie die Kleine gefunden haben.«

Charlie nickte.

»Ich kümmere mich um die Blumen, wenn ich ausgepackt habe«, sagte sie.

»Nein, nein, das mache ich schon. Sie müssen sich bestimmt … ausruhen. Die Blumen werden sowieso von allen falsch behandelt. Mårbacka-Pelargonien dürfen nicht ertränkt werden, aber das ist wohl nur mir bewusst.«

Charlie wollte gerade weitergehen, als Dorothea das Thema wechselte.

»Ein Mann hat übrigens nach Ihnen gefragt«, sagte sie. »Er ist hinter Annie aus dem ersten Stock ins Haus geschlüpft und hat dann lange bei Ihnen geklingelt. Ich dachte, das interessiert Sie vielleicht.«

»Wie sah er aus?«, fragte Charlie. »Beziehungsweise, haben Sie ihn gesehen?«

Sie versuchte, sich ruhig zu geben, doch innerlich war sie aufgewühlt.

»Wie ein …« Dorothea rümpfte leicht die Nase. »Er hatte eine Lederjacke an«, meinte sie, als ob ihn das vollständig charakterisieren würde. »Er sagte, er wolle nach Ihnen sehen, weil es Ihnen am Freitag nicht so gut gegangen sei, deswegen habe er Sie nach Hause begleitet. Und …«

»Und?«, fragte Charlie ungeduldig.

»Er hat sich als Viktor vorgestellt und mich gebeten, Ihnen auszurichten, dass es Ihnen hoffentlich besser geht. Ja, also, das habe ich ja hiermit gemacht.«

»Vielen Dank.«

»Keine Ursache. Es muss schön sein, so fürsorgliche Freunde zu haben.«

Sie lächelte. Wollte sie dieses Mal wirklich nett sein, oder war es wieder nur versteckte Abneigung? Doch Charlie war es egal.

Viktor, dachte sie und spürte, wie sie ruhig wurde. Ein normaler, freundlicher Mann.

Sie machte einen großen Schritt über den Stapel an Werbung und Rechnungen im Flur unter dem Briefkastenschlitz und ging geradewegs ins Wohnzimmer, wo sie sich aufs Sofa legte. Eigentlich sollte sie schlafen. Ihr Gehirn war vor lauter Stress, Schlafmangel und den ständig wiederkehrenden Bildern von Lo auf der Klippe überhitzt. Doch dann fielen ihr die Briefe ein. Warum glaubte Sara, dass sie von Charlies Großmutter stammten?

Sie stand auf und holte das Bündel mit aufgeschlitzten Kuverts aus der Tasche und zog den ersten Briefbogen heraus.

Ich träume wieder. Heute Nacht waren wir drei zusammen, du, ich und die Kleine, wie es hätte sein sollen. Wir sind die Stufen hinunter zum See gegangen, durch das Herbstlaub, die Sonne hat geschienen, an dem Haus auf dem Hügel vorbei.

Er war nicht da.

Auf der ganzen großen, weiten Welt waren nur wir drei, ich und meine Töchter, und alles war so wirklich, dass ich nie wieder aufwachen wollte.

Charlie drehte das Blatt um, um nach einem Absender zu suchen. Doch da stand nur *Mama*. Ebenso wie bei den nächsten Briefen, alle waren mit *Mama* unterschrieben.

Die Mädchen, die Töchter … Konnte wirklich Cecilia Manner die Verfasserin der Briefe sein? Die laut Betty *ein wunderbarer Mensch war, der gegen den Strom geschwommen ist und nur ein wenig Pech im Leben gehabt hatte.*

Warum?

Weil das Leben einfach so ist. Ungerecht.

Betty hatte nie erwähnt, dass Cecilia in Rödminnet untergebracht war, aber das musste nicht bedeuten, dass es nicht so gewesen war. Betty Lager hatte noch größere Geheimnisse verschwiegen. *Und mach mir keine Vorwürfe deswegen. Hat die Wahrheit dich schon jemals glücklicher gemacht?*

Charlie nahm den nächsten Brief und wurde in die Zeit zurückversetzt, als Rödminnet noch eine Nervenheilanstalt war. Sie las von heißen Bädern und monotonen Beschäftigungen, von den Halluzinationen anderer Patienten, von Käfern unter der Haut und Schlangen im

Bett. Es war, als tauche sie rasant in ihren eigenen Albtraum ein: die Angst, den Halt und sich selbst zu verlieren, verrückt zu werden.

Dann fand sie ein altes Foto. Charlie musste nur einen Blick darauf werfen, um zu wissen, dass Sara recht gehabt hatte. Sie erkannte die junge Frau mit dem Kind auf dem Arm wieder. Sie hatte das Foto zu Hause in Lyckebo gesehen. Es zeigte Betty. Sie selbst und Betty.

Charlie legte das Foto auf ihren Bauch und sah an die Zimmerdecke. Sie brauchte eine Pause, um alles zu verarbeiten. Es schwindelte ihr bei der Vorstellung, dass sie gerade die Worte ihrer Großmutter gelesen hatte. Dass Cecilia Manner in ihrer Nähe gewesen war und sie nichts davon gewusst hatte. Und hier war sie also wieder, die schreckliche Geschichte, die ihr ganzes Leben bestimmt hatte. Bettys totgeborene Schwester und der Mord an dem kleinen Jungen, dessen Vater Bettys Mutter geschlagen hatte – nun aus der Perspektive von Charlies Großmutter.

Sie atmete tief ein. Eigentlich bräuchte sie jetzt etwas Wein, doch das musste warten. Sie nahm den nächsten Brief.

Wir saßen auf der Bank beim Pavillon, und ich sagte zu Flora, schau, da kommt sie. Da kommt meine Tochter. Und dann … sah ich das Kind auf deinem Arm. Du hattest deine Schwester dabei. Deine Schwester war zurückgekommen.

Ich wollte dich nicht erschrecken. Ich wollte dir das Baby nicht wegnehmen. Ich wollte sie doch nur kurz halten. Davon hatte ich so lange geträumt.

Charlie lag immer noch auf dem Sofa, während es draußen dämmerte. Sie starrte ins Leere und dachte daran, wie oft Betty genauso dagelegen und sich über Geräusche und das Licht beschwert hatte. Doch sie war nicht ihre Mutter. Ihre Gedanken wanderten zu Cecilia zurück, zu der Misshandlung, dem Kind, das tot auf die Welt gekommen war, zu der siebenjährigen Betty, die alles mit angesehen hatte. Konnte man Cecilias und Bettys Wahnsinn auf schreckliche Ereignisse in ihrem Leben zurückführen oder auf die Dunkelheit in ihrem Wesen? Und wenn ja, hatte sie diese Dunkelheit auch in sich?

Doch was spielte die Ursache für eine Rolle? Sie war der Mensch, der sie war, unabhängig davon, was sie dazu gemacht hatte. Und sie konnte nur ihr Bestes geben, um sich und anderen Leid zu ersparen. So einfach war es und doch so schwer.

Sie schlief ein. Im Traum tanzte ein Mädchen in einem roten Kleid zu Bettys Lieblingslied.

Lass uns Kirschen pflücken in meinem Garten,
Du und ich, wow wow wow.
Pflück alles, was du dich traust, in meinem Garten,
Nimm alles, was du willst.

Bei jeder Drehung verändert sich ihr Gesicht. Betty, Annabelle, Francesca, Lo. Sie lachen, werden eins, stürzen, zerbrechen, stehen auf und stürzen erneut.

Als Charlie aufwachte, war es dunkel im Wohnzimmer. Sie war verschwitzt, als hätte sie Fieber. Sie musste etwas essen, duschen und dann ins Bett gehen.

Im Flur zur Küche schaltete sie das Deckenlicht ein und betrachtete das Gemälde. Den blühenden Kirschbaumhain. Lyckebo. Sie und Betty auf der Vordertreppe.

Ihr Blick wanderte zu den kleinen Kindern im Gras, dem Baby und dem kleinen Jungen, die schon fast überwachsen waren. Sie lagen dicht nebeneinander, einander zugewandt, und jetzt glaubte sie etwas zu sehen, das ihr bisher entgangen war, ein leichtes Lächeln auf ihren Gesichtern.

Hatte ich ernsthaft geglaubt, ich würde Schnurrbartzupferin in einem Friseursalon werden? Hatte ich geglaubt, dass Lo, ich und ihre Mutter zusammen einen Laden betreiben und glücklich bis ans Ende unserer Tage leben würden?

Glaubte ich neuerdings an Erfolgsgeschichten?

Das vielleicht nicht, doch als ich den Kiesweg entlangging, vorbei an dem kopflosen Engel, mit Los Schminkpuppe unter dem Arm, verspürte ich zum ersten Mal seit einer Ewigkeit so etwas wie Hoffnung. Das Jugendamt in Gullspång hatte mir eine Wohnung beschafft. Wenn ich mich gut aufführte und nicht gegen ihre Regeln verstieß, durfte ich allein dort wohnen, wie ich es von Anfang an gewollt hatte.

Ich sah zu der Bank, auf der Lo immer auf Donna gewartet hatte, und wünschte mir mehr denn je, dass es ein Leben nach dem Tod gab. Einen Ort, an dem sie zusammen sein und sich ihre Träume erfüllen konnten. Und dann dachte ich an die kleine Beatrice. Ich hoffte, dass das Leben zu ihr freundlicher sein würde, als es zu ihrer Mutter gewesen war.

Jonas stand neben seinem Wagen auf dem Parkplatz und rauchte. Als er mich sah, winkte er mir zu.

In dem Moment, als ich das Eisentor hinter mir schließen wollte, rannte Picco mir nach. Ich ging in die Hocke und ließ sie mein Gesicht abschlecken. Dann fasste ich ihre missgebildeten kleinen Ohren und legte meine Nase an ihre Schnauze.

»Tschüss«, flüsterte ich. »Mach's gut, kleine Siegerin.«

»Ein Thriller, der das Blut in den Adern gefrieren lässt!« Paula Hawkins

Ein sagenumwobenes, düsteres Moor inmitten der Wälder und Seen Schwedens: Nathalie, eine junge Biologin, kehrt für Forschungsarbeiten an ihren Heimatort zurück – und findet einen Mann, der brutal zusammengeschlagen im Sumpf liegt. Direkt daneben eine von Hand ausgehobene, etwa zwei Meter lange Grube. Ein vorbereitetes Grab? Ein Hinweis auf die Menschenopfer, die in der Eisenzeit hier erbracht wurden? Zusammen mit Polizeifotografin Maya versucht Nathalie, die Geschehnisse aufzuklären. Bald stoßen sie auf weitere Leichen im Moor. Doch Nathalie spürt, dass die Wahrheit erst ans Licht kommt, wenn sie sich ihrer eigenen Vergangenheit stellt – die sie für immer begraben glaubte …

TERRY MILES

Deine Mitspieler: unbekannt. Die Regeln: tödlich. Der Einsatz: Dein Leben.

Seit vielen Jahren hat K keine Familie mehr und kann sich nur noch auf zwei enge Freunde verlassen – Chloe und Baron. Gemeinsam sind sie süchtig nach RABBITS. Niemand weiß genau, seit wann dieses geheime Spiel im Untergrund existiert. Wann endlich die nächste Runde beginnt. Wer mitspielt. Was der Gewinner bekommt. Doch diese eine Regel ist klar: Die Spieler dürfen nicht darüber sprechen. Und wer gegen die Regel verstößt, schwebt in Lebensgefahr. Als ein berühmter Ex-Spieler plötzlich spurlos verschwindet, schlägt K alle Warnungen in den Wind und fängt an, den Hinweisen zu folgen – ohne zu ahnen, dass die gefährlichste RABBITS-Runde aller Zeiten längst begonnen hat.